再考
ロシア★フォルマリズム

言語・メディア・知覚

Возвращаясь к русскому формализму:
язык, медиа, познание

貝澤 哉　野中 進　中村唯史 編著

せりか書房

再考　ロシア・フォルマリズム——言語・メディア・知覚　目次

第三部　文学を越えるフォルマリズム

序

文学理論の世紀のあとで

――ロシア・フォルマリズムを新たな視点から読み直すために

文学理論が人文的な知の玉座を離れて久しい。詩や小説を読み解くことが、文化の諸領域、さらには社会全体を読み解くことにつながりにくくなった。文学作品に関する理論的解釈を介さずとも、文化や社会の諸事象はよりダイレクトに分析可能だ――そう考える人が増えているようだ。

だが、本当にそうだろうか。私たちの知のあり方をふり返って見てほしい。インターネット、宗教、移民、ジェンダーなどの「現代的」事象を論じるとき、私たちがしていることは、そこで用いられる言語と意味、手法と構成などを読み解くことではないだろうか。それは、二〇世紀の文学理論が一貫して取り組んできた問題である。私たちは身の回りの諸事象をリアルに、無媒介に論じているつもりでいて、じつは、文学理論の名のもとに生み出された分析装置を無意識に使い続けていないだろうか。

二一世紀に生きる私たちは、たしかに「文学理論の世紀のあと」にいる。だが、それは文学理論が用済みになったという意味ではない。二〇世紀の文学理論が提供した分析装置がいまや文化・社会理論の基本パーツになったのである。

その意味で、ロシア・フォルマリズムを新たな視点から読み直すことは重要である。なぜなら、一九一〇年代、ヨーロッパの周縁で生まれたこの文学集団こそ、文学理論の世紀のさきがけとなったからだ。ヨーロッパの文芸批評が文学理論となり、さらには科学を目指すなか、後発の諸流派はくりかえしロシア・フォルマリズムを参照してきた。彼らの著作を読み直すことは、それゆえ、文学理論の世紀を読み直すことに通じるだろう。ロシア・フォルマリズムの歴史的生に新しい角度から光を当てることで、彼らがいまも持つ理論的力を探り当てることができるだろう。

一〇本の論考をお読みいただければおのずとあきらかになるように、本書の方向性は、フォルマリズムを同時代の心理学・知覚理論などの科学的言説、プロパガンダ理論、修辞学、映画理論、美学・認識論などの歴史的・理論的関係のなかでとらえなおそうとするなど、きわめて多岐にわたっている。もっとも場合によっては、読者はそのアプローチの多様さに戸惑いを覚えるかもしれない。けれど、それぞれの論考の多様な問題設定の背後に、共通の問題意識が存在していることもまた、確かなのである。

この序章では、本書で示されたさまざまな新しい問題や論点を整理し方向づけるための一助として、ロシア・フォルマリズム研究をこれまでにない視点からとらえ直して、新たなパースペクティヴを獲得するための筋道を、いくつかの方向に大まかにまとめて素描してみることにしよう。

フォルマリズム再考の三つの視点

一九一〇年代に活動を開始したいわゆるロシア・フォルマリズム（「詩的言語研究会《オポヤズ》」および「モスクワ言語学サークル」、そしてその近傍に位置する文学研究者、文献学者、言語学者たち）は、二〇世紀の文学、言語、文化の研究に大きな転換をもたらす原動力のひとつとなった。文学、芸術作品を形式・手法の総和としてとらえ、また言語の体系（コード）と記号の機能を解明しようとしたフォルマリストたちの試みは、プラハやパリを経由して英語圏におよび、構造主義や記号論といった二〇世紀後半の文化理論のきわめて大きな潮流を生み出し、言語学、民族学、神話研究、文学研究、精神分析など、人文科学の広範な領域にまでその影響をおよぼし、プラハ言語学派からニュークリティシズム、ラカン派、レヴィ＝ストロースやバルト、クリステヴァ、テル・ケル派などのフランス記号論・構造主義、ロトマンやトポロフらのソヴィエト記号論・構造主義、イギリス・ニューレフトの批評、ホール、フィスクのカルチュラル・スタディーズなどにまでいたる、じつに幅広いコンテクストを形成した。おそらく二〇世紀の文学・文化理論でこれほど広範囲な影響力を持ったものは他に例を見ないであろう。

こうした潮流の影響力は、いわゆるポスト構造主義が少しずつ浸透しはじめた一九六〇年代末から七〇年代初頭にかけても表面上衰えを見せることはなく、現在でも私たちはいまだ、ロシア・フォルマリズム以降に形成された文化理論・文化観・世界観のパラダイムから完全に抜け出しているわけではない。ポスト構造主義といわれる現代の潮流が、記号論・構造主義にたいして執拗な批判をくりかえすのも、ひるがえって考えてみれば、記号的・構造主義的な文化観、世界観がいまなお根強く存在していることの証左にほかならないともいえるのであり、その意味では私たちは、フォルマリズムが創った遠近法のなかにあいかわらず囚われているわけである。

こうした大きなパラダイム・遠近法のなかに囲い込まれている私たちにとって、フォルマリズムの提出する理論や概念はいわば科学的な普遍性の相のもとにとらえられてきたので、ロシア・フォルマリズムを歴史的にとらえて、その成立の起源にあるイデオロギー的な言説の隠れた配置を明るみにだしたり、フォルマリズムの世界理解が持っている偏りや歪みを計測したりすることは容易ではなかった。なかでも、フランスのように記号論・構造主義が精神分析、マルクス主義と対決させられることがなかったソ連では、記号論的な見方は純粋培養され、記号論こそ文学・文化研究を科学的で客観的なものにする普遍的方法であると主張された。ロトマンとコージノフによる、「文学研究は科学でなければならない」というテーゼをめぐる論争は、その代表的なものだろう。バフチン（サークル）のように、すでに一九二〇年代からフォルマリズム理論に根源的批判をくわえていた者もいたが、その意味はなかなか理解されなかったといえよう。

もともと、フォルマリズムの文学理論自体が、「手法」や「形式」、あるいは「コード」と「メッセージ」といった客観的な認識モデルにもとづく普遍的理論となることを標榜していたためか、フォルマリズム自体の歴史性やイデオロギー性を問うことは、あまり問題にされてこなかった。

しかし近年の研究においては、ロシア・フォルマリズムを時代の文脈のなかでとらえなおす試みがすこしずつ現れてきている。当時の心理学や美学・哲学とのかかわりを探るもの、あるいは二〇年代の「ユーラシア主義」と一部の言語学者の関係などが、徐々にあきらかにされつつある。もちろんそれらはまだ、けっして十分なものとはいえない。

私たちは、フォルマリズムはおもに三つの視点から再検討されるべきではないかと考えてきた。その三つとは、①ロシアにおける言語思想のコンテクスト、②当時のメディア・技術との関係、③当時の知覚理論、心理学、精神生理学などとの関係である。そこで次に、この三つの点からフォルマリズムをどのように再検討すべきなのか、概観することにしよう。

ロシアにおける言語思想のコンテクスト

これまで一般的に理解されてきたところでは、ロシア・フォルマリズムの基礎にあるのはソシュールとクルトネの言語理論、つまりラングとパロールを切り離し、言語を閉じた示差的体系と見る観点である。そこでは記号と指示対象は直接的関連をまったく持っておらず、したがって言葉の意味は、ラング体系内のいわば形式的な特徴によって決定される。言語体系の外に意味は存在しないわけである。

フォルマリストたちは、この考え方を文学作品に応用することによって、個々の文学作品の文学的意味内容を決定するのは、描写される外部の対象や思想の意味ではなくて、文学体系内部にある意味生成の形式なのだと考えた。つまり文学の文学的意義は文学的形式（文学の素材、つまり言語に内在的な体系・コード）の内部にしかない、というのが彼らの発想の原点なのである。「異化」や「手法」、「テーマ」、「シュジェート」などといったフォルマリズムのプリミティヴな概念は、こうした文学内部の形式体系をかたちづくる普遍的要素なのであった。

このような観点が、従来のように文学作品を社会や思想、現実の再現ととらえる見方を否定するのは当然のことであろう。しかしこの立場はさらに、当時ロシアに流行していたポテブニャの言語思想とも相容れないものであった。教科書的なフォルマリズム理解においては、ポテブニャの言語理論はつねにフォルマリズムにとってもっとも否定すべきものと考えられている。

一九世紀半ばの言語学者・スラヴ文献学者であったポテブニャは、フンボルトのロマン主義的言語思想を独自に消化して、言葉は音声の聴覚イメージ（内的フォルム）を媒介としてその意味（指示対象）と直接に結びつくと主張した。この考え方は、語の意味の語源的起源が、つねに、音声形式と意味がそれまでにない新しい結合によって結びつくことから生まれるということを前提としていたのだが、じつは、言葉において音声形式が新しい意味と結びつけられる典型的な例とは比喩にほかならない。そこでポテブニャは、あらゆる言葉はもともと比喩であり、比喩であるということはつまり詩であると主張した。彼にとって言葉は比喩によって外部の意味とつながっており、しかもすべての言葉は比喩なので、美的、創造的、詩的なのである。

この言語の根源的創造性の理論は、一九世紀末のロシア象徴派の詩人たちのなかできわめて高く評価され、ブリューソフ、イワーノフ、ベールイ、フロレンスキイなどがポテブニャに熱中した。象徴派詩人のなかには、ベールイのように、言葉が世界を創造するとまで主張する者も現れたのである。

当然ポテブニャのこうした議論は、フォルマリストたちの考え方とはまるで相容れないものであった。なぜなら、彼らにとって言語の形式は、外部の意味と直接結びつくものではありえなかったからだ。シクロフスキイやエイヘンバウムらは、ポテブニャの言語理論に厳しい批判をくわえ、象徴派の詩的創造の理論に激しく反発した。これまでの教科書的なロシア言語理論史の理解では、象徴派やポテブニャのロマン主義的理論が、より科学的なフォルマリズムの言語理解によって超克されたという見方が一般的であった。

しかし、このようないわば単線的なロシア言語思想史の見取りは本当に正しいのだろうか。資料が不足していたソヴィエト期にはある程度仕方がなかったのかもしれないが、現在では、もはやこうした図式が成り立たないのはあきらかであろう。問題は、ポテブニャに代表されるような言語と世界創造を結びつける観点が、じつはロシアの思想的コンテクストのなかできわめて大きい流れを形成しているということだ。ロシア言語思想史の主要潮流をなすのは、あきらかにフォルマリズムなどのソシュール・クルトネ路線（つまり言語体系と意味を切り離す観点）ではない。ロシアには、もともと東方正教に由来する、宗教的でオントロジカルな言語思想の大きな流れが存在しており、ヨハネの福音書に代表されるような、言葉（ロゴス）の世界創造という主題は、その中核をなすイデーなのである。

残念ながら、ソヴィエト連邦が崩壊する直前まで、この宗教的なロシア言語思想の巨大な潮流は、ソヴィエト政権によって注意深く隠蔽されてきた。そのため、一部の者をのぞいて、この流れがよく見えていなかったわけである。しかし、この流れはべつにソヴィエト期に途絶えたわけでもない。二〇世紀初頭のロシアの宗教思想家フロレンスキイ、メイエル、ローセフ、セルゲイ・ブルガーコフらは、言葉がすなわちイデアや人格として造形されるという言語思想を持ち続けた。彼らの著書はソヴィエト時代にも、フランスなどで出版されており、参照することは可能だった。最近ではトマス・セイフリドの研究書『自己となった言葉　言語をめぐるロシア思想、一八六〇―一九三〇』（二〇〇五）が、ポテブニャからフロレンスキイ、ローセフ、ブルガーコフにいたるこの流れをきわめてクリアに解明している。じつはバフチンもこうした言語思想の系譜に属しているのであり、したがって彼のフォルマリズム批判は、言葉が直接受肉するというオントロジカルな観点から、言葉と物を切り離すソシュールの抽象性を、「素材主義」として厳しく批判しているわけで、亡命者やソヴィエト在住の言語思想家のなかにそうした潮流は脈々と受け継がれていた。

つまり、フォルマリズムをロシア文化のトータルなコンテクストにおいた場合には、「ポテブニャからソシュールへ」といった単純な図式ではなく、ロシアのオントロジカルな言語思想のより大きな流れのなかで、ソシュール＝フォルマリズム的な言語観が姿を現し、たがいにせめぎあい相互に対話的関係を切り結ぶ、その相関関係を掘り起こさなくてはならない。フォルマリズムの言語理論、言語観を考える場合、このロシアの思想界・文学界の大きなコンテクストのなかで、彼らの言語観がどのような意味を持ちどのような機能を担ったのか、検証しなければならないのである。

こうしてみると二〇世紀ロシアには、大きく二つの言語思想の潮流があったわけで、そのなかでソシュール＝フォルマリズム的な言語観はむしろ、いわば異端的に出現したとも言えるのである。だとすれば、なぜフォルマリズムのような言語観が出現しなければならなかったのかが改めて問題となるだろう。そのときに、ある種のヒントとなるのが、この当時のメディア状況や知覚理論なのではないだろうか。フォルマリズムの問題はおそらく、言語や文学理論の枠内では解決できない。フォルマリズムの問題はたんなる言語や文芸の問題ではなく、言語が他のメディアやテクノロジーのなかで、その身体性や感性的・感覚的知覚形式を変形させることで可能になったのではないか、そしてそのことが、言語と意味内容〔現実〕の切り離し、つまり言語の肉化・身体化の拒否というフォルマリズムの特殊性と結びつくのではないか、というのが、つぎに検討してみたい仮説なのである。

当時のメディア・技術との関係

フォルマリズムはもちろん文芸学・言語学を主領域とした運動であった。そのため、フォルマリズムと他の芸術ジャンル、メディアとの関係についてそれほど突っ込んだ検討はなされてこなかったといえる。しかし、言語と意味内容〔現実〕の切り離し、言語の肉化・身体化の拒否というフォルマリズムの姿勢を考えるさい、当時の新興メディア・ジャンルやその技術的基盤との関係を検討することは、きわめて重要だと思われるのである。なぜなら、フォルマリズムのこうした姿勢はじつは、ヴァルター・ベンヤミンが指摘するような、「複製技術時代」の「知覚の様式の変容」といわれるものと、多くの点で似かよっているからだ。

たとえばベンヤミンは『複製技術時代の芸術』において、当時出現した新興メディアである映画が、その技術的で複製可能な特性によって、その時代の受容者の知覚の様式そのものを変容させてゆくのだと説いている。彼によれば、映画の出現によって知覚は散逸的となり、部分的となって、トータルな生や「アウラ」につつまれた身体の全体性は分解されるのである。その結果、複製技術時代の芸術作品は、技術的な部分の集積となり、過度に操作的なものとなる。

こうした身体のアウラ的全体性の解体、知覚の散逸化（異化のような知覚の部分集中）は、フォルマリズムにおける言語と意味内容（現実）の切り離し、言語の肉化・身体化の拒否、文学作品を部分的手法の集積と見る技術的な芸術理解などときわめてよく似ているように見える。こうしてみるとフォルマリズムは、あきらかにベンヤミンの指摘する知覚の様式の変化に呼応しているのではないだろうか。

この意味で非常に重要と思われるのは、フォルマリストたちの多くが、実際に映画を論じ、またその制作にかかわっていたことである。

ロシアでは、一八九六年にリュミエール兄弟の商業映画が公開されて以来、映画は大衆的娯楽として急速に発達し、二〇世紀初頭には他の芸術ジャンルを圧倒しつつあった。すでに革命前に、象徴派詩人ブロークは映画に足しげく通い、シナリオ執筆も試みていたし、また作家のベールイやレオニード・アンドレーエフは、映画の民衆動員能力やその脱神秘的なわかりやすさを評価していた。また作家セラフィーモヴィチは、映画が文学の読者を奪っていることを危惧し、映画の技術的な成り立ちが、じつは文学にも適用できるのではないかと論じた。文学作品もまた、機械的に組み立てられる技術的な構成物にすぎないのではないかというのである。実際、この時代にベールイは、詩のリズム構造などを過度に技術的にとらえた批評を発表しはじめている。

こうしたコンテクストを背景に、フォルマリストたちは映画に大きな関心を示してゆくことになる。トィニャーノフはいくつかの重要な映画論を執筆するとともに、「フェックス」などの映画シナリオ制作にかかわっていたし、シクロフスキイもまた多くの映画論、シナリオ論を残しながら、出演も含め実際の映画制作に深くコミットした。エイヘンバウムもやはり「映画様式論の諸問題」などの重要な論考を残している。

とりわけ重要と思われるのは、こうしたフォルマリストたちの文学観と映画論との関係である。たとえばトィニャーノフは、無声映画を、トータルな身体が映像、声、意味という部分へと分解され、再構成されるものととらえた。このことは、言語と意味内容（現実）の切り離し、言語の肉化・身体化の拒否というフォルマリズムの文学論の特徴が、じつは、トータルな身体の解体やその技術的再構成として映画をとらえる彼らの映画論の考え方と共通していることを示している。より踏み込んだ言い方をすれば、彼らの文学観は、当時大衆的に浸透し文学の市場を脅かしていた映画の技術性やメディア的特性を、文学に応用したのではないかとさえ思えてくるのである。

このことは、エイヘンバウムの「映画様式論の諸問題」を読めばよりはっきりする。彼によれば、映画は視点や時間の移動、組み換えを自由にできるというメディア的・技術的特性を持っており、それは美術や演劇では実現不可能なものである。ところがエイヘンバウムは、視点・時間の自由な移動・組み換えが可能な芸術ジャンルがもうひとつ存在するという。それはほかならぬ「文学」なのである。エイヘンバウムは、視点・時間の自由な移動というメディア的特性において、じつは映画と文学は近いと言っているだけでなく、これからの文学研究は、映画を視野に入れないわけにはいかないとすら主張するのである。

こうした言い方は、映画のテクノロジー性やメディア的特性を考えることが、文学の特性を見出すきっかけとなったことを示唆しているのではないだろうか。つまり、ここでは映画の知覚的特性（知覚の散逸化・部分化、現実の身体性の切り離しなど）が、文学を同様のものとして見る観点を切り開いたように見えるわけだ。フォルマリストたちにとって、当時流行し、文学を圧倒しつつあった映画に親しみ、その技術的基盤や操作的な成り立ちを考えることによってはじめて、文学をも技術的に、メディアの知覚的特性という観点から考察することが可能になったのではないか――これが、フォルマリズムについてのこれまでの議論に欠けていたきわめて重大な視点のように思われるのである。

さらにこの問題は、当時のもうひとつの技術的メディアであるレコード（グラモフォン）についてもあてはまる。吉見俊哉はその著書『「声」の資本主義』（一九九五）において、電話、蓄音機、ラジオといった音声メディアが、文化的な知覚をいかに変容させるかについて検討している。またキットラーの『グラモフォン・フィルム・タイプライター』（邦訳一九九九）も、ヨーロッパにおける音声メディアによる知覚様式の変化に言及している。ジョナサン・スターンも『聴き取れる過去――録音再生の文化的起源』（二〇〇三）のなかで、音声と身体の分離に注目する。この場合も問題は、トータルな身体の一部としての音声が、録音によって身体から切り離され、複製可能な部品として取り出し可能となったことにある。本書所収の論文のなかで八木君人も指摘しているように、エイヘンバウムやヤクビンスキイら、フォルマリストたちのリズム・音声や詩のメロディー性の研究の背景には、録音技術によって断片的に取り出された音声資料の存在がある。つまり、フォルマリストたちの音声・音調についての文学・言語学的研究も、聴覚資料を技術的に身体から切り離し、独立した（すなわち部分的）対象とすることに基づいているわけである。

これらのことは、さらに私たちの考える次の問題、つまり当時の知覚理論や心理学、美学、精神生理学などとフォルマリズムの関係に光を当てるものである。映画やグラモフォンの普及と呼応するかのように、西欧では精神生理学、存在論的認識論、経験批判論、ベルクソニスム、心理学、精神分析など、知覚と感覚にかんする新しい理論がつぎつぎと現れ、流行していたのである。当時の美学や哲学なども、ヴント、ヘルムホルツ、マッハ、クリスチアンセン、ハルトマン、リーグルなどの知覚や心理にかんする理論に大きな影響を受けていた。次節では、こうした当時の知覚理論、心理学、精神生理学などとフォルマリズムの関係を検討してみよう。

知覚理論、心理学、精神生理学とフォルマリズム

一九世紀末から二〇世紀初頭には、心理学、精神生理学、知覚理論などが大きな発展をとげ、知覚や感覚にかんする新しい理論がつぎつぎに登場した。哲学の分野でも経験批判論やベルクソニスムなどが、感覚やイメージによって、外部の世界と内部の意識を一元的に統合するような観点を提示していた。現象学もまた、生活世界や身体（感覚・知覚）の構造を解明しようとしていたのである。

当時の美学もまた、そうした新しい感覚・知覚理論の成果を採り入れようとしていた。ヒルデブラントの著名な『造形芸術におけるフォルムの問題』（初版一八九三）や、ブローダー・クリスチアンセン、アロイス・リーグルらの美学的著作には、当時の心理学、知覚理論にとってきわめて重要な問題である感覚・知覚の全体性と部分性の問題が姿を現しているのを見ることができる。たとえばクリスチアンセンは、肖像画や彫塑による人物像はトータルな全体ではなく、部位によって表情の異なるばらばらな部分の構成物と考えていたし、こうした知覚の散逸性、部分性、時間性の問題は、ベンヤミンによる知覚の散逸性の議論へと受け継がれてゆくことになった。

ジョナサン・クレーリーは著書『知覚の宙吊り』（邦訳二〇〇五）において、この時代の知覚にかんする科学的・哲学的言説と視覚メディアとの関係を、当時の美術やパノラマなどの知覚的特性のなかに探ろうとした。彼によれば、一九世紀末から「注意」という問題が心理学や美学、知覚理論の言説のなかでクローズアップされてくる。「注意」は一方で観察などの科学・技術的態度や資本主義的労働生産の効率化という問題と結びついているが、他方では、「注意」がつねに対象のある部分にのみ集中するものであるため、他の部分への注意はむしろ散漫になり、物の全体のトータルな把握が不可能になる。

こうした部分のクローズアップと全体性の解体が、これまで議論してきたロシア・フォルマリズムの文学・言語観（言語と意味内容［現実］の切り離し、言語のトータルな肉化・身体化の拒否）にきわめて

類似していることは、もはやあらためて指摘するまでもないだろう。「異化」のようなフォルマリズムの概念はあきらかに、全体を部分で代替することを前提としている。なぜなら異化は、トータルな身体や世界の把握にかえて、ある部分の知覚の困難化、そしてその部分への知覚の集中（「注意」）をまさに要求するからである。

フォルマリズムの文学史理解もまた基本的に、部分による全体の代替であるといえる。シクロフスキイ、トィニャーノフらの「文学進化」の基本的発想は、さまざまなミューテーション（突然変異）のなかのあるものが淘汰され、生き残ったものがドミナントとなるという、きわめて非歴史的で、あからさまにダーウィン進化論的な生物学・自然科学的モデルに由来するものなのだが、ミューテーションとは進化の時間的流れにおける「異化」にほかならず、まさに部分的で微細なミューテーションが、全体の配置に取って代わる、あるいは知覚の注意をそこに集中させる、という発想によって組み立てられている。

このように考えてくると、フォルマリズムが当時のヨーロッパに広く流通していた心理学、精神生理学、美学などのあたらしい感覚・知覚理論の大きな流れのなかに位置づけられることは明白であり、むしろそのようなコンテクストを考慮しないことのほうが困難である。ロシアにおいても一九世紀後半から、心理学、生理学、知覚理論の分野は大きな発展をとげ、ユルケーヴィチ、ヴヴェジェンスキイ、シペート、パブロフらが、心理や感覚の問題をとりあげていたし、ヴント、ヘルムホルツ、マッハ、アヴェナリウス、ベルクソン、フッサール、フロイトなど、ヨーロッパの新しい理論がつぎつぎに流入していた。こうしたコンテクストのなかでフォルマリストを読み直すことが重要である。最近では、ロシアの研究者スヴェトリコワによる『ロシア・フォルマリズムの源泉――心理学主義の伝統とフォルマリズム学派』（二〇〇五）のように、フォルマリズムと当時の「心理学主義」やヴント心理学との関係を発掘する新しい研究も出はじめている。

これまで、フォルマリズムの直接的源泉とされていたのはフォスラーの言語美学やドイツ語圏の美術史におけるフォルマリストだけであった（しかもその問題はたいして掘り下げられていない）が、その背景にはこの時代の文化のあり方を根底から変えるような知覚理論のより幅広い変化が存在していたのであり、おそらくこのような視点からロシア・フォルマリズムを考え直すことが、フォルマリズムをこれまでと違った新しい角度から再発見するために必要不可欠で、また私たちにとってもっとも興味深い課題なのである。

本書の構成

以上、「新しいロシア・フォルマリズム」の指し示すべき読みの可能性をデッサンしてみた。本書に収められた一〇の論考がこの見取り図をどれだけ実現できているかは、読者のご判断に任せたい。あとは、本書の構成を簡単に紹介して、しめくくることとしよう。

本書は三部構成である。第一部は「甦る詩的言語論」と題し、フォルマリズムの理論的中心であった詩的言語論に新しい角度から光を当てる。貝澤哉は、トィニャーノフのもっとも難解な詩論『詩の言語の問題』を取り上げる。革命初期に存在した「生きた言葉研究所」での詩の朗読の録音実験は、詩の分析に新たな次元を切りひらいた。だが、トィニャーノフの詩論の真の新しさは、詩の言葉の動態性や記号性、さらには身体性などの概念をすっかり転倒させてしまった点にある。そこに切り出された問いを、貝澤は「存在論的な問題」と呼ぶ。次に、八木君人はエイヘンバウムの詩論を取り上げる。エイヘンバウムといえば、「ゴーゴリの『外套』はいかに作られているか」が有名だが、じつはこの論文の主張は意外と分かりにくく、他のフォルマリストの議論とのつながりもそれほど明らかではない。八木は、エイヘンバウムにおいては「声の文化」への志向が決定的であり、それが彼の詩論の進化を促したと述べる。「録音の音声」から「テクストの声」へ、さらには「発声の表情」へとエイヘンバウムの分析対象は移っていく。そのさまは、かつて喧伝された構造主義詩学の先駆者としてのフォルマリズムの詩論とは思えないほどだ。大平陽一は、ヤコブソンの詩学を取り上げる。フォルマリズムを読み直すとき、もっとも問題になることの一つに、ヤコブソンはどれくらい正しくフォルマリズムの姿を世界に伝えたかがある。フォルマリズムの名を世界的なものにしたのは、もっぱらヤコブソンの精力的な紹介と解説であった。だが、それによってかえってフォルマリズムの読みと可能性が限定されたきらいもある。大平は、かつてはだれもが読んだ（そして今は忘れ去られたかに見える）ヤコブソンの代表的な詩論を読み直す。彼の晩年から成年期、少年期へと時をさかのぼるなか、大平は無対象絵画と超意味《ザーウミ》詩の出会いという原点にたどり着く。はたしてそれは事実として在ったフォルマリズムの出発点だったのだろうか。それとも、ヤコブソンが作り出した物語だったのだろうか。

　本書の第二部は「描き直される思想地図」である。中村唯史は、フォルマリズムの文学史と歴史について論じる。メドヴェージェフとバフチンが「フォルマリズムには歴史がない」という批判を行ったことはよく知られている。だが中村は、シクロフスキイやエイヘンバウムを読み直しつつ、歴史こそフォルマリストたちの中心的問題であり続けたことを示す。なかでもエイヘンバウムが、他のフォルマリストからの批判に屈せず、歴史への畏怖という境地に至った道筋をたどる。ヴァレリー・グレチュコは、ドミナントという「フォルマリズムの理論のなかでもっとも中心的」な概念の誕生と進化を追う。ドイツの哲学者ブローダー・クリスチアンセンは本国では忘れ去られた存在だが、じつはその著作がロシア・フォルマリズムの形成に少なからぬ役割を果たしたことは定説となっている。ドミナント概念についても事情は同じだ。だが、クリスチアンセン、セゼマン、フォルマリズム、ウフトムスキイ、エイゼンシテインと「持ち主」を変えるにつれ、その意味と機能は変わっていく。知覚に関する研究が脳神経学に舞台を移すのにともない、ドミナントはふたたび新しい意味を獲得するのかもしれない。北見論は、二〇世紀初頭のロシアで起きた宗教思想のルネサンスとフォルマリズムの対比を試みる。そもそも、ロシアの宗教思想の研究は、ソヴィエト崩壊後の二十年でようやくロシアや欧米、アジアで本格化した。そのため、その言語論をフォルマリズムのそれと詳しく比較することはまだ難しい。北見は、その手がかりとすべく、ロシア宗教思想の言語論がどのようなものだったか、ほとんど初めて日本で本格的に紹介する。この流れを議論に組み込むことで、フォルマリズム研究は新しい段階に進むだろう。

第三部は「文学を越えるフォルマリズム」。フォルマリズムにとって映画論は文学理論の副産物でなく、むしろ映画の普及こそ文学理論の誕生に結びついたのでないかという仮説はさきに述べた。その意味でも彼らの映画論や映画制作の検討は重要である。長谷川章は、スターリン時代に生まれたソビエト・ミュージカルを取り上げ、トィニャーノフたちの映画論が書かれた当時の文脈を再現する。日本でも人気のあった『シベリヤ物語』や『鶴は翔んでゆく』などの作品を例に、フォルマリズムの諸概念が映画研究においてどのような射程をもつかを考察した論考である。佐藤千登勢は、シクロフスキイが実際に制作にたずさわった映画を論じる。『ベッドとソファ』や『トゥルクシブ』などの作品は、ジェンダーや東方の表象の観点から見ても興味深い要素を含む。また、これらの作品の映像的メタファーや幾何学的フォルムの手法には、シクロフスキイの異化理論の進化を見て取ることもできる。武田昭文は、トィニャーノフについてロシア以外ではほとんど知られていない重要な一面、すなわち歴史小説家（それもソ連時代、ひじょうに人気のあった）としての彼を論じる。ちなみに彼の歴史小説は、邦訳では『デカブリスト物語』（島田陽訳、白水社、一九七三）や「キージェ少尉」（『ソヴェト短編全集（二）』新潮社、一九五五所収）が読めるが、その全体像が描き出されるのは日本ではこれが初めてである。最後に野中進は、フォルマリストが一九二四年のレーニンの死をうけて出した論集『レーニンの言語』を取り上げる。なかでも、トィニャーノフのプロパガンダの意味論を読み解く。彼の「詩とプロパガンダの意味論」の時代的背景として、マスコミと大衆政治の隆盛のなか、言語の意味と社会的使用の問題がロシアや欧米で熱心に論じられた「意味論の時代」があった。

こうして本書は図らずも、トィニャーノフの『詩の言語の問題』に関する論考で始まり、かつ終わるという構成を取った。それに応じるかのように、一九六〇―七〇年代にはロシア・フォルマリズムの唱道者かつ遺産相続人を任じたヤコブソンとシクロフスキイの存在感が以前に比べれば薄くなった。

じつは、これもこの二十年間のフォルマリズム研究の流れを映し出している。一言でいえば、構造主義や記号論の枠をはずし、フォルマリズムの文学論が生まれた時代の思想史的文脈を再構成すること、そしてその誕生・生成の過程そのものから新しい読みを導き出そうとする流れである。

本書の最後にはフォルマリズムに関する用語・人名集と読書ガイドをつけた。「異化」や「システム」などの用語は今日でもよく使われる――じつにさまざまな意味で。本来はどんな意味で使われたのか、知りたいと思う読者は多いだろう。また、シクロフスキイやヤコブソン、エイヘンバウムといった人々がどのような著作を書いたのかもよく知られているとは言えない。フォルマリズムについてもう一度考えてみたいという方、手始めに何か読んでみたいという方へのささやかな手助けになれば幸いである。

編者一同

なお本書では、人名・地名等については原語の発音になるべく近いかたちに、また用語・概念等については原語のもつニュアンスをなるべく正確に表すことを心がけて全体の統一をはかった。そのため、ロシア・フォルマリズムにかんする従来の翻訳や研究で使われていた慣用的な表記・表題とは若干異なる場合があることを、あらかじめお断りしておく。

第一部　甦る詩的言語論

詩的言語の現象学、あるいは、声と記号のあわいで
――ユーリイ・トィニャーノフ『詩の言語の問題』をめぐって

貝澤 哉

詩はなぜ詩として知覚されるのか

そもそも詩は、なぜ詩として知覚されうるのだろうか――今更こんな素朴な問いを大真面目に発するのは、多少時代錯誤な感じがしないでもない。シクロフスキイやヤコブソンらのロシア・フォルマリストが、もう百年近くも前に「詩的言語とは何か」、「詩とは何か」という議論をさんざんおこなったことはあまりに有名なのだから。だが、そうは言っても、この問いがもうすっかり汲み尽くされ完全に古びてしまったかというと、もちろんまったくそうではないだろう。

たとえば、日本の近現代詩の歴史を考えてみよう。七五調の音数律を温存した新体詩から、音数律を排した口語自由詩への移行とともに、日本の近代詩は、詩行と聯の分割以外の詩法的形式をほとんどすべて喪失し、詩が詩として知覚される外面的根拠を剥奪されたまま今日に到っている。日本の近現代詩の歴史のなかに、定型詩の創出や詩に特有の構造の解明に対する根強い欲望がくりかえし姿を見せるのは、けっして偶然ではない。萩原朔太郎の「詩の原理」の探求から、マチネ・ポエティック運動、戦後の飯島耕一による定型創出の議論、あるいは入沢康夫による「詩の構造」抽出の努力に到るまでのさまざまな試みのなかで、日本の近現代詩に定型がないことの困難や、そうした定型の欠如にもかかわらず、どうして詩が詩として成立しうるのか、という問いが、執拗に問われてきたはずである。

むろん先にも触れたように、こうした詩の「詩性」――詩はどうして詩なのか、という問い――の理論的解明に先鞭をつけたのが、二〇世紀初頭のロシア・フォルマリズム運動だった。レフ・ヤクビンスキイやヴィクトル・シクロ

フスキイの「詩的言語」や、ロマン・ヤコブソンの「言語の詩的機能」といった概念は、詩の言葉を「日常言語」あるいは「実用言語」と対比し、日常的、実用的な意味伝達よりも、言葉の音や物質的形態そのものに価値を置く「自己価値的」な言葉と定義したものとしてよく知られている。

ただし、ヤクビンスキイやシクロフスキイの「詩的言語」にしても、ヤコブソンの「言語の詩的機能」にしても、近現代日本の定型を欠いた口語自由詩がどうして詩として知覚されうるのか、という先ほどの問いに明確な答えを与えることはできそうにない。というのも、これらの概念がもともと広く文芸作品全般における言語の美的な働きを一般的に取り出そうとしたものにすぎず、小説であれ民話であれ詩であれ、およそ言葉による芸術にはすべて適用できてしまうからだ。

実際、詩的言語を生み出す「手法」であるシクロフスキイの「異化」は小説においても充分に機能するし、ヤコブソンのあまりにも有名な詩的なものの規定――「等価の原理を選択の軸から結合の軸へと投影する」や「平行性」の設定――も、結局は広い意味でのメタファーから《I Like Ike!》という駄洒落の選挙スローガンにいたるまでありとあらゆる言葉の戯れに適用可能なものにすぎない。つまり、彼らの「詩的言語」、「言語の詩的機能」といった概念では、狭義の口語自由詩という具体的な詩的ジャンルの作品が、詩の定型を持たないのにどうして「詩」というジャンルを持った統一的まとまりとしてはっきり知覚されるのか、という問いに答えることはできないのである。

ところがロシア・フォルマリズムにはもう一人、詩の言語について重要な著作を残した人物がいる。ペテルブルクの詩的言語研究会《オポヤズ》の主要メンバーだったユーリイ・トィニャーノフ（一八九四―一九四三）である。一九二四年に上梓した『詩の言語の問題』（邦訳『詩的言語とはなにか』）のなかで、彼は、もっぱら言葉の音や物質的形態にのみ注目する他のフォルマリストたちの実体的で物理的な「詩的言語」概念に鋭い批判を加え、詩の「詩性」の問題を、私たちの知覚と書字記号との相互関係のなかで構成される潜在的な身体性の問題としてとらえ直そうとした。現象学的な言い方をするなら、シクロフスキイやヤコブソンの「詩的言語」概念が、いわば、個々の現出として現れるとりとめのない詩的現象を、客観的、物理的な所与として断片的に実体化する自然的態度にとどまったのにたいして、トィニャーノフは、そうした個々の詩的現出の背後で、詩という身体的・意味的統一（現出者）がどのように世界内に構成されるか、つまり、なぜ詩が詩というジャンルや作品（ある統一体）となって世界に現れうるのか、という問いに迫ったのだと言えよう。[1] 彼がこの著作で解明しようとしたのは、まさに「詩はなぜ詩として知覚されうるのか」という問いだったのである。

知覚・意識と「詩的言語」の身体化

もともと『詩の言語の問題』は難解な著作として知られ、その狙いや内容が充分に咀嚼されてきたとは言いがたい面があって、一般にはもっぱら、フォルマリズムのスタティックな「形式」概念に代えて、プラハ学派につながるような機能主義的で動態的な「構造」概念をいち早く提出した著作、といったようなごく大雑把で図式的な理解で済まされてきたきらいがある。だが、この本がたんに、後の機能主義的な記号論・構造主義の先触れにとどまるものでないことが、最近の研究によって少しずつあきらかになりつつある。

たとえば、ロシアの研究者I・スヴェトリコワによると、『詩の言語の問題』の難解さの大きな原因となっている、この本で使われる文芸学では聞き慣れない諸概念——「運動性」、「力動性」、「等価物」、「構え・解決」、「継起性」など——の多くは、じつはヴントなど、一九世紀後半に大きな支配力を持っていた心理学から借用されたものだという。[2] この事実は、一見きわめて奇妙にも思える。というのも、ロシア・フォルマリズムにかんする教科書的な理解では、フォルマリストたちは、それまで支配的だった心理学的な言語観を批判することで、詩の言語をより即物的な形式として前景化しようとした、というのがいわば常識となっているからだ。ましてやそれは、記号論・構造主義的な機能主義や脱主観的態度などとは根本的に相容れない。

しかも、こうした心理学や知覚理論への参照は、なにもトィニャーノフに限ったことではない。フォルマリストたちはそのごく初期から、心理学の概念をさまざまなかたちで利用していた。そもそも、初期フォルマリズムで「詩的言語」概念がはじめて提示されたさいにも、彼らは心理学の概念を使ってそれを説明しようとしていたのだ。注意しなければならないのは、「詩的言語」を「自己価値化した言葉」ととらえ、その即物的「形式」のみに注目するという一般的で常識的な理解とは裏腹に、フォルマリストたちが「詩的言語」を、つねに知覚や心理（意識）とのかかわりでとらえようとしていたという事実なのである。

たとえばシクロフスキイは、初期の論文「詩と超意味言《ザーウミ》語について」（一九一六）で、「音の像 Lautbilder」というヴント心理学の概念を引き合いに出しながら、未来派詩の超意味語の特徴を、こんなふうに説明していた。

ヴントはといえば、この現象をおもに、これらの語の発音に際して、言葉の諸器官が模倣的ジェスチャーをする、ということによって説明する。〔……〕私たちの手元にある文学的証拠は、音の像の例を私たちにもたらすだけでなく、あたかも私たちがその〔音の像の〕発生に立ち会うことを可能にしてくれる。私たちには、音の像としての語の直近の隣人には、像や内容なしに、純粋な情動のためにはたらく「語」があるように思える。つまり、いかなる模倣的調音についても語る必要がない語で、それというのも、模倣するものなどないからであり、語れるのはただ、聞き手によって、言葉の器官が音も出さずになにか痙攣でもしたような体で同情的に知覚される音—運動と、情動との関係のみなのである。[3]〔傍点引用者〕

いささかとっつきにくい文章だが、シクロフスキイの狙いは、ヴントの「音の像」が外部の模倣対象としてのイメージ（像）を持った言葉なのに対して、そうした模倣対象を持たない無対象な言葉（つまり超意味的な語）のあり方を提示することにある。超意味語では、「音の像」が、模倣対象を経由せず、知覚にストレートにある情動をもたらす、と言うのである。興味深いのは、ここでシクロフスキイが超意味語という「詩的言語」を、あくまでそれを知覚する意識や身体の問題としてとらえていることだ。ここでは、超意味語という完全に自己価値化した即物的な詩的言語にもやはり、身体器官の独自の運動（痙攣）や知覚が付与されていることに注意しよう。

さらに同じ論文の後半でも彼は、意味を欠いた超意味語《ザーウミ》の知覚が、その言葉の「表情」によって身体の運動をストレートに呼び起こすのだと論じている。

何も意味しない「超意味語《ザーウミ》」を楽しむとき、疑いもなく重要なのは、言葉の発音の側面である。おそらく、そもそも発音の側面における言葉の諸器官の独特なダンスにこそ、詩によってもたらされる快楽の大部分が含まれている。〔……〕ユーリイ・オザロフスキイはその著書『生きた言葉の音楽』で、発せられる言葉の音色は表情によって決まる、と述べているが、そこからさらに進んで、こうした見解に、ひとつひとつの段階がなんらかの身体的状態の結果である（心臓の動悸が恐怖の原因であり、涙が悲しみの情動の原因である）という〔ウィリアム・〕ジェームズのテーゼを適用するならば、言葉の音色が私たちに与える印象は、それを聴いたとき、私たちが話す人の表情を再現し、それに

よってその人の情動を経験する、ということで説明できると言えるだろう。[4]〔傍点引用者〕

シクロフスキイにとって詩の快楽とは、詩の言葉の知覚によって呼び起こされた「言葉の諸器官のダンス」、すなわち発声器官によってその「発音」の身体的運動や表情を模倣し再現することで、その情動を再体験することにほかならない。話された言葉を聴いたり思い浮かべたりするとき、「私たちは声には出さないが、自分の言葉の器官をつかって、その音の発音に必要不可欠な運動を再現しようとしている」のである。

こうしてみると、シクロフスキイにおいて「詩的言語」の最大の特徴は、じつは意識や知覚をとおして受容者の身体の（とりわけ発声器官の）運動感覚をストレートに起動させることにあると言ってよいだろう。このことは、「詩的言語」と「実用言語」の対比をはじめて明確化したとされるヤクビンスキイの場合（「詩の言語の音について」一九一六）にもそのまま当てはまる。彼によれば「詩の内容とその音の関係は、音に対する情動的態度だけでなく、言葉の諸器官がそなえている、表現運動能力によっても条件づけられている」のであり、「言葉の諸器官が持っている表現運動にかんする問題にふれる際、私たちが念頭におくべきなのは、一方では呼吸器官と喉頭器官（声帯その他）、他方では他の諸器官、すなわち、軟口蓋、下顎、唇および舌である」[5]。〔傍点原著者〕

発声された言葉と書かれた言葉

このように初期のフォルマリストたちにとって「詩的言語」とは、純然たる即物的、自己価値的な言葉（音声）というよりも、むしろ知覚をとおして身体化され、ストレートに身体運動を惹起するものとして理解されていた。しかしもちろん、これだけではまだ、「詩はなぜ詩として知覚されるのか」という問いに答えたことにはならない。というのも前に述べたように、彼らの議論は、いまだ個々別々の詩的な言葉の断片に対する知覚と身体の直接的反応を問題にしているにすぎず、「詩」作品という統一的な意味的全体がどうして詩として知覚可能になるのか、という問いにはまったく答えていないからだ。

日常会話でも、ちょっとした言い間違いや洒落、レトリックが詩的に響くことはよくある。しかしそれは、文学ジャンルや作品としての「詩」ではない。その違いはどこにあるのか。そのことを考えるために、さらに歩を進めて、革命後から一九二〇年代のフォルマリストたちの活動に焦点を当ててみよう。

革命直後から、フォルマリストたちの「詩的言語」への関心は、身体的に発声された言葉の知覚とその再現、という問題に集中してゆくことになるのだが、そうした傾向を如実に示すのが、「生きた言葉研究所」におけるフォルマリストたちの活動と、それを理論的に基礎づけたドイツの「聴覚文献学《フィロロジー》」理論のロシアへの受容だった。

革命の翌年、一九一八年ペトログラードに設立された「生きた言葉研究所」は、当時必要とされていた革命イデオロギーのプロパガンダのために、アジテーション演説や演劇、朗読など、発声される言葉にかかわる要員の教育・養成を目的とする組織だったが、その教育に資する理論的研究のため、朗読理論委員会が併設され、ヤクビンスキイやエイヘンバウム、トィニャーノフ、ベルンシテインら数多くのフォルマリストたちが、この委員会に所属して、朗読や演説等の録音資料収集や発声された言葉の芸術理論研究に参加した。

この委員会はのちに国立芸術史研究所に吸収されることになるが、ここでの活動のなかから、エイヘンバウムの「詩の音について」（一九二〇）、「詩の旋律学《メロディカ》」（一九二一）、『ロシア抒情詩の旋律学《メロディカ》』（一九二二）、「室内朗読について」（一九二三）、ヤクビンスキイの「詩はどこからきたか」（一九二一）、トィニャーノフの「雄弁的ジャンルとしての頌詩」（一九二二）、トマシェフスキイの「詩のリズムの問題」（一九二三）、ベルンシテインの「詩と朗読」（一九二四）といった一九二〇年代前半のフォルマリズムの代表的著作がいくつも生まれている。ライブで話され、あるいは朗読されることで知覚される言葉の芸術にかんするこうした仕事の理論的基礎となったのが、ドイツの言語学者エドゥアルト・ジーファースやフランツ・ザランらによる「聴覚文献学《フィロロジー》」の理論である。

「聴覚文献学《フィロロジー》」が目指したのは、それまでの、文書による言語・文学の研究、すなわち書かれた文献を目で追う「視覚文献学《フィロロジー》」にかかわって、言葉が本来発せられ、声に出して運用・知覚されている状態そのものを研究対象とすることである。実際に言語を運用し、また文学作品を享受するさい、たとえ目で黙読していたとしても、私たちは意識のなかで音声化したり、イントネーションや声のトーンを想像することで、それを運用あるいは享受している。そこでジーファースやザランは、実際に朗読され発声されている（と想定される）詩のテクストこそ研究の一次的対象となるべきオリジナルのテクストなのであり、書字化されたテクストは、発声され身体化されたオリジナルな声を再現・知覚するための手掛かり、土台にすぎないと考えたわけである。

ジーファースのこうした方法は、「生きた言葉研究所」

の活動に参加したフォルマリストたちのあいだでかなり大きな影響力を持った。この時期の彼らの仕事の多くに、ジーファースへの言及を見出すことができる。たとえばエイヘンバウムは、「室内朗読について」のなかで「聴覚文献学《フィロロジー》」にふれ、近年のロシアの学問も同じ道を進んでいると述べており、[6] またベルンシテインもその「詩と朗読」のなかで、「最新の詩の理論——少なくとも厳密に科学的なそれにおいて、多かれ少なかれだれもが認めるのは、詩は音声のマテリアルな形式において研究すべきであり、この形式においてのみ、ほかならぬ芸術作品となりうるということである」と主張し、「文字のなかにじっと凝り固まってしまっている詩的作品が、そのもてる効能をあますところなく発揮するためには、声に出して読むという解釈をうけ、音に出して演奏されることで、ふたたび生命を吹き込まれなくてはならない」というジーファースのテーゼを援用しているのである。[7]

たしかにこの考え方は、《知覚をとおしてストレートに身体（発声）運動を惹起する言葉》という範囲にとどまる初期フォルマリズムの「詩的言語」概念にはないある利点を持っていた。というのも、言葉自体を実際に身体的に発声され知覚されるレヴェルでとらえることによって、詩と実用（日常）の言葉、歌唱のような音楽的に組織された言葉のあいだの違いを、直観的にきわめて明確に区別できるからだ。

文字化されたテクスト上で、黙読によりこれら三種類の言葉の言語的差異をとらえようとする場合と、朗読や実際の発声された運用例（録音や実演）によってそれを行う場合を想像してみればよい。日常会話と、詩の朗読と、アカペラによる歌曲のようなものを実際に聴きくらべれば、直観的にはその差はだれにでも歴然と感じられるはずである。書字テクストから実際の発声テクストを再構築することで、詩のジャンルの作品が他のテクストとは異なる身体的な発声の運動性をそなえていることが直観的に理解される。つまりここでようやく「詩はなぜ詩として知覚されるのか」という問いに答えることが可能になるのである——それは、詩的ジャンルのテクストを発声し知覚するさいの身体の運動性のありかたが、他のジャンルのテクストとあきらかに異なっているからだ、と。

しかしこれではまだ、最初に提出した問いにたいする完全な答えになっていないこともまた明白ではないだろうか。それはなぜか——詩と他の言葉のジャンルのあいだにこうした差異が成り立つのは、ロシアやヨーロッパの詩が、明確な詩法をそなえ、押韻や韻律を持っているからだ。詩を朗読する者は、日常的なイントネーションを妨害し変形させる、そうしたいわば不自然なリズムや押韻のリフレインを無視することはできない。だから、朗読された詩のフレーズは、日常会話や音楽的歌謡とは違ったふうに響くのであり、発声し、またそれを知覚する身体の運動感覚も、詩に特有のものとなる。事実、フォルマリストたちはいずれも、韻律こそが詩的テクストと他のテクストを識別する最大の要因だと考えていた。だが、もしそうだとすると、これは口語自由詩には適用できないだろう。すでに述べたように、日本の口語自由詩は定型のないところから出発しており、詩行と聯の分割以外には、ふつう韻律も押韻も想定されていない。つまりこの理論では、口語自由詩においては日常的な言葉のイントネーションはほとんど変形されず、発声されたとしてもそれだけでは詩であることが知覚されないことになってしまう。

　このように、書字テクストから、身体的に発声されたオリジナルのテクストを再現するというジーファースの「聴覚文献学《フィロロジー》」に依拠した詩的言語理論は、知覚をとおしてストレートに身体（発声）運動を惹起する初期フォルマリズムの詩的言語観に比べれば、はるかに詩的ジャンルの本質的特徴に迫ってはいるのだが、しかしながら、詩的なジャンルのテクストの独自性を、オリジナルの身体的な発声（朗読）の知覚へと実体化してしまっている点で、みずからその適用範囲を狭めてしまっている。

　この困難を解決するにはどうすればよいのだろうか。だがそのことを考えるまえに、私たちはジーファースの「聴覚文献学《フィロロジー》」理論のもたらすもうひとつのきわめて重要な帰結について検討しなければならないだろう。なぜなら、その問題こそ、トィニャーノフの『詩の言語の問題』で展開される議論を駆動する、きわめて大きな動機となっているものにほかならないからだ。それが、「記号」性の問題なのである。

「記号」から構成されるものとしての声

　すでに見たように、ジーファースの理論では、詩的言語のオリジナルで完全なテクストとは書字テクストではなく、身体の運動性をともなって発声された、身振りや表情に彩られた身体的な言葉でなければならないが、もしそうだとすると、ふだん私たちが読んでいる文字によるテクストとはいったい何なのだろうか。

　朗読を聴く場合をのぞき、私たちは通常、たんに娯楽や趣味として詩を読んで楽しむ場合であれ、研究をおこなう場合であれ、文字化されたテクストをとおしてしか詩作品と接していない。だとすれば、文字でしかない詩のテクストのみを手がかりに、私たち読者は、もはやそこには存在していないオリジナルの身体的発声（らしきもの）をみずからの身体器官を使ってなんとか再現し、その表情や情動、身振りなどを再構成しなければならないということになる。

たしかに私たちは、詩を読むとき、無意識のうちに内心で朗読的な声やイントネーションを想像したり、詩のリズムにあわせて体を動かし、拍子をとったりするかもしれない。ベルンシテインの弟子だったヴィシェスラフツェワも指摘するように、朗読して発音することこそ、「詩的作品を経験しうるもっともアクティヴで完全な形態」であり、それは朗読しない場合でさえも、読むことで「潜在的に経験される」のだ[8]。

だが考えてみれば、こうした身体化された言葉を再現するための手がかりは、身体的なものをそぎ落とされた、無機的で抽象的な文字列で記されたテクストしかない。つまり、実際の詩の書字テクストは、本来あるべき身体器官のゆたかな運動性やそこに付与されるジェスチャー、表情・情動性の彩りを再現するきっかけとなる、やせ細った抽象的な抜け殻（身体性の不在）としての「記号」にすぎない、ということになってしまうのではないだろうか。

後に書かれた論文「朗読理論の美学的前提」（一九二七）では、ベルンシテインが「記号」という言葉ではっきりと芸術作品を規定しているのを見ることができる――「私たちは芸術作品を、sui generis〔独自の〕表現的システムとととらえる――無対象の情動と要約できるような、直観にかかわらない諸要素の情動的・動態的システムの外的な記号としてである」。彼によれば「美的客体を形成する一定の内容は」「外的記号、つまり芸術作品」によって与えられ、「この記号にもとづいて、知覚のなかで再現される」[9]。すなわち、詩を含む芸術作品とは、身体化され情動化されたオリジナルの美的内容の「外的な記号」にすぎない、とまで彼は言うのである。

ここにあるのは、彼らが自明のように前提し実体化しているオリジナルの身体化された発声が、じつはそうした充実した身体の運動性を剥奪された「外的記号」を媒介として再構成されるものにすぎない、という事態にほかならない。身体化されたオリジナルな声などもともとどこにも存在しないのであり、私たちには「記号」しか残されておらず、そこから不在の身体（声）を手探りで再構築するほかないのだ。

この「記号」性による不在の身体の再構成という問題を真正面からとりあげた著作こそが、トィニャーノフの『詩の言語の問題』なのである。トィニャーノフが目指したのは、まさに「聴覚文献学《フィロロジー》」の音声的アプローチにおける身体的発声の素朴な実体化を批判し、詩の言葉を、「記号」（「シグナル」、「等価物」）と、その音声的潜在性を実際に実現させようとする「志向《ウスタノフカ》」とのあいだにおこる「動態的」な「運動性」の問題（「構成的原理」）としてとらえなおすことだった。

まず彼は、最近提出されたばかりの「詩的言語」概念がすでに危機に陥っている、と話を切り出すのだが、その原因は、彼の見立てでは、この概念が「心理・言語学的基盤」に依存することで、スタティックになってしまっているところにある。そこで彼が持ち出すのが、「構成的原理」なる概念である。彼によるとそれは「スタティックな統一」を揺さぶる原理であり、「文学作品のフォルムは、動態的なものと認識されなければならない」のだ。

この「構成的原理」とはいったいどういうものなのか。面白いのは、この冒頭の数頁で、すでにトィニャーノフが、「記号」「等価物」という概念を、主人公像の統一性を例にあげて説明していることである。

> このように、主人公のスタティックな統一は（そもそも文学作品におけるありとあらゆる統一がそうであるように）、きわめて不安定なものなのである。それは、構成的原理にすっかり身をゆだねていて、作品の進行につれて揺らぐのだが、どんな風に揺らぐかは、それぞれの場合に応じて作品全体の動態性によって決まる。統一の記号、その一カテゴリーがあれば充分なのであり、それは統一性を揺るがせる事実上いちばん極端な事例でも正当なものとして扱い、そういう事例を**統一の等価物**と見るように無理強いするのだ。
>
> しかしこうした統一はもう、主人公のスタティックな統一などという素朴な考えとはまったくもって明白に違うものだ。スタティックなまとまりをあらわす記号の代わりに、主人公の頭上にあるのは、動態的なインテグレーション、動態的な全一性の記号である。スタティックな主人公などおらず、存在するのはただ、動態的な主人公だけなのである。それに、私たちがそれぞれの場面で主人公その人に目が慣れてしまうことがないようにするには、主人公の記号、主人公の名だけで充分なのだ。[10]（傍点引用者、ゴシックによる強調は原著者）

つまり、文学の「主人公」とは、なにか身体的にあらかじめ統一されてできあがってしまっている実体的存在などではなく、「主人公の記号」、「主人公の名」にすぎないのであって、その記号の背後では、実際には、作品の展開という「動態的」な推移のなかで主人公像は刻々と揺らぎ、違うものへと変化してゆく。動態的変化によって現れたさまざまな変種はいわば、主人公の「等価物」であって、そのバラバラなものの「インテグレーション」（集積）を、私たちは「主人公の記号」のもとに、主人公像として受けとっているだけだと言うのである。

しかも「記号」によるこうした身体的な像の再構成は、韻律や文体など、詩の言葉の形態のあらゆるレヴェルへと浸透する。たとえば、彼がこの本のなかで挙げる「等価物」の例として有名なのは、プーシキンのある詩に見られる、詩行のかわりに多重点（「……」）が三行半にわたって打たれた個所である。トィニャーノフは、ほとんどが「……」となったこの詩聯を、「構成的原理」が極端に露出した例としてきわめて重視する。なぜなら、それはまさに詩聯の「等価物」、つまり詩聯を「……」という「記号」で置き換えたものにすぎないにもかかわらず、読者に、それまでの詩のテクストで展開されてきた韻律や抑揚を潜在的に期待させてしまうからだ。

こうした「記号・等価物」をきっかけとして生み出される期待（「準備《イズゴトーフカ》・構え」）と、それによるオリジナルの対象の構成（「解決《レシェーニエ》」）が、詩の言語に特有の詩的な意味を生み出すと彼は考える。つまりトィニャーノフが言う「構成的原理」とは、身体の不在としての断片的で恣意的な「記号」によって、逆に知覚の対象が身体的統一として構成される働きのことなのだ。だとすれば、「詩的言語」の問題をとりあげているにもかかわらず、彼が「構成的原理」を説明するさいに、なぜか「主人公像」という身体的に統一されている（と通常考えられている）像を最初に例示したのも、たんなる偶然ではないだろう。というのも彼にとっては、身体的に統一された主人公像であれ、詩的ジャンルの身体的統一性としての声であれ、もともと身体性のない「記号」の連続的断片を身体的・意味的に統一して構成されたものにほかならないのだから。

身体的・意味的統一としての「詩」

このように、トィニャーノフは、それ以前のフォルマリストたちが依拠していたジーファースの「聴覚文献学《フィロロジー》」理論の前提、すなわち、まず身体的に統一されたオリジナルの詩的発声が客観的に実在し、その記号化である書字テクストから、もとの音声を復元できる、という前提を完全に逆転させてしまう。トィニャーノフにとってはそもそもまずバラバラな「記号」しかなく、私たちは次々に生起するそのバラバラな記号をもとに、身体的・意味的統一を構成するほかない。この身体の不在としての「記号」から、身体化された「主人公」や「詩」の意味的統一体が産出されるという、矛盾を孕んだ生成の弁証法（「動態性」）こそ、彼の言う「構成的原理」なのである。

興味深いのは、一見するとコペルニクス的転回のようにも思えるトィニャーノフのこうした逆転の発想が、じつは当時の心理学や知覚理論のなかでもきわめて重要な問題になっていたということだろう。よくよく考えてみれば、そもそも私たちの知覚に与えられるのは、対象そのものなどではなく、つねに対象の部分的な断片の現れにすぎず、しかもそれは、時間、空間的に刻々と変化してゆくものでしかないはずだ。だとすれば、なぜ継起するそうしたバラバラの諸知覚の断片が、ひとつの統一的対象の知覚として成立するのか。

たとえばエルンスト・マッハは、経験に実際に与えられるさまざまな知覚の流れが、当時の心理学によって客体的存在としてあらかじめ実体化されていることを批判し、純粋に経験に与えられたものだけを考慮するよう要求していた。また、マッハの影響のもとに、心理学批判から現象学の構築をめざしたエドムント・フッサールもまた、心理学による対象の存在の安易な実体化を判断停止し、経験のなかで、断片的な諸知覚の継起からなぜ統一的な意味的対象が志向的に構成されうるのかを明らかにしようとした。継起的に流れてゆくバラバラな「記号」の連鎖が、身体的・意味的統一としての「主人公像」や「詩的な発声」を知覚経験のなかで構成する、というトィニャーノフの考え方は、ごく大雑把な意味で、フッサールの現象学における対象の志向的構成とかなり似た構図を持っているとは言えないだろうか。フッサールにおいては、知覚された個々の現れ（現出）が身体的・意味的統一として構成されうるのは、意識が、そうした個々バラバラの現出の向こうに身体化・意味化された統一的対象（現出者）をとらえようとする志向性をそなえているからだが、トィニャーノフの場合にも、継起する断片的諸「記号」は、知覚する意識の「志向《ウスタノフカ》」や「準備・構え《イズゴトーフカ》」によって身体化された統一的な詩的「意味」として「動態的」に構成される。彼が詩的言語を論じるために一九世紀心理学の用語を多用したのも、「記号」と対象の知覚の関係にかんする心理学的な図式をそのまま逆転しようとしたからなのだろう。

もちろん、これはあくまでごく大まかな類似にすぎない。トィニャーノフ自身がフッサールの影響を実際に受けたという指摘もなされているとはいえ、[11] それがどれほど決定的なものだったかについては不明な点が多い。実際、フッサールが経験における対象の志向的構成の身体的・意味的統一性を私たちの認識や生の条件としてきわめて重視するのにたいして、トィニャーノフはむしろ、そうした身体的・意味的統一がじつは記号の断片による効果でしかない、という点を強調したがっているようにも見える。だがいずれにせよ忘れてはならないのは、トィニャーノフが、「記号」の断片と、意味的に統一され身体化された対象との動態的で弁証法的な相互関係に着目したことが、「詩はなぜ詩として知覚されうるのか」という私たち当初の問いにとって、きわめて重要な意味を持っているということなのである。

そのことを理解するためには、詩と散文の文体の違いについてのトィニャーノフの議論を参照すればよい。たとえば、もし純粋に意味を通じさせるための詩の朗読をおこなうならば、リズムはたんに邪魔な要素となってしまうはずであり、そのためにいちばんよいのは、韻律も押韻もない自由詩である、ということになってしまうと彼は言う。だが、もしそうであれば、ここにおいて、詩と散文を区別する意味はもはや消滅してしまうだろう。とすれば、詩の言葉に固有の特性を研究すること自体に意味がなくなってしまう。[12]

そこでトィニャーノフは、詩と散文を識別する要素として、リズム（韻律）をとりわけ重視する。ここまでなら先のジーファース理論と変わらないのだが、問題は、トィニャーノフがこのリズム（韻律）の要素をけっして実体化していない、ということなのである。彼によれば、韻律は「リズムの主要コンポーネント」であり「リズムに不可欠の条件」なのだが、その理由は、「韻律が文のアクセント配分をデフォルメし、一定程度までその強さを再配置することで、他のどんなコンポーネントよりも、言葉の運動的・力動的側面を複雑化し前面に押し出す」からだと言う。[13] この「言葉の運動的・力動的側面」とは何のことか。

トィニャーノフの見方では、前にふれたように、多重点「……」のみによる詩聯（等価物・記号）が詩の構成的原理として成立するのは、読み手が内心、あるいは実際の朗読で、この個所にも韻律があるはずだと勝手に想像し、「……」のなかに韻脚のリズムを読み込んでしまうからだ。リズムの「等価物・記号」に刺激されて、韻律のリズムを期待し拍子をとりたくなるこうした身体（発声器官等）の運動感覚が、「運動性・力動性」と呼ばれているのであり、このように「等価物・記号」から、それを統一した発声・身体として構成しようとする知覚の「運動性・力動性」こそが、詩として有意味な構成的意義を生み出す、つまり詩を詩らしくする、と彼は考えているのである。

だとすれば、自由詩が散文と混同されないのも、まったく同じ理由からということになるだろう。つまり、韻律や押韻がなくても、詩行や聯に分割された言葉の列（記号）は、なんらかの詩的なリズムが隠されているはずだと読み手に勝手に予期させ、リズム化しようとする身体的な運動性を準備状態にする。そのことが自由詩を「詩」として知覚させると同時に、そうやって予期される月並みな韻律への批評やパロディー、異議申し立てにもなりうるわけである。

広い意味では、この原理は日本の近現代口語自由詩にも充分適用できるだろう。もちろん口語自由詩にはあらかじめ定められた韻律はない。しかし、詩（韻文）ジャンルの作品として詩行に分割され、詩聯に整えられた書字テクストは、たとえ私たちが特定の韻律や押韻の規則を意識していなかったとしても、知覚をとおして私たちのなかに「詩」という意味的統一体の実現を要求する「志向《ウスタノフカ》」を起動し、「詩」を実現しようとする私たちの知覚や身体の「運動性・力動性」を「準備・構え《イズゴトーフカ》」状態にするはずである。実際、中原中也でも萩原朔太郎でもよいが、口語自由詩を私たちが朗読する場合、あきらかに新聞記事や小説、報告書等を朗読するのとは違ったトーンやリズムで読もうとするだろう。この意味で「詩性」とは、記号という不在を突破して私たちの経験のなかで身体化され世界へともたらされる存在としての、詩的な意味的統一体なのだと言えるのかもしれない。

すでに述べたように、『詩の言語の問題』はこれまで、いくつかの系のあいだの動態的な闘争やドミナントといったプラハ学派的な機能主義的構造主義のタームでしか理解されてこなかったし、ロシア・フォルマリズムやチェコ構造主義と現象学との関係も、こうした機能主義の範囲でしか認められていなかった。だがここで注目すべきなのは、あきらかに、より存在論的な問題なのだ。私たちの知覚に与えられるのは、つねに断片的な「記号」でしかなく、しかし私たちはその「記号」を媒介に、不在の身体の意味的統一を構成せざるをえないという不在と存在の弁証法、現象学的に言うなら、「諸現出」と「現出者」あるいは「ノエマ的対象」と「基体x」のあいだの「意味的差異性」――これこそが、トィニャーノフが私たちにつきつける、文学テクストの根源的な現象学・存在論的条件なのである。これに比べれば、言語の詩的機能や、プラハ言語学派風の機能主義といった操作的な問題など、はるかに些細なことにすぎない。

注

1　エルマー・ホーレンシュタインのように、ヤコブソンがフッサール現象学の深い影響を受けたとする見方が根強くあるが、ホーレンシュタイン自身認めているように、ヤコブソンに対するフッサールの影響は、『論理学研究』のきわめて狭い範囲に限られており、「ノエマ・ノエシス」的な対象の構成や「発生的現象学」、「地平」、「生活世界」等の中期や後期のフッサールのアイディアとは無縁なものと考えてよい。ヤコブソンの意図は、せいぜい初期フッサールの「還元」という方法を利用して、当時の言語学から心理主義的な夾雑物を取り除き、構造的、機能的なものを抽出することで、言語学の科学的客観性を担保することにすぎなかったのではないかと思われる。以下を参照：エルマー・ホーレンシュタイン『ヤーコブソン 現象学的構造主義』川本茂雄・千葉文夫訳、白水社、二〇〇三年。

2 *Svetlikova I.* Istoki russkogo formalizma: Traditsiia psikhologizma i formal’naia shkola. M., 2005.

3 *Shklovskii V.* O poezii i zaumnom iazyke // Sborniki po teorii poeticheskogo iazyka. T. 1. Petrograd, 1916. S. 5.

4 Tam zhe. S. 12.

5 *Iakubinskii L.* O zvukakh stikhotvornogo iazyka // Sborniki po teorii poeticheskogo iazyka. S. 25–26.

6 *Eikhenbaum B.* O kamernoi deklamatsii // O poezii. L., 1969. S. 523–524.

7 *Bernshtein S.* Stikh i deklamatsiia // Russkaia rech. Novaia seriia I. L., 1927. S. 7.

8 *Vysheslavtseva S.* O motornykh impulʹsakh stikha // Poetika. Sbornik statei. T. 3. L., 1927. S. 48.

9 *Bernshtein S.* Esteticheskie predposylki teorii deklamatsii // Poetika. Sbornik statei. T. 3. S. 27.

10 *Tynianov Iu.* Problema stikhotvornogo iazyka // Literaturnaia evoliutsiia. M., 2002. S. 32–33.

11 トィニャーノフとフッサールの関係については、いくつかの指摘があるものの、詳細な研究はなされていない。*Tynianov Iu.* Poetika. Istoriia literatury. Kino. M., 1977. S. 516; Dragan Kujundžić, *The Returns of History: Russian Nietzscheans after Modernity*, Albany: State University of New York Press, 1997, pp. 74–75.

12 *Tynianov.* Problema stikhotvornogo iazyka. S. 44.

13 Tam zhe. S. 155.

声への想像力――ボリス・エイヘンバウムの詩論

八木君人

手法の総体からの「初音ミク」

二〇一〇年三月にはソロコンサートも成功させた「初音ミク」が発売されたのは二〇〇七年のことであった。そのブームを追うかたちでさまざまな議論がなされたが、それまで発売されていた音声合成DTMとは異なり、「初音ミク」が「ブレイク」した大きな要因の一つとして、そのパッケージをいろどる（萌え要素をふくんだ）キャラクター的意匠が挙げられる。開発者の意図としては、それまでのDTMと同様に「初音ミク」も、音楽制作を補助するための素材としての「声」を提供するソフトであり、パッケージにキャラクター的意匠を付したのは、「声」を電子的に再現するにあたっての、当時の技術的な不足（＝どうしても電子的な「音＝声」になってしまうこと）を補うためだったという。だが、視覚的意匠が添えられることによって、当初、想定していた音楽制作者以外の層にもユーザーが広がり、「キャラ」志向的な文化的想像力の中で、初音ミクは、二次創作によって次々と増殖していくことになった。

この場合、現代の日本における一定のジャンルのアニメやゲーム、ライトノベルを巡る議論の中で問題とされるのは、通常、「声」ではなく、何らかの「感情移入」を支えるヴィジュアリティ＝イラストであろう。このとき、VOCALOIDという音響素材＝「身体なき声」はイラスト＝身体に憑依し、その結果、「声」と「身体」をそなえた「初音ミク」が生成する。一方、「初音ミク」のブームに関して増田聡は、現代においてはまだ、「声」という音響素材が「キャラクター的志向的な想像力の水路に従いつつ、それが虚構であれなにがしかの「主体」へと容易に帰属させられてしまう文脈が根強く存在する」ことを指摘している。[1]「声」の背後にその所有者となる特定の主体を想定する習慣から自由ではないわれわれは、「声」によって、たんにデジタル処理された技術的総体としての動画や音声を越えた、何らかの余剰を感じてしまう。「声」にはこうした「強さ」がある。

もっとも、「初音ミク」の場合、その電子的な「音声」が、イラストを憑《よ》り代《しろ》としてはじめて「声」として起ち上がったと考えるべきであろう。問題は、開発者の意図とは別に、「音声」「イラスト」というばらばらな要素の組み合わせが、「声」「身体」へと変換され、ニコニコ動画等で流通することにより、個々の要素の総体を越えた何らかの固有値をそなえたキャラ＝「初音ミク」が生成することにある。そこで「声」は重要ではあるかもしれないが、「主体」や「意識」と結びつく特権的な要素ではない。

翻って考えれば、そもそも「声」を「主体」に結びつける「習慣」こそが、「近代」といわれるごく最近になって前景化した発想なのではないか。確かに、デリダによって提起された音声中心主義批判は形而上学史全体を射程に入れており、音声へ与えられた優位は、西洋的思考を根本で規定していることになるのだろう。それはそうだとしても、そのように、「声」が「主体」や「意識」と結びついている体制が問題化されるには、デリダの才気とは別に、「声」や「聴くこと」に対して、（それまでとは異なった）ある一定のモードが整う必要があったといえるのではないか。

その契機として考えられるのが、主体や意識に結びつかない「声」の生成、つまり、フォノグラフやグラモフォン、ラジオによる複製技術の「音＝声」の誕生と拡大である。音源《オリジナル》と音や声が一体となったそれまでの結びつきは、複製技術によって切断される。「初音ミク」について論じながら、増田も示唆している通り、音声合成の技術が発展していけば、「声＝主体」という「習慣」も、遠くない将来、崩れていくのかもしれない。

二〇世紀初頭に広がったそうした状況を、シェーファーは音分裂症《スキゾフォニア》と名づけた。[2]シェーファーに代表されるこうした発想は、複製技術時代以前の音声のあり方を、対面コミュニケーションを基盤と捉えることから生まれる。こうした見方には異論も提起されているが、[3]以下でみるボリス・エイヘンバウムの詩論を検討するにあたっては、視野に入れておく必要がある。

オポヤズと「生きた言葉研究所」

これまで不思議とほとんど言及されてこなかったが、フォルマリズムが誕生したのは、そうした音分裂症《スキゾフォニア》的な時代の到来と軌を一にしている。元来、音はオリジナルしか存在しなかったわけだが、一九世紀末のベルやエジソン、クロらの音響複製技術の発明により、二〇世紀にはオリジナルな音源から分離されて再現＝再生された音が氾濫する。[4] 音＝声のもつオリジナリティは大きく揺らいでいく。

ロシアにおいても、音響複製技術の中でも録音ができるフォノグラフは、実用化されると間もなく学問的に用いられるようになった。とりわけ民俗学的な調査では早くから利用され、ミトロファン・ピャトニツキイやエヴゲニヤ・リネワらは、数多くの民謡や口承文芸を録音している。

そうした時代にあって、俳優であり演劇理論家・演劇史家であったフセヴォロド・フセヴォロツキイ＝ゲルングロッスによって、一九一八年に「生きた言葉研究所」が設立される。[5]「生きた言葉」である発音や発声に関する研究・教育機関であり、彼は、研究所に、詩人、批評家、言語学者、オペラ歌手、作曲家、指揮者、教育学者、咽喉科医、言語治療士、児童心理学者といった多様な顔ぶれを揃えた。「生きた言葉」に対して学際的なアプローチが採られた。

ここでは発音や発声を研究・分析するためにフォノグラフが大いに活用された。例えば、俳優による詩の朗読と詩人による詩の朗読とを比較・分析するために録音するといったふうに。この組織に深く関わっていたセルゲイ・ベルンシテインの多くの研究にはその成果がみられる。[6] なお、彼の情熱によって、この時代の多くの詩人たちの肉声が現在まで残っている。

そして、ベルンシテインと共に協力者としてこの組織に強くコミットしていたのが、エイヘンバウムである。しかも、その活動は本論で検討する諸論考の時期と重なっている（研究所は一九二四年には閉鎖されている）。一九二一年の春には、エイヘンバウムによって提唱された朗読理論部会が提唱され、ベルンシテイン、フセヴォロツキイ＝ゲルングロッス、ボリス・トマシェフスキイ、ユーリイ・トィニャーノフが加わっていた。こうしてみると、この組織と一九二〇年初頭のフォルマリズムの活動の関連はいうに及ばず、フォルマリストたちの著作に対して音響複製技術の直接的・間接的な影響がなかったと考えるほうが難しいだろう。

また、この「生きた言葉研究所」とは直接的な関係は持たなかったものの、例えば、ロマン・ヤコブソンは、レヴィ＝ストロースが序文を寄せたことでも知られる『音と意味についての六章』の第一講で、一九世紀半ばから始まっていた音響音声学が、その後、スペクトログラフやオシログラフといった新しい精密器機の使用によって、急速に発展したことを指摘している。更にヤコブソンは次のように加えている。「電話、プレーヤー、そしてとくにラジオのおかげで、人々は話す主体から分離されたことば《パロール》を聞くことに慣れた。発話行為は、その音的産物に比べて影がうすれていく。しだいに注目されているのは、この後者のほうである」[7]。

もっとも、こうした音環境の変化のもたらす感性への影響を実証することは容易ではない。これから検討していくエイヘンバウムの詩的言語論にも、直接的にフォノグラフや複製技術への言及を認めることはできない。だが、まずは、そうした音風景が変わりつつある時代に想像力を働かせながら、複製技術による「声」が氾濫しはじめる中で、ロシア・フォルマリズムを考えてみたい。

そのための今回の主人公は、エイヘンバウムである。彼が「フォルマリスト」であったのは、その短くない研究・文筆活動から顧みれば、ごくわずかな期間である。「音声」への志向は、その間、とりわけ彼が詩を考察する際に重要な契機となっていた。「音声」への想像力を展開していくプロセスとして、彼の理論的歩みをおっていこう。

文字と音声

エイヘンバウムの「ゴーゴリの『外套』はいかに作られているか」（一九一八）（以下「外套論」）は、ヴィクトル・シクロフスキイ「手法としての芸術」（一九一七）と共に、ロシア・フォルマリズムのマニフェストとしてよく知られている。「外套論」がマニフェストたるゆえんは、その中でエイヘンバウムが、それまで伝統的だった『外套』の内容面での解釈（ヒューマニズム、官僚制批判、「涙を通した笑い」等々）にかえて、その「語り」を特徴として強調したことにある。要するに、話（＝素材）というより語り口（＝形式）がおもしろいというわけだ（そうした特徴を踏まえて、浦雅春による最も新しい邦訳『外套』は落語調でなされている）。こうした姿勢は、フォルマリズムが文学研究において掲げた「何を」ではなく「いかに」という方針を明瞭に打ち出しており、更には彼らが散文論において提起したストーリー／プロットの対置とも重なっていく。

その「語り」の面白さを剔出するにあたって、エイヘンバウムは、『外套』で用いられている言葉遊びや語呂合わせ、音韻構造、言葉のもつ調音や身振り、表情等々を具体的に分析している。例えばこうだ。

> 特に〔『外套』の〕冒頭で重要な意義を担っているのは、さまざまな種類の語呂合わせである。それは、音の類似や語源的な言葉遊び、密かな不条理といったものでつくられている。草稿ではこの中編小説の最初のフレーズに、音の語呂合わせが加えられていた。「とある

税金・徴収［podatei i sborov］局に、——とはいえ、この局はときとして卑劣・愚劣［podlostei i vzdorov］局と呼ばれていた」[8]。

この例でエイヘンバウムが指摘しているのは、「podatei i sborov」「podlostei i vzdorov」で韻を踏んでダジャレにしているという他愛もないものだが、「外套論」では、語のレベルから統辞のレベルにわたってこうした分析が積み重ねられることで、論考のスタイルの面でも、あたかも「形式的方法」の見本のようなものが仕上がった。

ところで、この一例から文学作品への形式的アプローチを何となく理解できたような気になるのだが、実際のところ、「で、なに?」と思われるだろう。ここが、いわゆる「フォルマリズム」の難しいところである。そういうわけで、特に一九二〇年代後半から運動としてのフォルマリズムが、「何のために」という機能面を視座に入れて論を展開しようとしたことは、至極もっともな流れであった。

もっとも、機能論的アプローチの登場を待つまでもなく、ヤコブソンがいう「文学の文学性」を探求するために、「形式」分析があるのだということも可能であろう。そうした「文学（研究）の自律性」を謳ったところが、フォルマリズムの学術史的意義でもある。しかし、「じゃあ、「文学性」って何なの?」という話になると、フォルマリズムに確固とした統一見解のようなものがあるわけではない。そもそも、多少、彼らの著作を読めばわかるように、いわゆる「フォルマリスト」が、「形式」という日本語で喚起されるような対象を論じているのかどうかも疑わしい。彼らの中に「形式主義《フォルマリズム》」と呼ばれるような共通点があるとするならば、それは、文学作品を論じるにあたって「内容」や「思想」を中心に論じないという態度である。つまり「フォルマリズム」とは、積極的に指示しうるような何らかの「形式」を彼らが論じることというよりは、文学作品を形式的に（あるいは形式面から）論じるという方法論の問題なのだ。

だから、「フォルマリスト」たちが形式的アプローチをとることの意味を探るには、それぞれの論者を個別にみていくしかない。例えば、シクロフスキイならば「異化」の観点で、ヤコブソンならば「表現そのものを志向することば」として、形式的アプローチで詩的言語を論じていくだろう。では、エイヘンバウムはなぜ上で示したようなかたちで、「形式」分析・形式的アプローチを押し出してきたのだろうか?　結論をいってしまえば、それは、エイヘンバウムが「声の文化」を志向していたからである。

「外套論」の直前に書かれた「語りのイリュージョン」（一九一八）と「芸術のことばについて」（一九一八）の中で、

エイヘンバウムは次のように述べている。それぞれから引用しよう。

よく忘れられるのだが、言葉そのものは文字とは何の共通点もないのであり、言葉は生きた、動きのある活動であって、声や調音、イントネーションで出来ており、更にそれには身振りや表情が結びついているのだ。[9]

通常、そのような〔発話・言葉・音と文字との〕分割は起こらないのだが、しかし抽象的な書き言葉の文化は生きた言葉に影響を及ぼし、その生気を奪っている。[10]

ここでエイヘンバウムは、「抽象的な書き言葉」と、声や調音、イントネーション、身振りや表情を伴った「生きた言葉」（=発話された言葉）とを対置させている。文字は言葉の「生気を奪っている」。彼にとって重要なのは、音声として発せられ、聴かれる言葉であり、見て読まれる、黙読される言葉ではない。彼がこれらで問題としているのは、いわば、文字と言葉の齟齬である。だから、「外套論」から挙げた他愛もない語呂合わせも、単なる言葉遊びという以上に、発話された状態をエイヘンバウムが想定して語っているのだと考えなければならない。

エイヘンバウムの呈示するこうした「音声」を重視する意識は、またそれぞれに温度差はあるものの、『詩的言語論集』の論者たちには通底するものであった。しかし、構造主義や記号論の萌芽としてフォルマリズムの文学理論を捉えて考えていく一般的によく知られたフォルマリズム観においては、「音声」が、フォルマリストたちにとってどのような意味を持っていたかについての想像力が、決定的に欠けている。その目には、詩や散文の「音」を論じるフォルマリストたちは、「内容」に対置されるところの、物理的な「音」を扱っていると映ずるだけであろう。そうした見解からすれば、「音」は、文字にされたものであろうと、発話されたものであろうとかまわない。例えば、『声の文化と文字の文化』の中で著者W・J・オングは、ニュークリティシズムとロシア・フォルマリズムとを並べて論じ、これら二〇世紀初頭におこった文芸運動を、「声の文化」的心性から印刷によって生み出されるテクスト的な心性への移行のあらわれと見ているが、[11] この見解が早計であることは上に引いたエイヘンバウムからの引用からも明らかだろう。

つまり、エイヘンバウムが問題としている「音声」とは、まさにテクスト=書き言葉に対置されるところの「言葉」

である。それは、内容や指示対象を重視しない「フォルマリズム」の「言葉」であるが、それと同時に積極的に「音声」を志向する「言葉」でもある。

　ところで、こうした「音声」への注目は、一九世紀末から起こった実験音声学や表記音声学といった言語学の新しい潮流と軌を一にしている。フォルマリズムにとって音声を研究対象として据えるための学問的な後ろ盾となったのが、ドイツのエドゥアルト・ジーファースやその弟子フランツ・ザランらが提唱した聴覚文献学《フィロロジー》であった。われわれの文脈でいえば、聴覚文献学《フィロロジー》とは、それまでの目＝文字による言語・テクスト分析から、耳＝音声による分析への転換を提唱するものであった。要するに音声を重視するアプローチだ[12]。その聴覚文献学《フィロロジー》に関して、エイヘンバウムは「語りのイリュージョン」の中で次のように述べている。

> ドイツの文献学者（ジーファースやザランなど）は数年前から、「目の」文献学（Augenphilologie）に代わる「耳の」文献学（Ohrenphilologie）の必要性について言い出している。それは、とても実り豊かな考えである。詩の分野ではそのような分析がすでに興味深い結果を出していた。その本性上、詩は、特殊な響きであり、発音されたものとして思考されるのだが、それ故、詩のテクストとはただの写し、記号なのである。とはいえ、その種の「耳の」分析は芸術的散文の分野においても、実りをもたらさぬわけがない。[13]

　ここでエイヘンバウムは、文字と音声の対置を、目と耳の対置におきかえている。しかも彼は、詩の分野の方法論である「耳の」文献学を「芸術的散文の分野」に適応することを提唱しているのだ。つまり、「外套論」は、聴覚文献学《フィロロジー》の方法で散文を論じる試みであったと考えていい。ここでは、詩の言語の原理が散文の言語の研究へと、きわめてベタに持ち込まれている。エイヘンバウムにとっては、音声への志向と形式的アプローチとは密接に結びついている。その音声とは、文字に対置されるところの音声であることに留意しよう。

音声から声へ

　一九二二年に出版されたエイヘンバウム『ロシア抒情詩の旋律学《メロディカ》』（以下、『メロディカ』）は、「語りのイリュージョン」や「『外套』論」の執筆と同じ一九一八年、その春に行われた口頭発表に基づいている。エイヘンバウムがその序文で記しているように、この報告は、著名な言語学者アレクセイ・シャフマトフやレフ・シチェルバらの関心も惹き、彼の提起した新しい問題としての旋律学《メロディカ》は、オポヤズ周辺の詩学者・言語学者の議論を大いに活性化した。

『メロディカ』の主眼は、抒情詩のもつ歌謡性・歌唱性を明らかにすることにある。[14] 詩のもつメロディの分析であるといってもよい。ここで「リズム」や「韻律」といった用語を巡る専門的な議論に入る用意はないが、例えば、学校で教えられる詩の分析の基本となるリズム（ロシア詩法の場合、弱強格《ヤンブ》や強弱格《ホレイ》）を明らかにしたところで、その詩の良さの何がわかるというのだろうか？ なるほど、それはいかにも「形式」分析の名にふさわしい感じがするが、そうした機械的で教科書的な分析から導かれるのは、せいぜい統計学的な資料にすぎないだろう。

そこでエイヘンバウムは、抒情詩の特質を捉えるために、個々の抒情詩のもつメロディを構成する、イントネーションの仕組みを解明しようとする（彼は抒情詩を朗唱調・歌唱調・口語調の三つのタイプにわける）。それは、詩の分析を、音や語の単位で行うのではなく、リズムと結びついたフレーズやシンタクシスのレベルで考察していくということだ。ここで重要なのは、エイヘンバウムがそうした分析対象を、「音声学と意味論の境界に位置しているような何か」[15]と捉えていることである。

こうした課題が困難であることはいうまでもない。それは、歌謡曲の歌詞からその調子を推し量るようなものだ。だが、それでもエイヘンバウムがこうした困難を引き受けたのは、言語学的なアプローチとの対決がその背景にある。彼は、抒情詩におけるイントネーションを、「言語の現象ではなく、詩的文体の現象」として考察すべきだとしている。[16] イントネーションは、音だけの問題にも、意味だけの問題にも還元されることはない。

この点で、エイヘンバウムは聴覚文献学《フィロロジー》へ批判の矛先を向けることになる。フォルマリズムに関しては、一般に言語学と詩学の共闘がいわれるが、決してその蜜月は長く続いたわけではない。エイヘンバウムはフォルマリズムの歩みを振り返る「「形式的方法」の理論」（一九二五）の中で、オポヤズの最初期に比べて、「形式的方法と言語学者との当初の結びつきは弱まっていた。〔……〕反対に、詩の文体の領域での言語学者の著作のいくらかは、我々の側に原理的な異論を起こした」[17]と述べている。もちろん、反目しあっていたわけではないが、このエイヘンバウムの筆から、彼がむしろ言語学的なアプローチと詩学とを差異化しようとしていたことが窺えよう。

エイヘンバウムが聴覚文献学《フィロロジー》を批判する具体的な点は、詩を一つの言語現象としてしか捉えないことにある。[18] エイヘンバウムにとって、聴覚文献学《フィロロジー》的アプローチは、詩のテクストの中に日常的なイントネーションを持ち込むだけで、詩のもつ独自のイントネーションを考慮していないことになる。詩のイントネーションは日常のそれとは異なっているが故に、詩テクストを分析するには、「**メロディ面での意義**という観点から」「芸術的な意義をもつ事実」として、詩としてのイントネーションを検討することが重要であるとエイヘンバウムは主張する。[19]

もっとも、エイヘンバウムは聴覚文献学《フィロロジー》のそうした言語学的アプローチを否定しているものの、その基本的コンセプトである詩を聴く立場から分析するという前提が共有されていることにかわりはない。芸術史研究所での同僚であったベルンシテインも指摘しているように、エイヘンバウムはジーファースの量的実験を否定しているものの、「しかしジーファースの方法の本質、すなわち、文字テクストに対する「発音的・聴覚的反応」という方法[20]」は、エイヘンバウムは保持している。

つまり、エイヘンバウムが『メロディカ』で試みているのは、比喩的に述べれば言語学的アプローチが捨象してしまう、詩のテクストが発する「声」を聴くことだといっていいだろう。エイヘンバウムは、「言語学は一連の自然科学であるが、詩学は精神科学である[21]」という、ディルタイやリッケルト、ヴィンデルバントといった当時の人文科学の方法論を巡る議論を念頭においたような発言をしている。[22]「精神科学」という語をエイヘンバウムが厳密な意味で用いてないにせよ、彼がいわんとしているのは、詩テクストを分析するには、自然科学としての言語学が扱う「音《フォネー》」ではなく、精神科学としての詩学が扱う「声《フォネー》」が必要だということである。翻って述べれば、「外套論」で言及された「表情」や「身振り」といった要素は、とりわけ、「音」ではなく「声」に伴うものとして捉えるべきだということがわかる。

隠喩としての「声」

ところで、「声」という隠喩ですぐさま思い出されるのが、フォルマリズムを批判したバフチンである。最晩年に編んだ著作『人文科学の方法論に寄せて』（一九七四）において、バフチンは次のように述べている。

> 自然科学とは、モノローグ的な知の形態である。知性は事物を観照し、事物についての見解を述べる。ここにあるのはただ一つの主体、すなわち、認識し（観照し）、話す（見解を述べる）主体である。それに向かっているのは、物言わぬ（声のない）事物のみである。この知のあらゆる対象（人間も含める）は、事物とし

て知覚され認識されうる。しかし、主体そのものは、事物のようには認識することも探求することもできない。というのは、主体としてあるそれが、主体にとどまっていながら、物言わぬ〔声のない〕ものになることはできないからであり、従って、主体についての認識は、対話的でしかありえない。[23]

ここでバフチンは人文科学の方法論を念頭におきながら、主体を客体化し、事物として対象を扱う自然科学の認識を批判している。客体化された事物が「物言わぬ＝声のない」という隠喩で語られることにここでは留意しよう。バフチンにとっては、「主体」の隠喩としての「声」の有無が人文科学と自然科学とを分かつことになる。

この点で、エイヘンバウムとの対比が興味深い。エイヘンバウムが自然科学＝言語学による詩へのアプローチを批判するのは、詩のもつ独自のイントネーションを考慮していないからであった。彼はこのとき、「音声」があることは前提とした上で、両者を「声」の質の差として、いわば、「言語学の音」と「詩学の声」として捉えていたといえる。

バフチンは、こうした音声の肌理には興味がない。バフチン・サークルのメンバーであるヴォロシノフ名義で出された「生活のなかのことばと詩のなかのことば」（一九二六）では、イントネーションに関してこう述べられている。

イントネーションはつねに、言語的なものと非言語的なもの、言われたことと言われなかったことの境界上にある。イントネーションにおいては、言葉は生活と直接に接している。またなによりもまず、まさにイントネーションにおいて、話し手と聞き手は接している。イントネーションはとりわけ社会的である。[24]〔強調は原文〕

ここで詩のイントネーションは特に問題とはならない。イントネーションはおしなべて発話のコンテクストに依存し、「生活のことば」に密接しているものだ。イントネーションは、ことばを辞書的な言葉の外へと連れ出す。現実の発話において重要な契機となるこうしたイントネーションが、従来の言語学では扱えないことをヴォロシノフ／バフチンは指摘する。このときイントネーションは、やはりヴォロシノフ名義で出された『マルクス主義と言語哲学』（一九二九）で展開された、批判すべき先行する二つの言語観――個人主義的主観論（フンボルト）、抽象的客観論（ソシュール）――が扱えない代表的なものとされるだろう。バフチン『小説の言葉』（一九三四―一九三五）を見ればわかるように、彼が「詩のことば」に冷淡なのは、それが、ことばの多様性を看過して、詩人個人が言葉に対して直接的な関係をもとうとする「個人主義的」言語だからである。バフチンの「主体」や「他者」といった議論うずまく概念に踏み込む力量は筆者にはないが、少なくとも、バフチンのいう「声」が、ある場に参与する（という点で社会的なものに貫かれている）「対話者」に結びついているということはできるだろう。「声」の源には「他者」がいる。バフチンは、無論、エイヘンバウムの「声」を「声」として認めない。

　しかしながら、抒情詩を素材に考察しながらエイヘンバウムが生み出したのは、実に奇妙な「声」ではないだろうか。彼が求める「声」は、必ずしも「作者＝詩人の声」ではない。そのことが明確にわかるのが、彼が著した朗読術についてのいくつかの論考である。その中で中心となるトピックの一つが、詩人による詩の朗読と役者による詩の朗読との相違である。

　通常、詩人の朗読はモノトーンであり聴衆の受けが悪く、役者は感情豊かで印象的だといわれていたのだが、エイヘンバウムはそれを敷衍して、（『メロディカ』とは別の）論文「詩の旋律学《メロディカ》」（一九二二）の中で、その相違をイントネーションの問題として捉え、次のように述べている。

> 役者の朗読と詩人の読みとの根本的な相違は、イントネーションの方法にあるのだ。役者は、自分の舞台上の習慣に従って、発話のイントネーションをそのままにしている、〔……〕詩人が与えるイントネーションは、リズム・シンタクシスの構造に基づいているのだが、それによってメロディが生まれ、特別な抒情的な歌唱性があらわれるのだ。[25]

　役者のもちこむ「発話のイントネーション」とは、「日常言語のイントネーション」だ。もっとも、エイヘンバウムは朗読術を独自のジャンルとして捉え、固有の「美的法則」を求めるため、詩人の朗読をも絶対視しているわけではない。一九二三年付で書かれた「室内朗読について」の中で、彼は、「詩人による読みが重要なのは、手本としてではなく、原理を指摘することとしてである」[26]ことを繰り返し述べている。エイヘンバウムによれば、朗読術には詩のリズムとは異なる「句切り」方があり、その句切りには詩テクストの意味のニュアンスが考慮されなければならないという（役者による朗読は、意味の側面が過度に実現されている）。要するに、エイヘンバウムにとって目指されるべき朗読術は、いわば詩人の朗読と役者の朗読を止揚するかたちで誕生する。そしてそれが、恐らく、「詩」のイントネーションを探る人文科学の方法と通底することになる。

ここでわれわれは、「外套論」でエイヘンバウムが、「話し手ではなく、ほとんど喜劇役者のような実演者が、印刷されたテクストである『外套』の陰に隠れている」[27]といっていたことを思い出そう。ここでは、「実演者」という、ある意味で不定形な、無人称的な存在が要請されている。それならば、エイヘンバウムの詩論をパフォーマンスの詩論として捉えると、彼の詩論の展開はどう見えてくるか。

聴くこと／発音すること――発声の詩論

一九二三年に刊行された『アンナ・アフマートワ――分析の試み』（以下、『アフマートワ』と略記）においてエイヘンバウムが論じるアンナ・アフマートワとは、文学史的には「アクメイズム」という流派に属し、一九一〇年代から二〇年代初めに抒情詩を中心に作品を発表するも、ソ連体制下で沈黙を余儀なくされ、「内的亡命」状態の中で自らの詩を記憶し続けた二〇世紀のペテルブルクの詩人である。

エイヘンバウムは、シンタクシスを中心として、アフマートワの詩の韻や語彙について述べていくわけだが、彼女の詩は脚にわけてもそのリズムを研究することはできず、イントネーションへの志向がその構成原理となっていることを強調する。それと同時にエイヘンバウムは、彼女の詩の特徴を文学史的に位置づけるため、シンボリズムと対比して描き出す。一九一〇年代の詩の大きな流派は、シンボリズム、アクメイズム、未来派の三つであった。一方、フォルマリズムと未来派との共闘はよく知られているが、フォルマリストたちが当時の文学流派の中でまず批判すべき対象であったのもまた、アレクサンドル・ポテブニャの言語観とそれに依拠するシンボリズムの詩論であった。

エイヘンバウムがシンボリズムの詩論の何を批判するかというと、ことばの発音面が詩の構成に入っていないことである。彼によれば、シンボリズムは、詩の聴覚的で音響的な側面しか考慮しておらず、彼ら独自の音楽性に服される素材としてのみ、ことばを扱っている。[28]エイヘンバウムは、シンボリストの詩の要素を、「聴覚的で、音響的な側面」と表現しているが、これは明らかに、聴覚文献学《フィロロジー》に対する批判と方向を同じくする。

興味深いのは、ここで、エイヘンバウムとしては新たに、聴覚や音響に対置されるものとして、発音という契機が明確にあらわれてくることだ。未来派について彼のくだす評価を参照しよう。

いかに逆説的に思われようとも、無意味な単語や「超意味語《ザーウミ》」への未来派の関心が生まれたのは、まさに言葉のもつ発音的・意味的な力を新たに感じたいという願望からであろう。そしてその言葉とは、シンボリックな音ではなく、直接的でリアルな意義をもつ、調音としての言葉なのだ[29]。

エイヘンバウムにとって未来派の詩は、シンボリストのように「聴覚的で、音響的な」原理に従うのではなく、「言葉のもつ発音的・意味的な力」によって動機づけられている。そして、彼は未来派の詩を、「音」ではなく「調音としての言葉」と特徴づける。エイヘンバウムは「音」全般に関して次のように述べている。

我々が普段、**音**と呼んでいるものは、まさしく同時に**調音**、発声器官の運動でもある。ことばは、聴覚のプロセスのみならず、発音のプロセスでもある。感知可能性が高まる、自己目的的なことばである詩において、我々が出くわすのは、**音**のシステムのみならず、**調音**のシステムである。しかも、詩において音響に関することは二義的なのであり、それは実際には、**聴覚**というよりは**発音**に結びついていることを詩人たち自身が自覚した結果なのだ、という考えがあらわれている[30]。〔強調は原文〕

ここでエイヘンバウムは、聴覚面も発音面も考慮に入れるべきだとしながらも、考察する上で両者を分離し、後者に重きをおいている。要するに、言葉の「音」とは、「聴覚＝聴くこと」のみならず、「発音＝発声すること」も含まれるのであり、詩においては特に後者への関心の高まりが見られるということだ。ここでエイヘンバウムがいっているのは、「目の」文献学でも、「耳の」文献学でもなく、いわば「口の」文献学である。

エイヘンバウムは、まさに「調音＝発声器官の運動」として捉えられた「発音」の観点から、アフマートワの詩の特徴を述べている。

アフマートワの詩において関係しているのは、他の原理なのだ。それは、「快音《ユーフォニー》」でも「諧音構成」でもなく、調音のシステムであり、発声運動であり、私が**発声に伴う表情**と呼ぶであろうものなのだ。このことが自然と結びつけられる基本的な傾向とは、言葉による表現力であり、純粋に発声や、発音の持つ力を強めることである。この発声は、特別な調音・表情をもった表現力を獲得する。言葉が感知されるようになったのは、「音」としてでも、調音全般としてでもなく、表情の運動としてなのだ。このことに関連して、〔アフマートワの詩においては〕子音から母音へ、音声から調音へ、とりわけ唇の表情へと注意が移ったのである。[31]〔強調は原文〕

アフマートワの詩には、シンボリストの詩論とは全く別の原理が働いており、いわば発声＝発音に伴う表情や身体器官の運動のもつ表現力に向けられているとエイヘンバウムは考えている。彼女の詩をエイヘンバウムは、「発音のプロセス、表情を示す調音への志向をもった詩[32]」としている。また、アフマートワの特徴である調音の特徴やイントネーションに関連してエイヘンバウムは、具体的にその詩の母音組織の分析にかなりの頁を割いているが、その一つの指摘として、彼女の詩には「唇の動きと最も結びついている母音uの優位が特徴的であり、u‐a、o‐a、a‐iといったタイプのコントラストを為す動きがある[33]」と述べている。このほとんどエロティックな分析は、要するに、母音を発する際に激しく動く唇のことを記しているといえよう。

前節まで検討してきたエイヘンバウムの歩みを踏まえると、『アフマートワ』にみられる発音・発声といった詩論の意義は、次のように位置づけられる。すなわち、聴覚文献学《フィロロジー》への批判を経たエイヘンバウムは、聴覚文献学が問題とするような「音」に対しては「声」を据えるのだが、『アフマートワ』では更に、実際に発音・発声することに伴う「調音」「表情」といった要素に着目し、それに伴う表情の動きや唇の運動に言及することによって、詩のテクストから起ち上がる「声」に、いわば身体的イメージを纏わせることになった。

一方で、考慮しなければならないのは、『アフマートワ』は、エイヘンバウムが同時代の詩人を扱ったモノグラフとしては、唯一の著書であることだ。アフマートワと親交のあったエイヘンバウムにとって、[34]その詩行からは彼女の声のみならず、自らの詩を朗読する彼女の姿までもが立ち現れたに違いない。『アフマートワ』における唇の運動に関する指摘を含め、実際に、その詩人が朗読する現場に立ち会っているという経験が、『アフマートワ』には反映しているのだろう。

複製技術時代の文学論

エイヘンバウムが「発声の詩論」を提起したことは、いくら奇妙なものに映っても、実はそれほど驚くべきことではない。例えば、シクロフスキイは記念すべき『詩的言語論集』第一巻（一九一六）におさめられた「詩と超意味《ザーウミ》言語について」において、「何も意味することのない「超意味語《ザーウミ》」を堪能するには、間違いなく、ことばの発音面が重要である。もしかしたら一般論としても、発音面に、すなわち発声器官の独特なダンスのなかに、声に出して読まれる詩のよろこびの大部分はあるとさえいえるかもしれない」[35]と述べている。また、ヤクビンスキイは同じ時期（バフチンにも影響を与えたといわれる）「対話的な発話について」（一九二三）で、実際的な発話を考察するに当たり、対面コミュニケーションにおける身振りや表情の重要性について論じている。[36]詩的言語研究会周辺《オポヤズ》の詩学者たちがそれほど意識していたようには思えないが、言語学者であるヤクビンスキイが、当時、音韻研究において問題となっていた、「調音」「音響」「聴感」の区別に無頓着であったはずはない。[37]更に、トマシェフスキイも「詩のリズムの問題」（一九二三）において、例えば、聴覚文献学《フィロロジー》を批判しながら「話し手と聞き手の共鳴、この結びつきこそが、真の発話なのだ」と述べている。[38]

　これらのことからも明らかなように、詩を考察する場合でさえ、その発声・発音行為全体を捉えようとする志向が、彼らの間で共有されていることがわかる（但し、トィニャーノフが『詩の言語の問題』で提起した「等価」の概念やグリゴリイ・ヴィノクールのタイポグラフィー論といった明らかに異なる傾向もあることを忘れるべきではない）。ここでいう「全体」とは、エイヘンバウムの文脈でいえば、書き言葉に対する「生きた言葉」であるといってもよい。そういった「生きた言葉」を捉えようとする志向が、『メロディカ』においては「音」から「声」へ、『アフマートワ』ではその「声」を聴くことから、調音や表情を伴う発話・発声の要素へと、エイヘンバウムを向かわせたと考えることができるだろう。

　ここでもう一度、「生きた言葉研究所」に目を向けてみたい。一九一八年一一月一五日から一九二一年一月一日までの研究所の活動報告書には、エイヘンバウムの活動として、「a　詩のテクスト分析のセミナーを行う、b　テーマに関する著作を出版：「語りのイリュージョン」、「ゴーゴリの『外套』はいかに作られたか」、「詩の読みについて」、「詩における音について」、「詩の旋律学《メロディカ》」と記されている。[39]われわれが見てきたエイヘンバウムの活動が、研究所との関連で行われてきたことが窺えよう。また、遡ること一九一九年三月二七日付活動報告には今後のプランが記されているが、三番目に「ロシア語のメロディ研究」が挙げられている。その具体的な内容の一つとして、併設されているラボでの実験音声学や発話のメロディの録音が挙げられている。[40]アフマートワの朗読も、実際に、録音されている。

　こうした状況証拠から、エイヘンバウムの提起する奇妙な「声」が、複製技術であるフォノグラフによる新たなタイプの「声」の登場により、「声」の領域の可能性が細分化されたことによって初めて思考することが可能となった、奇妙な「声」であると考えることはできないだろうか。残念ながら、その効用に関するエイヘンバウムの直接的な証言はえられていないものの、そうした視座は、われわれがフォルマリズムを再考するにあたって必要となってくるものだ。

　最後に、エイヘンバウムが直接的に言及しているもう一つの複製技術について触れて、本稿を閉じたい。一九二五年付「レスコフと現代の散文」の中でエイヘンバウムは、本稿で検討してきた「声」の問題を散文のフィールドに移して、当時の散文を取り巻く状況を踏まえながら検討している。エイヘンバウムの見立てでは、この時代、散文における叙述の方法の問題が前景化してくるが、それは、長編小説の衰退と軌を一にしている。それは心理的なものであれ、冒険譚的なものであれ、ストーリーの後退を意味する。レーミゾフやザミャーチン、ゾシチェンコといった作家たちは、レスコフが得意としていたような方言、俗語、多様なイントネーションを孕む話し言葉への志向をもった語りを展開するようになる。エイヘンバウムはいう。

　そのことは、無論、叙述的散文全般が物語《スカース》に限定されなければならないということではない。重要なのは、物語《スカース》そのものではなく、言葉、イントネーション、声への志向である。たとえ、それが文字となっていたとしても。[41]

　われわれが比喩的に記述してきた「声」が、エイヘンバウムによっても用いられる。彼の論理を追ってきたわれわれにとって、彼がいうことは明瞭だ。もっとも、この部分に対して、「物語《スカース》＝語りとは、他者の言葉への志向であって、その結果として口頭の言葉を志向する」とバフチンはエイヘンバウムの形式分析を批判する。[42]今は、そのことは措こう。

　ここで採り上げたいのは、上の引用の直前に、エイヘンバウムが唐突に映画について言及していることである。記述的で描写的な長編小説の叙述は、舞台には不可能なプロットの構成を可能にするが、そうした長編小説の利点も、映画のほうがうまく実現するというのである。彼によれば、

「映画は、長編小説に打撃を与える一方、芸術的散文に言葉を、叙述を取り戻させた。そこで起こったのは、それまで融合して何か未分化な形式となっていた諸要素のある種の差異化である」[43]。つまり、散文がかつて長編小説という形態で担っていた役割は、映画によって衰退し、「言葉」が散文の主人公に戻ってきたというわけだ。映画の影響で、文学作品の形態はかわっていく。この論考は、次のように結ばれる。

> 我々は多くのことをあたかも最初からはじめているようだ。それが、我々の時代という歴史の力である。多くのものを我々は違ったふうに感じているが、そこに言葉も含まれる。言葉に対する我々の態度は、より具体的で、より感覚しやすく、より物理的なものになった。映画では言葉のことを忘れるが、その代わり、演劇や文学、演芸においては、ますます緊張感をもって言葉を追いかける。映画の出現したあとでは、演劇での表情は味気ないものとなったが、代わりに言葉が強固になり、豊かになった。我々は言葉を聞き、事物としてそれに触れてみたいと思う。そうやって「文学」は広く言語芸術へ、叙述は語りへと回帰しつつある。[44]

映画という新しい複製技術の出現が、他の芸術ジャンルの再編成を促すということに、エイヘンバウムは自覚的である。そのとき、再分配されたジャンルの固有性に基づいて、新たな学が、新たな方法論が成立する。数年先には映画にも「声」が到来し、言葉を巡る諸芸術の配置は、再度、変更を余儀なくされるだろう。

技術やメディアの登場が感性や芸術諸ジャンルを再配備するという事態に直面しているのは、なにもエイヘンバウムだけではない。われわれには、いかなる文芸学が可能だろうか。

注

1　増田聡「データベース、パクリ、初音ミク」『思想地図』Vol. 1、二〇〇七年、一七一―一七二頁。

2　R・マリー・シェーファー『世界の調律――サウンドスケープとはなにか』鳥越けい子・小川博司・庄野泰子・田中直子・若尾裕訳、平凡社ライブラリー、二〇〇六年、二〇六―二〇九頁。

3　例えば、Jonathan Sterne, *The Audible Past: Cultural Origins of Sound Reproduction*, Durham & London: Duke University Press, 2003, pp. 19-22.

4　シェーファー『世界の調律――サウンドスケープとはなにか』二〇六―二〇九頁。

5 生きた言葉研究所に関しては、近年、まとまった資料が出始めた。ここでの記述は主に以下の二つに拠っている：*Vassena R.* K rekonstruktsii istorii i deiatel'nosti Instituta zhivogo slova (1918-1924) // NLO, no. 86. 2007. S. 79-95; *Choun E., Brandist K.* Iz predystorii Instituta zhivogo slova: protokoly zasedanii kursov khudozhestvennogo slova // Tam zhe. S. 96-106.

6 朗読の問題の総決算ともいえるベルンシテイン「詩と朗読」において、「生きた言葉」を扱った当時の多くの研究が列挙されている：*Bernshtein S.* Stikh i deklamatsiia // Russkaia rech'. Novaia seriia I. L., 1927. S. 8. なお、邦訳は以下を参照：「詩と朗読」服部文昭訳、桑野隆・大石雅彦編『ロシア・アヴァンギャルド6　フォルマリズム　詩的言語論』国書刊行会、一九八八年。また、ベルンシテインに関しては以下に詳しい記述がある：桑野隆『ソ連言語理論小史』三一書房、一九七九年、一三三—一四一頁。

7 ロマーン・ヤーコブソン『音と意味についての六章』花輪光訳、みすず書房、一九七七年、四一頁。

8 *Eikhenbaum B.* Kak sdelana «Shinel'» Gogolia // Skvoz' literaturu: sbornik statei. L., 1924. C. 177-178. 邦訳は以下を参照：「ゴーゴリの『外套』はいかに作られているか」八景秀一訳、新谷敬三郎・磯谷孝編『ロシア・フォルマリズム論集』東京創文社、一九七一年；「ゴーゴリの『外套』はいかに作られたか」小平武訳、水野忠夫編『ロシア・フォルマリズム文学論集1』せりか書房、一九八二年；「ゴーゴリの『外套』はいかにつくられているか」井上幸義訳、『ロシア・アヴァンギャルド6』。

9 *Eikhenbaum B.* Illiuziia skaza // Skvoz' literatury. S. 152. なお、邦訳は以下を参照：「語りのイリュージョン」八景秀一訳、『ロシア・フォルマリズム論集』。

10 *Eikhenbaum B.* O khudozhestvennom slove // O literature: raboty raznykh let. M., 1987. S. 332.

11 W・J・オング『声の文化と文字の文化』桜井直文・林正寛・糟谷啓介訳、藤原書店、一九九一年、三二六—三三三頁。

12 ピーター・スタイナー『ロシア・フォルマリズム——ひとつのメタ詩学』山中桂一訳、勁草書房、一九八六年、一六八—一八五頁。

13 *Eikhenbaum.* Illiuziia skaza. S. 152.

14 *Eikhenbaum.* Melodika russkogo liricheskogo stikha. Pb., 1922. S. 5-8. 抄訳は以下を参照：「ロシア抒情詩のメロディカ」磯谷孝訳、『ロシア・フォルマリズム論集』。

15 Tam zhe. S. 5.

16 Tam zhe. S. 8.

17 *Eikhenbaum B.* Teoriia «formalnogo metoda» // O literature. S. 399. 邦訳は以下を参照：「《形式的方法》の理論」新谷敬三郎訳、『ロシア・フォルマリズム論集』、「「形式主義的方法《フォルマーリヌィ・メトード》」の理論」小平武訳、『ロシア・フォルマリズム文学論集1』。

18 *Eikhenbaum.* Melodika russkogo liricheskogo stikha. S. 15. この点に関してジルムンスキイがエイヘンバウムに反論している：*Zhirmunskii V.* Melodika stikha: po povodu knigi B. M. Eikhenbauma «Melodika stikha». Pb., 1922 // Poetika russkoi poezii. SPb., 2001. S. 125.

19 *Eikhenbaum.* Melodika russkogo liricheskogo stikha. S. 15. 以下、本論での引用中の太字ゴシック体は原著者による強調

を示す。

20 *Bernshtein S.* Zvuchashchaia khudozhestvennaia rech' i ee izuchenie // Poetika: vremennik slovesnogo otdela Gosudarstvennogo instituta istorii iskusstva. L., 1926. S. 44-45.

21 *Eikhenbaum.* Melodika russkogo liricheskogo stikha. S. 14.

22 人文科学の方法論を巡るドイツでの議論の影響は、下記のポモルスカによって詩的言語研究会《オポヤズ》の詩学の四つの源泉の一つとして指摘されてはいる：K. Pomorska, *Russian Formalist Theory And Its Poetic Ambiance*, The Hague: Mouton, 1968, p. 19.

23 *Bakhtin M.* K metodologii gumanitarnykh nauk // Estetika slovesnogo tvorchestva. M., 1979. S. 363.

24 ミハイル・バフチン「生活のなかのことばと詩のなかのことば」桑野隆訳、桑野隆・小林潔編訳『バフチン言語論入門』せりか書房、二〇〇二年、二四頁。

25 *Eikhenbaum B.* Melodika stikha // Skvoz' literaturu. S. 213-214.

26 *Eikhenbaum B.* O kamernoi deklamatsii // O poezii. L., 1969. S. 526-527.

27 *Eikhenbaum.* Kak sdelana «Shinel'» Gogolia. S. 187.

28 *Eikhenbaum* B. Anna Akhmatova: opyt analiza. Pb., 1923. S. 63.

29 Tam zhe. S. 64.

30 Tam zhe. S. 84-85.

31 Tam zhe. S. 86.

32 Tam zhe. S. 87.

33 Tam zhe. S. 87-88.

34 *Kertis Dzh.* Boris Eikhenbaum: ego sem'ia, strana i russkaia literatura / Per. s angl. D. Baskina. Red. L. Murzenkova. SPb., 2004. S. 76-80.

35 *Shklovskii V.* O poezii i zaumnom iazyke // Poetika: sborniki po teorii poeticheskogo iazyka. Petrograd, 1919. S. 24.

36 *Iakubinskii L.* O dialogicheskoi rechi // Izbrannye raboty: iazyk i ego funktsionirovanie. M., 1986. S. 27-31. なお、ヤクビンスキイの兄弟子に当たり、その指導も行ったシチェルバは、「音声学における主観的方法と客観的方法」（一九〇九）において、フォノグラフが語学教育の補助的手段にはなりうることを指摘しつつも、音声学研究としては唇や舌の動きを確かめる必要から、発話者と直接的に対面すべきであるとしている（*Shcherba L.* Sub"ektivnyi i ob"ektivnyi metod v fonetike // Izbrannye raboty po iazykoznaniiu i fonetike. T. 1. L., 1958. S. 140）。ペテルブルクの言語学の概観については下記が参考になる：三谷恵子「ペテルブルグの言語学――二十世紀言語学への貢献」望月哲男編著『創像都市ペテルブルグ：歴史・科学・文化』北海道大学出版会、二〇〇七年。

37 大橋保夫「音韻研究の歴史（二）」『岩波講座日本語　五　音韻』岩波書店、一九七七年。

38 *Tomashevskii B.* Problema stikhotvornogo ritma // Literaturnaia mysl' II. Petrograd, 1923. S. 137. なお、抄訳として以下を参照：「詩のリズムの問題」沓掛良彦・新谷敬三郎訳、『ロシア・フォルマリズム論集』。

39 *Vassena.* K rekonstruktsii istorii. S. 91.

40 Tam zhe. S. 88.

41 *Eikhenbaum B.* Leskov i sovremennaia proza // Literatura: Teoriia. Kritika. Polemika. SPb., 1927. S. 225. 邦訳は以下を参照：「レスコフと現代の散文」小平武訳、『世界批評大系 七 現

代の小説論』筑摩書房、一九七五年。

42 *Bakhtin M.* Problemy tvorchestva Dostoevskogo // Sobr. soch. v 7 tomakh. T. 2. M., 2000. S. 88. 同一の該当箇所として邦訳は以下を参照：ミハイル・バフチン『ドストエフスキーの詩学』望月哲男・鈴木淳一訳、筑摩書房、一九九五年、三八六頁。

43 *Eikhenbaum.* Leskov i sovremennaia proza. S. 225.

44 Tam zhe.

ヤヌスの顔の詩的機能――ロマン・ヤコブソンの構造詩学の中のフォルマリズム

大平陽一

ヤコブソンとフォルマリズムの微妙な関係

二〇世紀を代表する言語学者の一人ロマン・ヤコブソンは、フォルマリストとしてその学問的キャリアをスタートした。しかし、すでに一九二〇年には赤十字外交使節団の一員としてまだ国交のなかったチェコスロヴァキアに出国しており、言語研究者としての彼の盛名は、一九一六年に彼自身、その創設に参画したプラハ言語学派と分かちがたく結びついている。最初の著書で初期フォルマリスズムを代表するモノグラフ『最も新しいロシアの詩』でさえ、出版されたのはプラハであった。

しかし、フォルマリズムとの関係が途絶えていたわけではない。プラハからほど近いベルリンで旧知の面々と情報を交換する機会は少なくなかったし、フォルマリストのヴィノクールやトィニャーノフは、ベルリン経由でプラハを訪れ、プラハ言語学派の会合で口頭発表を行っている。何よりもペテルブルク、モスクワ、ベルリン、そしてプラハを行き交った書簡の数々が、ヤコブソンとフォルマリストたちとの交流について雄弁に物語っている。[1]

それだけに、ヤコブソンの詩学においてフォルマリズム期と構造主義の時期を区別するのは容易ではない。本章では、ヤコブソンの詩学に関する論文のなかでもっともよく知られている「言語学と詩学」（一九六〇）を、『最も新しいロシアの詩』（一九二一）以来の詩学の分野での仕事の理論的集大成と位置づける一方で、レヴィ＝ストロースとの共著「ボードレールの『猫たち』」（一九六二）に始まる抒情詩の具体的分析の理論的出発点と見なし、これら三者を比較することを通じて、六〇年代に一応の完成を見たヤコブソンの構造詩学におけるフォルマリズム的なるものを探ってみたい。

「言語学と詩学」(一九六〇)

「言語はその多様な機能のすべてについて研究されなければならない。詩的機能を論じるに先立って、この機能が言語の諸機能のうちで占める位置を確定する必要がある」[2]。論文「言語学と詩学」の前提となっているこの命題には、ロシアで活躍したポーランド人言語学者ボードゥアン・ド・クルトネからプラハ言語学派が引き継いだ言語の多機能性という考え方が反映されているとされる。その一方で、新しい物好きのヤコブソンは、当時流行の兆しを見せていた情報理論を早速援用し、言語コミュニケーションに関与する六つの要因を特定してみせる。そして、それらの要因との関連に基づき、六つの機能を定義した。その結果が、彼のシンメトリーへの偏愛をうかがわせる次のモデルだ[3]。

コンテクスト(関説的機能)

メッセージ(詩的機能)

発信者(主情的機能)……………受信者(働きかけ機能)

接触(交話的機能)

コード(メタ言語的機能)

この有名なモデルにおいて、〈発信者=話し手〉が〈コード=当該言語の語彙・文法〉を参照しつつ〈コンテクスト=場面・話題〉の言語による表現として〈メッセージ=発話〉を作成するという符号化の過程が、まず想定されている。次に〈メッセージ〉は、〈受信者〉によって同じ〈コード〉に依拠して解読されているというプロセスが続く。こうしたメッセージの送受にあっては、話し手、聞き手、そして話題内容といった誰もが思いつく要因以外に、共通のコード(言語)や物理的・心理的接触も必要だと主張するヤコブソンは、合計六つの要因を取り出し、それら六つのうちのどの要因に焦点が合わせられるかを基準にして六つの言語機能を定義したのである。

まずコンテクストへの志向性を持つのが対象指示機能、伝達機能とも呼ばれる〈関説的機能〉。当然ながら、ほとんどの言語メッセージではこの機能が支配的である。次に、たとえば「あぁ!」といった間投詞が果たす〈主情的機能〉では、発信者に焦点が合わせられるし、「黙れ!」のような命令形に典型的な〈働きかけ機能〉は受信者を志向する。これら三つの機能は、それぞれ一人称の「私」、二人称の「あなた」、そして話題になっている「何か」あるいは「誰か」という三人称で指されるものに対応するとしたドイツの心理学者カール・ビューラーの提起したモデルに倣っており、ヤコブソンはそこにさらに三つの要因と、それに関連する三つの機能を付け加えることになる。それがたとえば、〈接触〉の有無を確認する「もしもし聞こえてる？」といった類のメッセージが果たす〈交話的機能〉、「せんばとは去勢した馬のことだ」というメッセージのように、発話の焦点がコードに（この場合は日本語の語彙体系に）置かれている場合を〈メタ言語的機能〉と呼んだ。

そして真打ち登場とばかりに、〈詩的機能〉が「それ自体としてのメッセージへの志向、それ自体のためメッセージに焦点を合わせること」[4]と限定されるのである。一読しただけではちょっと分かりにくいこの定義は、言語によって表されている内容に対してではなく、それがどんな言葉遣いで表現されているかに対する関心、自己目的として、自己充足的な行為として「メッセージそのものに注意を集中すること」と言い換えられるのだろう。この定義はフォルマリズム時代の著書『最も新しいロシアの詩』に――「私が詩にとって本質的な唯一の因子として措定するのは、表現に対する志向性だ」[5]という一節にまで遡る。ただし、一九二一年の『最も新しいロシアの詩』における「詩とは美的機能の中にある言語である」という定義が、六〇年の論文「言語学と詩学」においては、「詩的機能を詩の世界にだけ局限しようとしたり、もしくは詩を詩的機能だけに限定しようとしたりする試みは全て、過度の単純化という誤りに陥ることになるだろう。詩的機能は言語芸術の唯一の機能ではなく、ただその支配的、決定的な機能」[6]と、後期フォルマリズムの概念〈ドミナント〉が言語の多機能性と組み合わされている点を見逃してはならない。

六機能モデルの中に詩的機能を位置づけたヤコブソンは、論理的本質にかかわる先の限定とは別に、詩的機能の「経験的な言語学的基準は何か」と自問し、あらゆる詩に内在する特徴として、次のような詩的実践の中で実現される内的なメカニズムを指摘した。

詩的機能は等価の原理を選択の軸から結合の軸へ投影する。[7]

この命題は、構造言語学の祖とされるスイスの言語学者フェルディナン・ド・ソシュールの提起した二分法――〈連合軸〉と〈統辞軸〉の区別――に基づいている。ソシュールによれば、言語は二つの相補う構造によって構成されているのだという。すなわち、「大きな」「巨大な」「でかい」「小さな」といった同義語、類義語あるいは反義語のように互いに限定し合って、「大きくて巨大な」であるとか「大きくて小さい」など〈時として〈畳語法〉や〈撞着語法〉として修辞的効果をもたらす場合があるにしても〉、ふつうは並び立たぬものとして対立する言語単位から構成される〈連合的〉――ヤコブソンの用語法では〈範例的〉――構造と、そして「大きな川」「小さな池」というように単位の連鎖的結合によって構成される〈統辞的〉な構造の二つである。範例的構造は〈類似性〉、統辞的構造は〈近接性〉によって特徴づけられ、句や文が作られる際、範例軸から「選択」された言語単位が「結合」される。したがって、論文「言語学と詩学」で打ち出された詩的機能の経験論的基準は、同一の連合的・範例的構造を構成する「等価的な」項目が、詩においては二つ以上選択、結合され、統辞軸に配列されているということになる。単純化を恐れず言いかえれば、本来ならば並び立たぬ類似した要素が並び、一種の反復がもたらされるのである。このあたりの説明は言語学用語が頻出してわかりにくいので、ヤコブソン自身の説明からは少し脱線してしまうことになるが、ヤコブソンの挙げる例を日本語の例におきかえ、記述を補って説明することにしよう。

範例軸には「同義語、類語あるいは反義語」が並ぶと先に述べたが、ヤコブソンの言う「範例軸」をもともとソシュールは「連合軸」と呼んでいたことにもうかがえるように、この軸にあっては〈観念連合〉すなわち〈連想〉が働く。範例軸には、連想によって芋づる式に思い浮かぶ同音語、類音語、同義語、反義語が並んでいると考えて差し支えない。芋づる式という感じは、次のように擬態語を列挙しみるとよく分かる。[8]

からから　がらがら
きらきら　ぎらぎら
さらさら　ざらざら
はらはら　ばらばら　ぱらぱら

こうした擬態語は、もはや言語規範（＝コード）に登録された語彙となっていて詩的機能を果たすことはほとんどないにしても、同一語根の反復によってある種の効果、言葉遊びがもたらす効果を狙う畳語法の典型ではある。右のように機械的に並べてみても、何やら詩的な印象が、超意味《ザーウミ》詩のような効果が生まれるように感じられるのだから、ヤコブソンのしたり顔が目に見えるようだ。しかし、このままでは詩的機能を持ってはいても無意味な言葉遊びでしかない、と考える方も少なくないだろう。もちろん、それらの語から構成されるネットワークのようなものに、「ぱかぱか／ぴかぴか／ぷかぷか／ぽかぽか」はあっても、

「ぺかぺか」はないというように、空所が存在する場合もある。しかし、この「ぺかぺか」という擬態語がネットワーク全体の支えによって潜在的に可能であることは、宮沢賢治の「銀河鉄道の夜」に実際「ぺかぺか」が使用されていることにうかがえる。

　そしてジョバンニはすぐうしろの天氣輪の柱がいつかぼんやりした三角標の形になって、しばらく螢のやうに、ぺかぺか消えたりともったりしてゐるのを見ました。[9]

「ぺかぺか」の語感が私ども平凡な読者にも何となく理解できるのも、直接的には「ぴかぴか」との連想によって、より正確には擬態語が織りなす組織全体のおかげだ。逆に、言語規範（＝コード）から逸脱しているがゆえに、この一見奇異な擬態語がフォルマリズムにいう異化効果を上げ、かえって詩的で独創的だと感じる読者も少なくないだろう。

　しかし、同反復である畳語法は、関西弁で云うところの「ベタ」に過ぎて、ほんとうの詩にはなりにくいように思われがちだが、そうでもない。やはり賢治に、同語反復が強烈なインパクトをもった詩がある。一部分だが引用したい。

丁丁丁丁丁
丁丁丁丁丁
叩きつけられてゐる　丁
叩きつけられてゐる　丁
藻でまっくらな　丁丁丁
塩の海　丁丁丁丁丁
熱　丁丁丁丁丁
熱　熱　丁丁丁
（尊々殺々殺
殺々尊々々
尊々殺々殺
殺々尊々尊）[10]

ほとんど無意味と化した（後ほど触れる超意味詩《ザーウミ》のようでさえある）『疾中』の中のこの作品を読むと、詩的機能の極北にある、などと大げさな比喩さえ使いたくなる。

　しかし、多くの詩に見いだされるのは、もう少しずらした同音・類音の反復であろう。次に引用するのは、那珂太郎のもっとエレガントで音楽的な詩句だ。このような頭韻の場合、等価な母音「う」が繰り返し配列されていることになる。

うなりうねりうめきうごめく海のうれひの[11]

あるいは同じ詩人の別の作品に現れる

けむりの糸のゆらめくもつれの
もももももももも
裳も藻も腿も桃も[12]

という音反復の場合は、音声的等価性が強調された行の後で、漢字による表記が提示されることで裳と藻、腿と桃といった同音異義語として範例的構造を構成する諸語が結合されて連鎖をなし、その結果としてエロチックな女体のイメージを浮かび上がらせる。

こうした特徴が詩に固有だとする見方もまた、『最も新しいロシアの詩』の「詩的言語には、その根底をなす一つの手法がある。それは二つの単位を接近させるという手法である」[13]という箇所にその萌芽を見出すことができる。音形ではなく、意味の領域におけるこの手法となっているのが〈平行法〉であると指摘するのだが、次に引用する吃音を思わせるような同音異義語の戯れは、格好の例と言えよう。[14]

え、X線のように
に、憎、肉のすべての四季、死期、識、しきそう
し、色相をつらぬき
腿、裳、喪モノクロオムの
そそ、存在の穂を、骨を
と、と、投企、凍死、透視しようとする[15]

次に音形を離れて、同義語の反復という可能性を考えてみて、まず念頭に浮かんだのが、さだまさしの「修二会」歌い出しの部分というのが、我ながら情けない。

春寒の弥生三月春まだき

これなど詩的機能をもつ似非詩の典型だろう。詩人気取りの連中の手垢がついた文語的表現だからこそ、安易に詩的と考えられがちな言葉遣いだと、私には感じられる。同じ同義語の反復でも、那珂太郎の「とだえるとぎれるちぎれるちぎれるよぎれるみだれる」[16]とは本質的にちがっている。いや、ヤコブソンに従えば本質的にちがうわけではなく、さだまさしの歌詞では詩的機能がドミナントとなりおおせていないだけなのだ。

〈平行法〉のヴァリエーションとして反義語の並列とい

う可能性も当然ありうる。誰もが知っている賢治の「雨ニモマケズ」の冒頭部分「雨ニモマケズ／風ニモマケズ／雪ニモ夏ノ暑サニモマケヌ」[17]などは、格好の例となるだろう。しかし、このあまりに分かりやすい詩ともいえないような詩が好きになれない筆者は、あえて松田聖子の歌から例を挙げたい。

嫌い　あなたが大好きなの
嘘よ　本気よ[18]

一九二一年の小冊子『最も新しいロシアの詩』ほどは、初期フォルマリズムのキーコンセプトである〈手法〉の強調が目立たず、構造主義者ソシュールの二分法に依拠しているものの、等価性の統辞軸への投影という命題は、初期フォルマリズムの手法論の枠組みにとどまっているのではないか？　あえて単純化して言うなら、「言語学と詩学」（一九六〇）はプラハ構造主義直系の機能論から出発して、等価性の統辞軸への投影という手法論へと――「文芸学を一つの学たらしめるには、まず手法をその唯一の主人公と認める必要がある」[19]と言明した『最も新しいロシアの詩』へと――Uターンしてゆく。

ヤコブソンの『最も新しいロシアの詩』は、当初、未来派詩人フレーブニコフの作品集の解説として構想された。当然ながら、ここで打ち出された理論的命題には、ロシア未来派の詩作法が色濃く刻印されている。ヤコブソンは「ほかならぬロシア未来派は、規範化され、裸出された素材としての『自らあざなわれた、自律的価値を持つ語』からなる詩の創始者たちだ」[20]と位置づけ、それが同時代の詩人の誰もが直面していた課題を認識していたがためなのだと力説した。その一方でヤコブソンは、美的機能を果たす詩的言語一般についても、それが指示対象への従属的関係から解放されていること、「詩は発話の対象に対して無関心である」[21]ことを力説している。未来派についての記述が、言語芸術一般の課題に、さらには詩学上の理論的命題にまで敷衍されたのである。『最も新しいロシアの詩』にあっては、言葉の自律性が表現への志向性や音形の自律性とほぼ同義に解釈できるのも、元をただせば未来派の詩風に行き着くし、語の自律性という未来派の理念が、文学作品の自律性という理念にまで拡大され、遂には「文芸学が対象とすべきは、文学ではない。文学性、つまり、ある作品を文学作品たらしめるものである」[22]と主張されるに至る。

語の自律性、文学の自律性とならぶフレーブニコフ詩の特徴として、ヤコブソンは〈手法の裸出化〉[23]を強調するが、そのような手法のための手法が〈詩歌性〉をもたらすと考えるヤコブソンの次なる関心は、具体的な手法の抽出へと向かう。

『最も新しいロシアの詩』が刊行された十数年後、「言語学と詩学」が発表される四半世紀前にあたる一九三五年にヤコブソンは、ブルノのマサリク大学でロシア・フォルマリズムに関する講義を行ったが、そこで初期フォルマリズムの誤りの一つとして批判されているのが、詩を「手法の機械的総和」とする見解だ。[24] ヤコブソンによれば、「手法の総和」なる謬見は、後期フォルマリズムの段階になって「手法の体系」として見直されたという。[25] なるほど、一九六二年に発表されるや賛否両論の嵐を巻き起こしたボードレールのソネット「猫たち」の分析（レヴィ＝ストロースとの共著）[26] に始まる数多くの作品分析を概観すると、そこには作品の体系性に対する配慮が読みとれる。しかし、その作品構造が発見されるのもまた、音声的構成と文法的な文彩といった諸々の〈手法〉を列挙してゆくプロセスを通じてなのだ。極論すれば、六〇年代以降にヤコブソンが続々と発表した抒情詩の分析は、〈手法〉の議論に終始しており、四〇年の歳月を経て『最も新しいロシアの詩』という原点に回帰したかのような印象を与える。

「シャルル・ボードレールの『猫たち』」（一九六二）

一九六〇年の画期的論文「言語学と詩学」で素描された理論は、その後、作品分析として実践に移された。その先鞭を切ったのが、先に言及したレヴィ＝ストロースとの共著論文である。構造主義以降の詩学においてひじょうに有名なこの論文は、当時激しい議論の的となった。ここではまずフランスの言語学者ジョルジュ・ムーナンの辛辣な批判の一部を、ヤコブソンの分析法の紹介も兼ねて、引用することにしよう。しかし、ムーナンのような批判がありうることは、「言語学と詩学」における手法論を説明するにあたって引用した例の中に、歌謡曲の歌詞がまじっていたことから、多くの読者は、すでに察知していることであろう。

> ヤコブソンの提示した諸構造から引き出されてくる詩的機能とは何か。著者は読者のそうした問いにはほとんど答えていない。たとえば、外側の詩節の形容詞の数（九個と五個）は、内側の詩節のそれ（一個と二個）に比べて多いというが、しかしそのシンメトリーは我々の詩的快楽にとって何の役に立つというのか。さらにまた、「lに対するrの後退が、経験的な猫の世界から伝説上の猫の存在に変わる猫の変身に雄弁に呼

応している」とヤコブソンは言うが、この音響効果はここでいかなる点で詩的で雄弁であるのか。[27]

確かに言語学上の概念を駆使し、等価的な言語要素のシンメトリカルな配置を特徴とする構造を作品の背後に見つけ出していくヤコブソンの鮮やかな手さばきは、「繊細な力業」という撞着語法を使いたくなるほどであるにもかかわらず、説得力があるとはとうてい思えない。「猫たち」についてヤコブソンが指摘した「lに対するrの後退」は、十四個のlと十一個のrという些細なちがいに過ぎず、この程度の差が有意だと、常識的には考えにくい。ボードレールのソネットでは形容詞の出現の回数が問題にされていたが、別の論文でも、フレーブニコフの短詩にkとrとlとuの四つの音素がそれぞれ五回ずつ出現しているという事実に基づいてシンメトリーの存在が主張される。[28]しかし、分布を度外視し、頻度数だけを根拠にシンメトリーの存在が、ひいては詩歌性の存在が保証されるのだろうか？

一九六三年以降ヤコブソンの発表した数多くの分析は、どれもボードレール論と同工異曲であり、「言語学と詩学」において提起された理論の検証作業と見なせる。ただし「それ自体としてのメッセージへの志向、それ自体のためにメッセージに焦点を合わせること」[29]という本質的定義は、証明を要せぬ公理とされるためであろうか、あらためて論じられることなく、「詩的機能は等価の原理を選択の軸から結合の軸へ投影する」という経験論的基準を例証することが、さまざまな言語で書かれたさまざま詩作品を材料にもっぱら試みられたのである。

ただ、一九三五年に発表した論文「ドミナント」にヤコブソンが次のように述べていたのは事実であるし、この主張自体の正しさは否定できない。

詩作品と美的機能、より正確には詩的機能との間に等号を置くことは、我々が言語素材を扱うかぎりでは、自己充足の芸術、純粋芸術、芸術のための芸術を宣言する時代の特性を示している。初期フォルマリズムの段階では、このような定式の痕跡をなおも観察することができた。しかし、この定式は疑いなく誤りである。詩作品は詩的機能だけに限られるのではなく、それ以外に多くの機能をもっている。[30]

しかし、ボードレール論以降の抒情詩の分析には、詩的機能以外の機能への言及はほとんどない。そもそも、作品の枠を超え文学外の系列へと向かってゆく視線が、そこには感じられない。ヤコブソンが飽くことなく繰り返したのは、誰もが詩と認めるテクストの内部に「等価の原理を選択の軸から結合の軸へ投影」しているという基準を満たす事例を数限りなく指摘することだったのである。

そんな分析のキーワードになっているのが、〈等価性〉の現れとしての〈シンメトリー〉であり、そのための手法として〈平行法＝対句法〉がヤコブソン詩学ではことのほか重視される。平行法が多様な現象を結びつけることのできる重要な手法であることは、詩を論じる上で否定することはできないが、ヤコブソンの主張するように平行関係の欠如もまた一種の平行法の現れであるという逆説が成り立つのであれば、ほとんど全ての詩が平行法に還元されてしまいかねない。それどころか、広告のキャッチコピーや標語など余りにも広い範囲にたやすく見い出されるがために、平行法が芸術的意味を持つとは限らぬのではないか、という疑念をかえって抱かせる。いや、たとえ言語構成物の中に等価的、平行あるいは対立をなす表現項によって精密に織り上げられた構造を見いだしたところで、果たしてその構造が詩歌性を保証してくれるのだろうか？　ムーナンは「詩的特質や、テクストが与える詩的快楽はそれらの諸構造だけで説明されるのか」[31]と疑い、ミカエル・リファテールも、ヤコブソンとレヴィ＝ストロースの二人が詩の中に見いだし得る構造的体系は、どれも必然的に詩的な構造であるとの前提に立っていると指摘した上で、次のように問う。

しかし、その反対に、詩の含む構造には、文芸作品としての機能および効果を示さないようなものも幾つかあるのであって、構造言語学はこうした無標の構造と、文学的な働きをもつ構造を識別する能力をもたない、と仮定することはできないだろうか。[32]

詩とは全く無縁に思えるどんな形容辞だろうと、詩の中に現れたというただそれだけの理由で詩的な形容辞となる、という趣旨のマヤコフスキイの発言を、自説の証明として繰り返し引用したヤコブソンにとって、[33]リファテールの疑念など的外れにしか思えなかったにちがいない。構造主義者ヤコブソンに言わせれば、どんな形容詞も平行性の上に成り立つ構造の中に一旦入れば、体系の側からの拘束力を受けて文法的形式と意味の配列に組み込まれる結果、詩的な機能を果たすようになるという次第なのだろう。[34]だがそれでは、詩は詩であるが故に詩的機能がドミナントな発話なのだ、という循環論に陥るのではあるまいか？　論文「言語学と詩学」でマヤコフスキイの言葉を引用した後、ヤコブソンは「詩歌性とは、ただ単に修辞的修飾を発話に追加することではない。発話とその全ての要素の全般的再評価にほかならない」[35]と述べているが、なるほどこれは、コンテクストと無関係に手法を抽出し、その機械的総和が詩歌性をもたらすと考えた初期フォルマリズムの静態的理解の愚を衝いた寸言だろう。しかしその一方で、詩的機能の支配的地位が詩歌性をもたらすとの原則論は危うくなってしまう。なぜなら、詩とは何かを論じながら、結局はその答をあらかじめ知っているかのような先験的な判断によっているのだから。

他方、抒情詩の言語学的分析によって抽出される等価性に依拠した構造にしても、詩的機能を同定するための役には立たない。なぜなら、すでに述べた通り、その構造は誰もが名詩と認めるテクストの中に発見された組織性にほかならないからだ。詩と同じように組織化されていながら、選挙運動の標語 "I like Ike."「アイクを愛す」をヤコブソンがはなから詩ではないメッセージとして論じているのは、あらかじめそうと知っているからであろう。

もうひとつリファテールが突きつける疑問が、言語学的英知を駆使してあらゆる所から見つけ出されるシンメトリーや、そのシンメトリーによって組み立てられる構造を、果たして読者は感知できるかという問題だ。単に統辞法上の類似性のみを基礎として確立された等価性には、とりわけ疑いの念が生じる。現実のソネットでは、言語の姿が絶えず変化してゆくために、平行性の感知を読み手に強いるにはよほど際だった対比が不可欠となり、それゆえ論者たちの主張するような平行性を感知することは不可能となる。[36]

しかし、この批判も、晩年のヤコブソンにとっては痛くも痒くもなかったはずだ。一九七〇年に発表された論文「詩における識閾下の言語構造」で展開されているのは、詩の中の等価性を、ひいては作品の構造性を、たとえそれと名指せぬ場合でさえ詩人や読者は潜在意識において知覚しているという主張なのである。晩年のヤコブソンの詩論において、受容者の地位は潜在的自我のレベルにまで引き下げられてしまう。受容者は文字通り受け身の存在におとしめられ、作品の自律性の前に主体性を奪われてしまったかのようだ。

いわゆる「構造分析」の結果、ヤコブソンが手法の「総和」ではなく、その「体系＝構造」をものの見事に発見してみせたのはまちがいない。しかし筆者の目には、ヤコブソンの取り出してみせるその構造が、自己完結しているがためにかえって自縄自縛に陥り、ダイナミズムを失った絵空事のように見える。そもそも芸術作品の中には意味的な統一、人為的な構造性の認知を促す要因と並んで、この統一に抵抗し、攪乱するように感じられる何か、生の現実に直接由来するように感じられるものが共存しているの」ではないか？　チェコの美学者ヤン・ムカジョフスキーによれば、作品を意味的統一として知覚することを可能にしてくれる組織性の痕跡を見いだそうとする姿勢が、芸術の受容に際しての基本的な姿勢であることは否定しがたい事実だが、その一方で、作品構造にうまく収まってくれないような要素こそが受容の揺れをもたらし、結果的に作品にダイナミックな性格を付与してくれるのだから。[37]

詩的機能の定義再論

前節では、ノイズやエントロピーに喩えることのできそうな要素について一切顧慮しないことが、ヤコブソンの構造分析の静態的性格をもたらしたのではないかという可能性を示唆したが、その静態性の根は深く、ヤコブソンによる詩的機能の定義自体に胚胎しているように思われる。そこでまず「言語学と詩学」における定義について復習してみよう。

それ自体としてのメッセージへの志向、それ自体のためにメッセージに焦点を合わせること——これが言語の詩的機能だ。[38]

あらためてこの定義を読み返してみると、ここでは「志向」なり「焦点を合わせる」という表現がいったい誰に帰属しているかが明示されていないことに気づく。志向性をもつのは誰か、いったい誰の焦点をメッセージに合わせるのか、それは送り手なのか、受け手なのか、はたまた人ではなく、言語あるいはメッセージの志向性なのか曖昧なままだ。ふつう哲学や心理学において「志向性」なる語が使用される場合、それは意識の志向性とされるのが常識らしい。上記の文脈でも「意識がメッセージに向けられていること」、「自己目的的な行為として意識の焦点をメッセージにあわせること」というふうに解釈することは不可能ではないが、どうもはっきりしない。同じフォルマリストでも、対話に強い関心を寄せ、バフチンの言語哲学やヴィゴツキイの心理言語学に影響を及ぼしたヤクビンスキイが、「実用言語では話し手の関心は音声に集中していない」[39]と主体を明示したり、あるいは「詩的言語思考の下では、音声が注意の対象となり、意識野に浮かびあがってくる」[40]というふうに「意識」に言及したりするのと好対照である。

ヤコブソンの場合、すでに『最も新しいロシアの詩』の段階で、「表現への志向を伴う発話にほかならぬ詩は、いわば内在的な法則によって支配される」[41]と、志向性の持ち主が発信者でも受信者でもなく、〈発話＝メッセージ〉であるとされていたのが目を惹く。「言語学と詩学」の約四年前にあたる一九五六年末に口頭発表された「言語学の問題としてのメタ言語」における「志向性」なり「焦点」なりの使用例を抜き書きしてみると、六機能モデルで提起された定義が大筋において先取りされていることが了解される。

発信者に焦点が合わされた〈主情的〉もしくは「表出的」機能[42]

指示対象に対する志向性、コンテクストへの志向性が――手短にいえば関説的機能、外延的、知的機能が――多くのメッセージの主たる任務[43]

メッセージそのものへの志向性、そのことだけのためにメッセージに焦点を合わせることが詩的機能である。[44]

しかしよく読んでみると、主情的機能や関説的機能の定義では機能自体が志向性を持つかのように、詩的機能の場合でも、焦点をあわせるのは発信者でも受信者でもなく機能なのだとも読める。ヤコブソンほどの大学者が、定義の言葉遣いに無頓着であったはずがないが、ここでも志向性の帰属先が明示されていないことが気になる。メッセージを到達点とする志向性であり焦点であることが強調される一方で、出発点がどこなのか曖昧であるがゆえに、結果として運動性が希薄になっているとの印象を否めない。「表現への志向を伴う発話にほかならぬ詩」[45]という初期の『最も新しいロシアの詩』における定義をあらためて読み直してみると、志向の出発点である発話と到達点の発話が必ずしも等号で結ばれているわけではないにしても、少なくともベクトルの出発点も到達点もメッセージの枠内にとどまっている。こうしてあたかもメッセージが自分自身に焦点を当てているかのような自己言及性――自分の尻尾を追いかけてくるくる回る犬のような再帰性――は、六〇年の「言語学と詩学」で詩のことを「自己に焦点を置くメッセージ」[46]と呼び、七三年にフランスで刊行された論文集『詩学の諸問題』のための跋文で「詩的機能は言語記号に対する内向的態度を前提とする」、「詩的機能の内向的性格」[47]と述べているあたりにもうかがえる。

そのほか、「それ自体としての」「それ自体のための」「自己充足的」「自己目的」「自己に焦点を置く」といった表現の頻出も詩的メッセージの自己言及性、再帰性を示唆している。一読したところ、それは詩的言語の自律性を、詩が言語外現実やテクスト外の要因から解放されたメッセージであることを主張するフォルマリストに固有の方向性からの当然の帰結であるばかりか、さらに構造主義をも超え、ポスト構造主義的なテクスト理論にまで導いてくれそうに思えてくる。しかしヤコブソンの作品分析を読む限り、この再帰的なものは詩に自閉的性格をもたらしているようにしか見えない。詩のなかでさまざまな手法が自己展開するかのような様相を呈するにしても、あくまでも構造の枠内に行儀良くおさまっていて、テクストの魅惑的な自己増殖とは言えそうにはないのである。

　ヤコブソンの分析においては、詩的機能の自律性という考え方が、詩を文学以外の要因から切り離し、テクストを自閉させている。詩的言語との幾分かの共通性が指摘される主情言語にあってさえ、情動がその言語外の法則を語の集合に強制するのに対し、「表現への志向を伴う発話にほかならぬ詩は、いわば内在的な法則によって支配される」[48]というふうに、『最も新しいロシアの詩』にも明らかな内的論理、内的規則の強調もまた、詩作品の自律性と構造性というヤコブソン詩学の大前提からの当然の帰結なのだろう。作品分析に関する限り、ヤコブソンの視線は内側にしか向いておらず、外的要因の排除が受容者の主体性の否定へとつながり、さらに文学作品の対話的性格の排除へと立ち至っている。こうした体系の内的論理の強調は構造主義の前提であるにとどまらない。ヤコブソン詩学における内的論理の強調は、「自らの規則に支配される自己充足的な超意味言語《ザーウミ》」[49]――「ドゥイル　ブール　シチル／ウベンシチュル／スクム／あなた　ソ　ブ／ルレス」（クルチョーヌィフ）のような超理性的、超意味的な詩に用いられている人工語――という未来派の実験もまた反映しているのである。にもかかわらず、同じフォルマリストのグリゴーリイ・ヴィノクールが論文「未来主義者――言語の建設者」（一九二三）でロシア未来派の詩的実験を擁護して次のように述べているのは、いかにも逆説的で皮肉だ。

> 自らの内的規則だけを知り、それらの規則によってのみ自らの生を調整している不可侵の物、聖なる物としての言語という表象とは、もうそろそろ手を切る頃合いだ。[50]

　ヤコブソンの詩的機能の定義には、「機能」や「発話」など無生物主語が使用されている場合を含め、主体性の隠蔽、主体性の減殺という首尾一貫した傾向が見てとれる。

この事実は、ヤコブソンと共にプラハ言語学派の美学を牽引したヤン・ムカジョフスキーの受容論と比較する時、際だった特徴として浮かび上がってくる。

ムカジョフスキーによれば、芸術的創造における主体は実用的創作の場合ほど明確ではないものの、受容者が基本的主体となっているのだという。言われてみれば、創作者にしても自らの作品と向かい合う場合には受容者の視点に立つのだから、それも当然だろう。しかも、作品の内的構成はその構造性、意味的統一によって条件づけられているにしても、作品構造の認知には個々の要素間の関係を見きわめる受容者の努力という側面もあるのだから、作品構造はある程度まで受容者に左右されることになる、とムカジョフスキーは主張する。[51] こうした受容のプロセスは、まさにヤコブソン自身の分析が雄弁に例証しているのだが、ヤコブソンの詩的機能論からは受容者が排除されているため、結局は受容という動的なプロセスもまた捨象されてしまう。芸術受容において観客、読者の創造的参与が一定の役割を果たすことは、たとえばオノ・ヨーコの《インストラクション・ペインティング》の展示を思い起こすまでもないだろう。オノの作品は「カンバスに毎日水をやる。第一楽章：芽を出すまで……」などとカンバスの上に書かれた「指示」が、可能態としての絵画を想像することを観客たちに促す。[52] 絵画とも詩ともつかぬ作品はまた、受容者の意向と作品の内的組織性との接点に生まれる構造性が一定不変ではなく、受容者によって、いやそれどころか一人の受容者の一度の知覚の間でさえ揺れるという事実を示唆している。

ヤコブソン詩学とロシア・アヴァンギャルド

既述の通り、「言語学と詩学」の後半においてすら言語の多機能性が失念されたかのように、もっぱら詩的機能について熱弁がふるわれていた。ましてや「ボードレールの『猫たち』」以降の作品分析では、当然と言えば当然だが詩的機能が独占的地位を占めている。かつて論文「ドミナント」において誤った定式とされた、詩作品と詩的機能との間に等号を置く自己充足の芸術、純粋芸術、芸術のための芸術を標榜する時代の特性であった純粋主義を、皮肉なことに、一九六〇年代以降のヤコブソンの詩論も共有している。結局、それはヤコブソンが若い頃に出会い、夢中になったロシア未来派の詩とスプレマティズムの絵画に終生忠実であったということになるのだろうか？　ロシア・アヴァンギャルドにおいて絵画が詩など他の分野の芸術を先導した所以を、桑野隆はまず絵画の分野が先陣を切って、作品が現実の描写から解放して自律的になった事実や自我中心主義の否定されたことを指摘しているが、[53]当時の芸術上の趨勢とヤコブソン詩学の偏りが深く関わっているように、筆者には思えてならないのである。

ムカジョフスキーは、論文「現代芸術における弁証法的対立」（一九三五）の中で現代芸術に特有の弁証法的対立がしばしば対立の片一方の項の極端な強調を招くこと、たとえば芸術における美的機能と実用機能との対立が尖鋭化した場合、美的機能が極限まで強調される芸術のための芸術が唱道される一方で、現代建築のように美的機能を全否定するような流派が対立的に生まれる傾向が観察されると述べているが、[54]前者の純粋主義の行き着いた先が、古今東西の画家の中でヤコブソンが誰よりも高く評価するマレーヴィチのスプレマティズム――絵画から対象性どころか造形性さえ放逐したスプレマティズムであり、若きヤコブソン自身も試みた超意味詩《ザーウミ》――音と音結合以外のあらゆる要素を否定した超意味的人工言語による詩であった。マレーヴィチやラリオーノフらそうそうたる画家たちの前で自作の詩を朗読させられたまだ十代のヤコブソンは、「クルチョーヌィフの『ドゥイル　ブール　シチル』よりもずっと日常言語から逸脱しているから」[55]と、アヴァンギャルド芸術家たちのお褒めにあずかったのだという。ここでその詩を引用したいところだが、「ドゥイル　ブール　シチル」より日常言語から離れている詩を翻訳できるはずもない。

無対象絵画と超意味詩《ザーウミ》との親近性については、ヤコブソンら理論家よりも早く芸術家たちが気づいていた。ほかならぬスプレマティズムの提唱者であるマレーヴィチが、抽象絵画の無対象性と未来派たちの超意味性《ザーウミ》を一貫して同一視していたことは、次の引用文にも明らかだ。

> 絵画とともにことばも以前の対象的表象の世界を克服し、動き出した。このことは言葉が理性や意味に関する古くさい表象から解放されたことを意味する。[56]

チェコに移住した後のヤコブソンがブルノのアヴァンギャルド誌に寄稿したエッセイ「詩における工芸主義の終焉」（一九二五）でも、超意味語《ザーウミ》の無対象性が指摘されていた。

> ロシア未来主義は、語の無制限な創造に対する詩人の権利を執拗に主張し続けた。新造語は、次の点で詩を豊かにする。新語が色斑を生み出すのに対して、古い語は頻繁に使用されることで音声面がぬぐい去られ、香りを失っている。実用言語の語形がすぐに認知されなくなって、化石化してゆくのに対し、詩的造語の形態はそれを感じるよう強いてくる。詩的新造語の重要

な可能性が無対象性である。[57]

ここでは、フォルマリズムからプラハ言語学派に引き継がれた概念である〈自動化〉のプロセスとの対比で、詩的なテクストにおける〈異化〉の現象が語られているが、異化の手段としての〈新造語＝ザーウミ〉が無対象絵画になぞらえられている。

ヤコブソンの回想によれば、一九一三年のある日、すでに前衛画家として知られていた三〇代半ばのマレーヴィチが、まだ一七歳になるやならずの高校生をわざわざモスクワのアパートまで訪ねて来たのだという。画家はすでにヤコブソン少年が詩や言語に関心を持ち、それについてどんな考え方をしているかを誰かから聞き知っていたらしい。自分がどのようにして現実の描写から遠ざかり、無対象性へと向かったかをマレーヴィチは語り聞かせた。対等な立場での議論が一段落した時、前衛画家はパリでの展覧会に同行して、通訳だけでなく絵の解説もしてくれないかと依頼した。それは十代の少年を芸術理論家として高く評価していたからであり、その頃すでにヤコブソン自身も、言語音は音楽よりも無対象絵画に近いと考えていたのだという。[58]

ヤコブソンの言語学はともかく、ヤコブソンの詩学は、この原点にあまりも忠実でありすぎたのではないだろうか？

注

1　とはいえ、フォルマリストたちよりも、ロシア出身の言語学者で、最近はむしろユーラシア主義者として論じられることの多いトルベツコイとの間で音韻論をめぐってやり取りされた書簡は、質量両面において圧倒的であったことも否定できない。

2　ローマン・ヤーコブソン「言語学と詩学」八幡屋直子訳、川本茂雄監修『一般言語学』みすず書房、一九七三年、一八七頁。以下、引用に当たっては用語の統一等の理由で、一部訳文を変えさせていただいたことをお断りしておく。

3　ヤーコブソン「言語学と詩学」、一八八、一九四頁。

4　同上、一九二頁。

5　ロマン・ヤコブソン「最も新しいロシアの詩」北岡誠司訳、水野忠夫編『ロシア・フォルマリズム文学論集1』せりか書房、一九七一年、九七頁。ただし、ここでの「表現」が、後年、「主情的機能」の言い換えとして使われる「表現機能」の「表現」とは別物であることは、言うまでもない。

6　ヤーコブソン「言語学と詩学」、一九二頁。

7　同上、一九四頁。

8　「しろいはうさぎ、うさぎははねる、はねるはかえる」という言葉遊びのように、〈類似性〉よりは〈隣接性〉に基づいて連想がはたらくこともあるだろう。ただヤコブソンの考えでは、こうした場合でさえ「等価の原理を選択の軸から結合の軸へ投影する」という一般原則により、詩的機能をもつテクストの中では、兎と蛙の類似性が感じられるのだという。

9 宮沢賢治「銀河鉄道の夜」『宮沢賢治全集7』ちくま文庫、一九八五年、二四八頁。

10『宮沢賢治全集2』ちくま文庫、一九八六年、五二九頁。

11 那珂太郎「ねむりの海」『音楽』思潮社、一九六六年、二六頁。

12 那珂太郎「繭」『音楽』一八頁。

13 ヤコブソン「最も新しいロシアの詩」一二〇頁。

14 ヤコブソン「最も新しいロシアの詩」一四七―一四八頁。ここでは日本の現代詩からの例に差し替えてある。

15 那珂太郎「momonochrome」『空我山房日乗　其他』青土社、一九八五年、二九―三〇頁。

16 那珂太郎「〈毛〉のモチイフによる或る展覧会のためのエスキス」『音楽』五一頁。

17『宮沢賢治全集3』ちくま文庫、一九八六年、四六九頁。

18「小麦色のマーメイド」。作詞は呉田軽穂（松任谷由実）。

19 ヤコブソン「最も新しいロシアの詩」一二一頁。

20 参照：邦訳「最も新しいロシアの詩」一八頁。論旨に沿わせるためここでは、ロシア語原文から訳出した：*Jakobson R. O.Noveishaia russkaia poeziia*, Praha, 1921. S. 9.

21 ヤコブソン「最も新しいロシアの詩」一二〇頁。

22 同上、一二一頁。

23 たとえばリアリスティクな具象画において、同一の被写体を反復して二つ描こうとする場合、それが描かれた現実としてもっともらしく見えるように、鏡を配置するなどの状況設定をしたりする論理的正当化、すなわち〈動機付け〉が行われるが、そうした「もっともらし化」をあえて行わないのが〈裸出化〉である。

24 Jakobson Roman, *Formalistická škola a dnešní literární věda ruská: Brno, 1935*, Ed. Tomáš Glanc, Praha: Academia, 2005, s. 90

25 Ibid.

26 ロマーン・ヤーコブソン&クロード・レヴィ＝ストロース「シャルル・ボードレールの『猫たち』」花輪光編『詩の記号学のために――シャルル・ボードレールの「猫たち」を巡って』書肆風の薔薇、一九八五年、一三一―一三八頁。

27 ジョルジュ・ムーナン「構造批評から見たボードレール」赤荻弘美訳、花輪光編『詩の記号学のために――シャルル・ボードレールの「猫たち」を巡って』一一三頁。

28 参照：ロマーン・ヤーコブソン「詩に於ける識域下の言語構造」濱名優美訳、川本茂雄編『ヤーコブソン選集3』大修館書店、一九八五年、一四九―一五〇頁。

29 ヤーコブソン「言語学と詩学」一九二頁。

30 ヤーコブソン「ドミナント」山本富啓訳、『ヤーコブソン選集3』四四―四五頁。

31 ムーナン「構造批評から見たボードレール」、一〇八頁。

32 ミカエル・リファテール「詩の構造の記述」神郡悦子訳、花輪光編『詩の記号学のために――シャルル・ボードレールの「猫たち」を巡って』四四頁。

33 たとえば次のような重要な著作で引用されている。参照：ヤコブソン「言語学と詩学」二二〇頁。*Jakobson R.O.* O cheshkom stikhe: preimushchestvenno v sopostavlenii s russkim. Providence: Brown University Press, 1969. S. 105.

34 参照：ヤーコブソン「文法的平行性とそのロシア語における面」千葉文夫・尾山純一訳、『ヤーコブソン選集3』

一三九頁。

35 ヤコブソン「言語学と詩学」二二〇―二二一頁。

36 リファテール「詩の構造の記述」四九頁。

37 参照：Mukařovský Jan “Záměrnost a nezáměrnost v umění”,Studie z estetiky. Praha, 1966, s.105.

38 ヤーコブソン「言語学と詩学」一九二頁。

39 *Iakubinskii L.O.* Iazyk i ego funktsionirovanie. Moskva, 1986. S. 37-38.

40 *Iakubinskii* Iazyk i ego funktsionirovanie. S. 163-164.

41 参照：邦訳「最も新しいロシアの詩」二〇頁。この箇所はロシア語原文から訳出した：*Jakobson* Noveishaia russkaia poeziia. Praha, 1921. S. 10.

42 ヤコブソン「言語学の問題としてのメタ言語」池上・山中訳、R・ヤコブソン『言語とメタ言語』勁草書房、一九八四年、一〇二頁。

43 ヤコブソン「言語学の問題としてのメタ言語」一〇二頁。

44 ヤコブソン「言語学の問題としてのメタ言語」一〇六頁。

45 *Jakobson* Noveishaia russkaia poeziia. S. 10 邦訳「最も新しいロシアの詩」二〇頁。

46 ヤーコブソン「言語学と詩学」二二一頁。

47 *Jakobson R.O.* Voprosy poetiky – Postskriptum k odnoimennoi knige// Raboty po poetike, Moskva, 1987. S. 80, 81.

48 *Jakobson* Noveishaia russkaia poeziia, S. 10. 邦訳「最も新しいロシアの詩」二〇頁。

49 P・スタイナー『ロシア・フォルマリズム――ひとつのメタ言語学』山中桂一訳、勁草書房、一九八六年、一五一頁。

50 *Vinokur G. O.* Futuristy – stroiteli iazyka// Filologicheskie issledovaniia – Lingvistika i poetika. M., 1990. S. 17.

51 Mukařovský “Záměrnost a nezáměrnost v umění” ,s. 93-94.

52 ジョン・レノンの「イマジン」がオノ・ヨーコの影響のもとに書かれたことは明らかだ。

53 桑野隆『ソ連言語理論小史』三一書房、一九七九年、六七―六八頁。

54 Mukařovský Jan “Dialektické rozpory v moderním umění”, *Kapitoly z české poetiky, Díl Díl II.: K vývoji české poesie a prózy.* Praha, 1948, s. 294.

55 Jangfeldt Bengt *Jakobson – Budetljanin*, Stockholm, 1992, S. 24.

56 マレーヴィチの言葉は、次の本から引用した：*Hansen-Löve Aage A.* Russkii formalizm: Metodologicheskaia rekonstruktsiia razvitiia na osnove printsipa ostraneniia. M., 2001. S. 93.

57 Jakobson Roman, “Konec básnického umprumáctví a živnostnictví”, *Poetická funkce.* Praha, 1995, s. 566.

58 Jangfeldt, *Jakobson- Budetljanin*, S. 23.

第二部　描き直される思想地図

超克、あるいは畏怖——歴史の中のフォルマリストたち

中村唯史

思考生成の現場へ

ソ連国内ですら長いあいだ忘れられていたロシア・フォルマリズムが世界的に注目されるようになったのは、主に一九六〇年代のフランス記号学派による積極的な紹介を通してだが、とりわけ画期的だったのは、ロマン・ヤコブソン序文、ツヴェタン・トドロフ編纂・仏訳の『文学の理論』が、一九六五年にテル・ケル叢書の一冊として刊行されたことである。[1] これはフォルマリストたちの代表的な論考を初めて網羅して、その後続々と刊行されたフォルマリズム論集のひな型となった本だが、トドロフは編集の結果に屈託を感じていたようだ。彼の「解題」は、編者が自分の編纂の不首尾を語り、弁明するという、少し変わった文章である。

トドロフは、この論集が「ロシア語やロシア文学について深い知識をもたぬ読者を主な対象にしている」ために、理論的な論文ばかりを収録せざるをえなかった結果、「具体的な分析や考察、〔……〕一国の文学史においてのみ価値のあるような結論などはすべて省いてしまった」ことを遺憾とする。「読者は事実や学問的な実践から遊離した、抽象的な理論を想い浮かべられるかもしれないが〔……〕実際には、事の真相に対応しているのは、まさにその反対の状況である」からだ。「フォルマリストたちの仕事は、何よりもまず経験的なものであり、また大概の場合、欠いているのはまさしく抽象的な結論であり、理論の明確な意識なのである」。

フォルマリストたちの主要な関心は、彼らを取り巻く状況の中で次々に生起する事象に対応し、これを考察することにあった。だから、彼らの論考を一九一〇—二〇年代ロ

シア（ソ連）の文脈から引き離し、今日の理論的な視座を基点とする座標空間上に位置づけることは、その「行動の真の様相を〔……〕歪めてしまう」おそれがあるとトドロフはいう。フォルマリストの諸々の論考の意味は、それが書かれた状況との関連を考慮しないかぎり、十全には把握できないというのである。

ロシア・フォルマリズムは一九六〇年代以降、主として理論家集団と見なされ、その論考も文学理論として読まれてきたが、その際には、当時隆盛していた構造主義や文化記号学の先駆と位置づけられることが多かった。この方向でのフォルマリズム紹介に精力的だったのは、自身も初期の指導的なフォルマリストであり、一九二〇年のロシア出国後はチェコスロヴァキア、さらに米国で活躍して、構造主義言語学を確立したロマン・ヤコブソンである。トドロフ編の『文学の理論』に序文を寄せたのもその一環だった。

だが、ソ連でなお生存していたフォルマリズム関係者のなかには、自分たちの過去のこうした位置づけに違和感を覚える者もいたようだ。たとえば、フォルマリズム全盛期にボリス・エイヘンバウムやユーリイ・トィニャーノフを国立芸術史研究所文芸部門の講師として招請し、彼らの著作の出版に尽力する一方で、理論的には緊張関係にあったヴィクトル・ジルムンスキイは、ヴィクトル・シクロフスキイに宛てた一九七〇年九月の手紙で、「ロマン・ヤコブソンがこの〔フォルマリズムの〕歴史を意識的に歪曲し、外国の出版物でフォルマリズムを自分自身そっくりに再現しようとしている」と非難している。[2]

ヤコブソンのフォルマリズム紹介が「歪曲」であったかどうか、ましてやそれが「意識的」であったかどうかは神のみぞ知るだが、理論の季節が終焉を迎えつつあると言われる今日、私たちはかつてトドロフが抱いた危惧、ジルムンスキイが覚えた反発をもう一度想起してみても良いだろう。フォルマリズムが構造主義や文化記号学の先駆であったかどうかは、現在から遡及的に彼らを見た場合に初めて生じる問いであり、一九一〇―二〇年代当時のフォルマリストたち自身にしてみれば、あずかり知らぬことなのだ。彼らの論考を今日考えてみる意義は、フォルマリズムを回顧的に文学史・思想史上に位置づけるよりも、むしろその思考の生成過程をたどることの方にある。

フォルマリズムにおける歴史的時間の欠如

ロシア・フォルマリズムの歴史観、その文学史モデルは、文学というジャンルを閉じ、自律した系列として捉え、その発展の内在的な法則の解明をめざした点に特色があった。文学を他のイデオロギー的系列や社会的・経済的発展から独立したものと見なすことは、フォルマリストたちに共通していた「文学的素材に固有の性格に基づいて、文学に関する自立的な学問を創ろうとする志向[3]」に導かれた帰結だった。

文学史を論じる際にフォルマリストたちが依拠したのは、シクロフスキイが一九一七年に論考「手法としての芸術[4]」で確立した「異化―自動化」の概念である。文学流派の変動に関する彼自身の明快な定式を見てみよう。

> いかなる文学の時代にも、一つだけではなく、いくつかの流派が存在している。それらは文学内に同時に存在していて、しかも、そのうちの一つの流派が正統とされ、頂点に位置しているのである。他の流派は正統とは認められず、ひっそりと存在している。〔……〕しかしその時にはすでに下層で新たな形式が創り出されていて、言葉としてはもはや芸術的な志向という要素から補助的で感知されない現象へと変わってしまい、文法的形式以上のものを感じさせなくなった旧芸術の形式に取って替わろうとする。年下の系統が年長の系統のいた場所に押し入って……〔たとえば〕ドストエフスキイは通俗小説の手法を文学の規範にまで高める。どの新しい文学流派をとってみても、それは革命であり、なにやら新たな階級の出現のようなものである[5]。

ある文学流派がある時期に規範となり、支配的な権威を帯びるが、その形式に基づく作品が大量に書かれることでしだいに常套化し、やがて人々に新鮮な感動を与えられなくなる（自動化）。すると、それまで低い評価しか与えられていなかった形式が、人々に新たな衝撃と感動を与えるようになり（異化）、従来の支配的な流派、規範だった形式に取って替わる。しかし、それもまたいずれ常套化、自動化し……という無限の過程をシクロフスキイは思い描いていた。

したがって文学の進化は、直進的な発展ではなく、断絶と不連続の反復ということになる。同じ論考の中で、シクロフスキイは「文学史は、断続的な曲折した線にそって前に進む」、「遺産は、文学流派が交代する際に、父から子へと受け継がれるのではなく、叔父から甥へと渡る」とも述べている。文学流派はいわば隔世遺伝をくり返すのであり、文学史は一時代ごとに、おおむね二つの極を往還するジグザグの過程を進んできたというのである。

シクロフスキイの提唱したこのモデルは、その後、主にトィニャーノフによって、文学系列だけを対象とするのではなく、文学と文学外の隣接領域との相関関係も考察する方向へと修正された（トィニャーノフ「文学的事実」「文学の進化について」）[6]。とはいえ、文学の自律的進化という原則は、一九二〇年代末にフォルマリズムがグループとしての活動を終えるまで保持された。

フォルマリズムの文学史モデルは、一九世紀ロシア文学史の個別的な分析に成果を挙げる（エイヘンバウム『若きトルストイ』、同『レールモントフ――文学史的評価の試み』、トィニャーノフ『擬古主義者と革新者』など）[7]一方、欠陥を抱えてもいた。ある形式が特定の時期に規範となる理由――たとえば先の引用でシクロフスキイも言及している、ドストエフスキイによる通俗小説の手法の芸術的文学への導入が、なぜほかならぬ一八六〇年代に起きたのか――を説明できないのだ。

これは、フォルマリストたちが文学進化の動因を、文学系列の内部から捉えようとしたためである。ドストエフスキイの例に即して言えば、一八五〇年代からしだいに進行していたジャーナリズムの発達・読者層の広がりと、それに伴う大衆化という社会的な動因を文学史に直接導入することを、文学というジャンルの自律性を前提とする彼らは回避したのである。

メドヴェージェフ／バフチンは、一九二八年の著作『文芸学の形式的な方法』[8]で、「フォルマリストの文学進化の理論全体には、ある本質的な要因が欠けている――歴史的時間のカテゴリーである。それはこれまで検討してきた彼らの学説を構成する要因すべての必然的な帰結である。実際には、フォルマリストが知っているのは〈永遠の現在〉、〈永遠の同時代性〉に過ぎない」と述べている。フォルマリズムの文学史モデルは、変化の一般的な図式を示してはいるが、歴史的時間の内での個々の現象の生起に対して、具体的な説明を与えることはできなかった。

生と表象の乖離――一九二〇年代文芸学の危機意識

メドヴェージェフ／バフチンが指摘したような、フォルマリストたちの文学史モデルの本質的な非歴史性。だが考えてみれば奇妙なことだ。彼らの理論は、革命と戦争という歴史の激動のさなかに創られたものではないか。そこにおいて非歴史性が優越しているとは、どういうことか。

転形期を生きる者は、歴史をめぐる思惟に影のように取りつかれる。堅固な社会規範に基づいて確信をもって行動できる安定期とは異なり、転形期にはひとを取り巻くすべてが急速に激しく変化し、価値規範が権威を失ってしまうからだ。それでもひとは目の前に次々と生起してくる状況に対処しなければならないが、何かを判断するための基準はすでに失われているので、自分を巻き込んでいる急速な変化の原因や法則を見いだそうとするようになる。圧倒的な歴史の動きと、その中にある人間との関係について、思いをめぐらすようになる。

この点では文学者もまた例外ではない。ただし彼らにおいては、歴史と人間の関係をめぐる思考は、多くの場合、歴史的現実とそれらを記述する表象行為との関係の問題へと帰着する。文学者とは現実において生起するできごとを経験するだけでなく、それを観察し、記述する者でもあるからだ。大きな変動が相次いだ二〇世紀初めのロシアで、ほかならぬ記述される生の現実と記述する主体との問題が、多くの文学者の主要な関心事だったことは偶然ではない。

後に「対話」の思想家として知られるようになるミハイル・バフチンの一九二〇年代前半の論考「行為の哲学に寄せて[9]」は、その一例である。この論考では、対象や現象や経験が生起する現実が「生の世界」、それが観察され、記述された領域が「文化の世界」と呼ばれているが、今日ではこれら二つの世界は断絶しているとバフチンは言う。

かくして、互いに対立する二つの世界、けっして相互に交流し浸透することのない二つの世界が立ち現れることになる。文化の世界と、生の世界(我々が創造し、認識し、観照し、生き、そして死んでゆく唯一の世界)である。我々の活動・行動が客観的なかたちをとって現れる世界と、この行動がただ一回、現実に経過し遂行される世界である。我々の活動・行動、我々の体験・行動は、あたかも双面のヤヌスのごとくに、文化の領域という客観的な統一と、体験される生という繰り返しのきかない唯一性との、別々の方向に向いているわけなのだが、しかしこの二つの顔を互いに一個の統一へとまとめあげるような、そうした単一で唯一のレベルというものが存在しないのである。

この論考で取り上げられているのは、直接には人文科学の閉塞性、自己完結性の問題だが、現実の生とその表象との断絶を語る切迫した口調には、歴史の激変に認識が追いつけないことへの危機意識が表れている。バフチンはこの後、生涯を通じて、「生の世界」(現実)と「文化の世界」(表象)との架橋を追究していくことだろう。

このような切迫した危機意識は、フォルマリストたちの論考やエッセイにも、しばしば顔をのぞかせていた。たとえば、先ほど言及したシクロフスキイ「手法としての芸術」中の有名な次の一節などは、その顕著な例である。

事物はいわば包装されたまま我々の眼の前を素通りしてしまい、我々は〔……〕その存在を知るものの、見えるのはその表面だけなのである。こうした知覚作用の影響を受けて、事物はまず知覚のレベルで生気を失ったものとなり、さらに事物を創ることにまでこの影響が及ぶことになる。〔……〕多くの人々の複雑な生全体が、無意識的に過ごされていくのなら、そのような生は存在しないも同然なのだ。〔……〕こうして、生は無に帰しつつ、消えていく。自動化は事物を、衣服を、家具を、妻を、そして戦争の恐怖を呑みこんでしまう。〔……〕そこで、生に感覚を取りもどし、事物を感じるためにこそ、石を石らしくするためにこそ、芸術と呼ばれるものが存在しているのである。

「異化」の概念を確立したこの論考において、それが必要不可欠である理由の説明は、じつはこの箇所より他にはない。フォルマリズムの非歴史的な文学史モデルの基盤となった異化の概念は、転形期に生きるシクロフスキイの切迫した時代認識と密接に結びついていた。

シクロフスキイ――歴史の超克

このように、フォルマリストたちは実際には、転形期に生きる中で歴史を強く感受していたのである。彼らの言説の全貌をほぼ知りうる現代の私たちは、フォルマリズムの文学史モデルが「永遠の現在」を志向していたことの指摘に留まらずに、彼らが歴史の変化を意識していたにもかかわらず、その論考において「歴史的時間」を回避したのはなぜなのかを問うべきだろう。

フォルマリストたちのテクストに、いま少し耳を傾けてみよう。これは彼らの歴史観、あるいはむしろ歴史感覚の検討を目的とする作業なので、その際に留意すべきは、現実と表象、記述される生と記述する主体、過去と現在との関係がどう捉えられていたかということだ。

フォルマリストのうちで、一九一〇―二〇年代の歴史の激変と最も直接的な関わりを持ったのは、シクロフスキイである。それは彼がごく若い時から、未来派の詩人たちと組んで芸術的前衛を標榜し、その著作と過激な言行とで首都の文学界に衝撃をもたらしていたというだけではない。一九一七年の二月革命にも積極的に参加したシクロフスキイは、政治的には十月革命で政権を掌握したボリシェヴィキと緊張関係にあったエス・エル（社会革命党）に近く、逮捕の危険を回避するため地方に逃れた時期もあった。一九年以降は研究と評論に専念したが、二二年にエス・エルへの弾圧が強まると今度はフィンランドに逃亡し、その年の四月から翌年九月に帰国するまで、ベルリンで亡命生活を送った。

　次の一節は、シクロフスキイが逃亡中の一九二二年三月二〇日にフィンランドで書き、帰国後に発表された自伝的コラージュ『センチメンタル・ジャーニー』[10]に収録された文章である。

> 窓辺に座り、明日どんな天気にするかを私に聞くこともなく素通りしていく春を見つめながら、〔……〕この春のように、革命が自分のそばを通り過ぎるにまかせるべきだったのだと、今にして思う。
> 　石のように落ちていくときには考える必要はない、考えているときには落ちていく必要がない。私は二つの作業を混合した。
> 　私を動かしていた原因は私の外部にあった。
> 　他の人々を動かしていた原因は彼らの外部にあった。
> 　私はただ落ちていく石なのだ。
> 　落ちていきながらも、その時に、自分の行程を観察するための明かりを点すことのできる石なのである。

ひとを「動かしていた原因」は「外部にあった」――歴史の圧倒的な暴力を前にして、ひとの無力を語るこの一節にもまた、バフチン「行為の哲学に寄せて」に類する、生と表象との乖離のモチーフが認められる（「落ちていく」ことと「考える」こととの二律背反）。ただしシクロフスキイは、バフチンに比べて、どこか楽天的だ。現実において歴史に翻弄されている（「落ちていく」）ときでも「自分の行程」、すなわち生を「観察する」ことはできるというのだから。

　シクロフスキイは、文学史に関する論考でも、同じように、過去に対する現在の圧倒的な優越を想定していた。たとえばベルリン亡命中に書かれ、一九二三年に同地で刊行された「エフゲーニー・オネーギン（プーシキンとスターン）」[11]には、次のような一節がある。

> 氷山がひっくり返るのは偶然ではない。氷山はグリーンランドのどこかの氷河から分離すると、風に吹かれて暖流にまで行き着く。〔……〕氷山は下部を［暖流に］洗い流され、水面上に見えている部分が水面下の部分よりも重くなり、ついには逆さにひっくり返る。今や氷山はまったく別な姿を〔……〕我々に見せるようになる。
> 　文学作品の運命も同様である。その理解にはときおり転覆が生じ、喜劇的だったものが悲劇的になったり、美しかったものが俗悪と受けとめられるようになった

りする。
　あたかも芸術作品が新たに書かれているかのように。

　ここでは、文学作品の固有性、能動性、自立性がほぼ等閑に付され、価値評価の主導権はもっぱら受容する現代の読者の側にのみ認められている。文学作品が別の時代にたどり着き、新たな知と感性によって受容されるたびに、転覆した氷山のように従来とは正反対なまでに異なる相貌を表すというこの比喩で、現代の価値観に基づく過去の改変は積極的に肯定されている。

　だが私たちは、このような明快な図式が語られたのが、シクロフスキイが歴史に最も激しく翻弄されていた時期だったことを忘れるべきではない。たとえば「異化」の必要性をもっぱら「生が無に帰しつつ、消えていく」ことへの恐怖によって説明することと、過去の現実や作品に対する現在の表象の勝利を謳歌することとは、彼の中でどのように結びついていたのだろうか。

　現代ロシアの研究者イリヤ・カリーニンは、シクロフスキイによる記述主体の特権視が、歴史に対する一種のセラピーだったとの見解を示している。シクロフスキイは、歴史法則と自身とを同一化しようとするロシア知識人の伝統とは一線を画し、自分の生が歴史の圧倒的な力によって規定されていることは認めていた（たとえば『センチメンタル・ジャーニー』中の記述「私を動かしていた原因は私の外部にあった」。「エフゲーニー・オネーギン」中の氷山と文学作品との比喩でも、その転覆が「偶然ではない」と、人為を超えた必然であることが最初に指摘されている）。このように歴史の暴力的なまでの力を自覚したうえで、シクロフスキイは時代の現実に翻弄された過去の自分を認識のレベルで異化し、新たな連関において語り直す（表象する）ことで、その超克を図ったというのである[12]。

　実際、トルストイが膨大な歴史文献を活用しつつ、一九世紀初頭の対ナポレオン戦争当時のロシア社会のパノラマを構築する過程を考察した『レフ・トルストイの長編小説「戦争と平和」の素材と文体[13]』でも、シクロフスキイは文豪の創作プロセスをまさしく歴史を超克する試みとして描き出している。

〔……〕古風でアナーキーなトルストイは因果性の法則と闘った。〔……〕
　生は彼にとって法則性の埒外にあるものだった……。このような世界観を芸術へと持ち込むことで、生への不信と、これ〔生〕を語り直し、**異化しようとする**志向が生じた。〔強調はシクロフスキイ〕

シクロフスキイはここで、「現実の異化、歴史の超克としての創造」という自分の理想を、トルストイに託して語っている。同じ著書の中で彼は、ひとたび『戦争と平和』の作品世界というシステムに組み込まれてしまえば、「歴史データはもはやトルストイにとって必要なかった」とまで断じている。

このように歴史は相対的なものであり、現代の視点から自在に表象できるという立場を、シクロフスキイは晩年まで保ち続けた。一九八三年に刊行された二巻選集に収録された文章の中で、彼は一九二〇年代の活動を振り返り、「当時の私の理論では、芸術は現実や現象と結びついてはならなかった、それは言葉と文体の現象だった。今では私は、芸術の土台に生へ肉薄しようとする志向があることを知っている」と自己批判とも取れることを書く一方で、しかしなお「この〔現実の〕世界は、独自の内的な諸法則を有する世界に取って替わられる。これらの法則の実現を妨げてはならない」とも述べている。[14]

過去の現実に対する現在の表象の勝利、あるいは歴史の超克。だがそれはシクロフスキイにとって、歴史に対する恐怖と表裏一体だった。「私たちは今、題材を構成するための形式を感知できない時代を生きている」——自伝的散文『第三工房』[15]中の一節である。シクロフスキイは、激変する現実（presence）を定位するための基準が失われた転形期にあって、これを自分の形式によって再現前＝表象（re-presentation）することで、歴史の圧倒的な暴力に対峙し、拮抗しようとしたのである。

エイヘンバウム——歴史への畏怖

一九二〇年代半ばに盛んに行われた「フォルマリズム批判」に対して論陣を張ったエイヘンバウムには、戦闘的な論客というイメージが付きまとうが、彼はシクロフスキイとは異なり、政治活動に参加したことはない。一九〇五年のロシア第一次革命を当時の首都サンクト・ペテルブルクで経験した際には、アナーキストとなった兄とは対照的に傍観者の立場を貫き、第一次世界大戦から革命を経て国内戦に至る動乱の時代にも文学者・大学教授としての活動に終始している。第二次世界大戦後の「コスモポリタニズム批判」でレニングラード大学の職を追われたとはいえ、エイヘンバウムが文学者という枠を自分から踏み越えようとしたことはなかった。[16]

だが、そのような彼もまた転形期の危機意識をシクロフスキイらと共有していたことは、一九二一年のエッセイ「自覚の瞬間」[17]などから、うかがい知ることができる。

すべてが一つで、小さいものや偶然や個別などはなく、すべてが大きく合法則的であることを知り、感じてはいるが〔……〕私たちは原因を見ることを許されてはいない。〔……〕許されているのは帰結を見、認識することであり、さまざまな歴史学がおこなっているのは、まさにこのことなのである。後ろを振り返るとき、〔……〕私たちは自分がすべてを理解し、真実を見いだしたように思う。〔……〕だが自分の生、今日という日に取り組むなら、私たちの知識は崩壊するのだ。見いだしたものが真実ではなく、真実の恐ろしい歩みが干上がった大地に残した痕跡に過ぎなかったためである。

過去を精査して「真実を見いだし」、「合法則的」な「すべてを理解」したと思っても、「帰結」はすでにかつての現実の痕跡に過ぎず、「自分の生、今日」という進行形の現在とはつながっていない——。エイヘンバウムは、バフチンの「行為の哲学に寄せて」とほぼ同時期に、やはり現実と表象、過去と現在、記述の対象と主体の乖離の問題を意識していたのである。

この乖離を人は克服できるだろうか。過去の作品を現在という位置から語ることは正当だろうか。一九一〇—二〇年代のエイヘンバウムの著作には、この問題をめぐる彼の逡巡がよく表われている。

一九二〇年代初めまでは、エイヘンバウムはシクロフスキイと同じように、現在の記述主体が歴史や現実を自在に表象する権利を認めていた。トルストイの創作過程を論じた一九一九年の「結合の迷宮」[18]のなかで、エイヘンバウムは物語を作る二つの要素として「一連の結合から成る形式と、内容すなわち個々の形象や状態」をあげている。彼がこの論考でトルストイに即して叙述しようとしたのは、生の現実の断片を本来の連関から切り離して、小説という新たな連関へと結合しなおす創造という行為のプロセスだった。その際に、エイヘンバウムは現実の断片を「内容」と呼び、それらを新たに結合しなおす営為を「形式」と呼んだのである。

彼は、疾風怒涛時代のドイツの文人シラーの歴史悲劇を考察した同年の論考「悲劇と悲劇性について」[19]でも、「形式」という語を同様の意味で用いている。悲劇の観客は主人公の運命に同情し、共感を寄せるが、その共感は「諸事件の結合と再編の帰結」であり、「形式的」である。「観客は共感を愉悦しながら舞台を見る。これは内容が形式によって廃棄されているからだ」。これらの記述において、「形式」という語は、文学作品の様式や技法といった枠を超え、現実を再構成することで観照の対象へと転化する営為を表している。この時期のエイヘンバウムは、ひとは現在の表象によって歴史的過去や現実の生を超克できるとの立場だった。

　エイヘンバウムの超克の論理は、シクロフスキイの場合と同様に、生と表象との乖離を前提としていた。一九二一年に書かれた『若きトルストイ』[20]序文には、次のような一節がある。

> 作品そのものを研究するということは、作品を解剖することを意味すると考えられてきた。だが周知の通り、そのためには、まず生ある存在を殺さなければならない。私たちは、この罪を犯しているとつねに非難されてきた。だが、〔……〕過去は、いかに甦らせられようとも、すでに死んでいるもの、時それ自体によって殺されているものなのである。

　ここで語られているのは、現在に生きる記述主体と過去に属するその対象との、時による分断である。ただし、記述主体と対象との断絶を解剖や死になぞらえるエイヘンバウムの比喩はやや悲観的な諦観を帯び、前節で見たようなシクロフスキイの楽天的な筆致とは一線を画している。現実と表象の乖離に対する態度のこの微妙な差違によって、エイヘンバウムはこの後しだいに、シクロフスキイと対極的な方向へと進んでいく。

　一九二二年のエッセイ「五＝一〇〇」[21]中の一節を見よう。

> 生は多様であり、これを一つの要因に帰することなどできはしない。〔……〕生は川のように――間断なき奔流として動いているが、しかしその川からは無限数の細流が流れ出ており、その一つ一つが独自なのである。いっぽう芸術は、この奔流の分流ですらなく、それらの上に架かる橋だ。〔……〕学問は創造行為であり、創造とは有機的な過程である。

　川＝生、その上に架かる橋＝表象という、必ずしも独創的とはいえない比喩。ここでは、表象（芸術、学問）が生（川）とは別個の（「この奔流の分流ですらなく」）、自立的なシステム（橋）として示されている。ただし、この比喩において、両者の力関係が著しく不均衡であることには留意すべきだ。どんなに堅固な橋であろうと、「間断なき奔流」がひとたび氾濫すれば、これに抗しうるものではない。

　この時期のエイヘンバウムはすでに、生の現実に対する記述・表象の圧倒的な優越を信じられなくなってきていた。

一九二三年に書かれた『レールモントフ――文学史的評価の試み』[22]導入部では、私たちが研究するのは「単なる過去への投影ではなく」、歴史の「運動それ自体」「動的な過程」であると述べられている。もっとも、レールモントフの創作の変遷を比較文学や文学史の観点から詳細に論じたこの著作は、現在でもその学術的価値を失わない優れたものだが、導入部で提唱されているような「運動それ自体」の記述とはなっていない。

エイヘンバウムはこの後、圧倒的な生・現実の流れ――歴史に対する意識を強めていく。一九二七年の論考「文学的ヴィト」[23]の一節を読もう。

> 私たちはすべての事実を一度に見るわけではなく、いつも同じ諸事実を目にしているわけでもなく、またいつも同一の相関関係の解明を必要としているわけでもない。しかしまた、私たちが知っている、あるいは知りうるすべてが、私たちの表象において、諸々の意味記号としてたがいに結びつきあい、偶然の事柄から既知の意義を持つ事実へと変わるわけでもない。文書やさまざまな回想に横たわっている膨大な過去の素材は、理論がその一部をあれこれの意味記号の名の下に体系へと導入する権利と可能性をもたらすかぎりにおいて、ただ部分的にだけ〔論考の〕ページ上に現れる（そして現れるのが、いつも同じ素材とはかぎらない）。理論の外部に歴史体系が存在しているわけではない。〔理論がなければ〕諸事実を選別し、認識するための原則もないということになるからだ。

メドヴェージェフ／バフチンは、エイヘンバウムのこの記述を「歴史認識のあからさまな相対主義」と呼び、「歴史の現実そのものの中に法則性を求めることはできない、理論だけが歴史的現実のカオスに秩序と意味を与えることができるというのである。だがここから導き出されるのは、どんな理論によっても歴史から十分な量の事実を釣り上げることができるのだから、いかなる理論でも良いという考えだ」[24]と批判している。

だがこの批判は、エイヘンバウムの歴史感覚を半分しか言い当てていない。たしかに彼は、続く箇所で「あらゆる理論は、事実それ自体への関心によって示唆された作業仮説であり、必要な事実を取り出し、体系にまとめるためにのみ必要であるに過ぎない」と述べている。これが「歴史認識の相対主義」であることは紛れもない。

けれどもエイヘンバウムは、「いかなる理論でも良い」と言っているのではない。さらに次の箇所を読んでみよう。

あれこれの事実への要求自体、あれこれの意味記号への欲求自体は、現代性——解決されることを待っている諸問題によって暗示されているのである。歴史は本質的に、複雑な類推の学問、二重の視点を持つ学問であり、過去の事実が私たちによって意味あるものとして識別され、体系に組み込まれる場合、それは変わることなく不可避的に、現代の諸問題の示唆を受けている。

「私たちによる事実の識別」および「体系への組み込み」は「不可避的に現代の諸問題の示唆を受けている」——この前提に立つならば、記述主体は歴史を超克できないことになる。過去をいかに表象するかは、現在に生きる記述主体自身の恣意によるのではない。彼もまた「歴史の動的な過程」によって厳しく規定されているからである。「歴史記述」は「現代性」に従うが、その「現代性」もまた「歴史の動的な過程」「運動それ自体」の一端だというのである。

この論考でエイヘンバウムは、「歴史の動的過程」と「歴史記述」のあいだに、いわば媒介項なき深淵を見ている。記述主体が把握できるのは「運動それ自体」「時それ自体」ではなく、あくまでも「時それ自体によって殺されているもの」、すなわち歴史という動的過程の断片的な痕跡だけである。ひとは痕跡をたがいに関連づけて整合的な体系を構築し、過去を表象することができるが、それはあくまで現代に有効な歴史記述であって、「歴史の動的過程」それ自体ではない。エイヘンバウムの考えでは、ひとは生や歴史そのものを認識・表象することはできない。

一九二九年に刊行された自伝的散文集『私の年報』[25]のなかで、エイヘンバウムは、世界大戦とその一ヶ月前の母の死、二月革命とその一ヶ月前の父の死、十月革命、国内戦期の飢餓と寒さと息子の死、象徴派詩人アレクサンドル・ブロークの死、アクメイズムの詩人レフ・グミリョフの処刑、シクロフスキイやトィニャーノフとの出会いと詩的言語研究会《オポヤズ》の結成など、自分の周囲で起きたさまざまなできごとを列挙したうえで、「こうしたすべては歴史的な偶然であり、予期せぬ出来事だった。それは歴史の筋肉運動だった。それはスチヒーヤだった」と述べている。四大元素を意味する古代ギリシャ語を語源とする「スチヒーヤ」というロシア語は、しばしば「自然」と訳される。ただし、それはひとに優しく親和的な自然ではなく、盲目的で、ときに人間に対して暴力的な不可抗力である。エイヘンバウムは自伝的文章の中で、歴史をこのような意味での力と同一視し、人間の理解を超えたものと位置づけたのである。

一九二〇年代後半以降、トルストイの評伝執筆に専念したエイヘンバウムは、このような意味での歴史に対する、ほとんど宗教的なまでの畏怖の念に捉われていく。「働かなくては、働かなくては、とにかく働かなくては！　歴史だけだ――私には他に何一つ残されてはいない」。「歴史がなくて何もない（〔その場合〕形成された大地は偶然によって滅ぶだろう）か、ただ歴史だけがあるかの、どちらかだ」[26]――エイヘンバウム晩年の述懐である。一九五九年に急死する直前には、過去の資料に対する研究者の恣意的な介入の最小化をめざして、テクスト考証学の入門書を構想していたという。[27]

フォルマリズムの終焉をめぐって

一九二八年末から翌年にかけ、シクロフスキイは、病気療養のため一時出国したトィニャーノフと緊密に連絡を取りつつ、当時プラハに在住していたヤコブソンと連携して「詩的言語研究会《オポヤズ》」の再興を図った。結局は実現しなかったこの企図の過程で、エイヘンバウムは疎外されていった。[28]

このことは従来、彼が時代状況に妥協し、理論的に後退したために生じた事態であるとされてきたが、このような見解は実のところ、遡及的に見た場合に、当時のエイヘンバウムが後の構造主義につながる路線から逸脱していたことを物語る以上ではない。だが、代表的な二人のフォルマリストの歴史感覚の相違を、ここまで当時のテクストに即してたどってきた私たちは、フォルマリズムのこの最終局面を、回顧的・遡及的にではなく見ることができるのではないか。

後期フォルマリズムの文学史モデルの精密化を主導したトィニャーノフは、一九二七年の「文学の進化について」[29]で、「この根本的な問題を分析するためには、文学作品がひとつの体系であり、文学もまたひとつの体系であることを、**前もって定めておく**必要がある。このような基本的了解のもとでのみ、多様な現象や系列の混沌を観察するのではなく、研究するような文芸学の構築が可能になる」（強調は中村）と述べている。彼は、自分のモデルの記述主体が、文学系列の内部に設定される方法的な基点であることに意識的だった。

文学史の記述主体は、そのような基点から出発して、文学に相関する隣接の諸系列、そこからさらに隣接するまた別の諸系列へと、しだいに視野を拡張していく。その際、作者の意図や志向といった目的論的なものは無効となる。だがトィニャーノフのモデルの基点自体は、「文芸学の構築」という明確な目的をもって設置されたものである。

すでに一九二〇年にロシアから出国していたヤコブソンは、フォルマリストのうちでも文学の自立性を最も揺るぎなく信じ続け、一九三〇年代にも「詩的機能すなわち〈詩的性格〉は〔……〕独自の要素であり、機械的に他の要素に還元することができないものなのだ」と断言している。[30] ツヴェタン・トドロフが指摘しているように、[31]「少なくとも詩の機能について〔……〕超歴史的な定義をなしうる」というヤコブソンの確信は生涯を通じて不変だった。

ロシア・フォルマリズムの最終局面とは、このように方法的な文学史を提唱していたトィニャーノフ、文学性の実在を確信していたヤコブソン、そして表象による歴史・現実の超克をめざしていたシクロフスキイの三者が、構築主義と実体論とのあわいで、能動的な文芸学をめざして提携を試みたにほかならない。そして、記述主体に対する歴史の規定を前提とし、歴史や過去の事実への畏怖の念を強めつつあったエイヘンバウムが、この提携に参加する余地はなかったのである。

必ずしも方法上の理由からではなく、むしろ実際的な諸般の事情から、ヤコブソンの帰国は実現せず、詩的言語研究会《オポヤズ》は再興されなかった。ソ連で生き続けたシクロフスキイ、トィニャーノフとエイヘンバウムとの交友も、結局は彼らの死まで続いた。だがそれは彼らが方法上の相違を、個人的な友情の問題に還元したことを意味してもいた。

グループとしてのフォルマリズムは、詩的言語研究会《オポヤズ》の再建が失敗した段階で、事実上終息した。その後も続いた「フォルマリスト」たちの活動は、フォルマリズム史の一ページとしてではなく、ソ連知識人の個々の軌跡として語られるべきである。ちなみに長命だったシクロフスキイとヤコブソンは、エイヘンバウム没後の追悼文や回想においてさえ、彼の一九二〇年代末以降の著作について、微妙な言い回しながらも批判的である。[32]

注

1 一九六五年には、一〇年前に刊行されていた Victor Erlich, *Russian Formalism. History–Doctorine*, The Hague: Mouton, 1955 の増補改訂版も出版されている。なおトドロフ編のこの論集《*Théorie de la littérature*》の邦訳は『文学の理論：ロシア・フォルマリスト論集』野村英夫訳、理想社、一九七一年。以下に言及するトドロフのテクストは、この邦訳による。同じく一九七一年には、ロシア語からの直訳による『ロシア・フォルマリズム論集——詩的言語の分析』新谷敬三郎・磯谷孝編訳、現代思潮社も刊行されている。

2 Perepiska B. M. Eikhenbauma i V. M. Zhirmunskogo. Publika-

tsiia N. A. Zhirmunskoi i O. B. Eikhenbaum. Vstupitel'naia stat'ia E. A. Todessa. Primechaniia N. A. Zhirumunskoi i E. A. *Todessa* // Tynianovskii sbornik: tret'i tynianovskie chteniia. Riga, 1988. S. 320. 本稿の邦訳は以下、言及のない場合は著者による。

3 *Eikhenbaum B.* Teoriia "formal'nogo metoda" // O literature: raboty raznykh let. M., 1987. S. 375-408. 邦訳としてボリス・エイヘンバウム「《形式的方法》の理論」新谷敬三郎訳、『ロシア・フォルマリズム論集』九―五六頁。

4 *Shklovskii V.* Iskusstvo kak piiem // O teorii prozy, M., 1929. S. 7-23. 邦訳は「手法としての芸術」松原明訳、桑野隆・大石雅彦編『ロシア・アヴァンギャルド６　フォルマリズム　詩的言語論』国書刊行会、一九八八年、二〇―三五頁。

5 *Shklovskii V.* Rozanov: iz knigi «siuzhet kak iavlenie stilia» // Gamburgskii schet. SPb., 2000. S. 315-342.

6 *Tynianov Iu.* Literaturnyi fakt // Literaturnyi fakt, M., 1993. S. 121-137. 邦訳として「文学的事象」水野忠夫訳、水野忠夫編『ロシア・フォルマリズム文学論集２』せりか書房、一九八二年、七一―一〇三頁。*Tynianov Iu.* O literturnoi evoliutsii // tam zhe. S. 137-148. 邦訳として「文学の進化について」松原明訳、『ロシア・アヴァンギャルド６』一八九―二〇三頁。

7 *Eikhenbaum B.* Molodoi Tolstoi // O literature. S. 33-138. 邦訳としてボリス・エイヘンバウム『若きトルストイ』山田吉二郎訳、みすず書房、一九七六年。*Eikhenbaum B.* Lermontov: Opyt istoriko-literaturnoi otsenki // tam zhe. S. 139-286; *Tynianov Iu.* Arkhaisty i novatory. L., 1929.

8 *Medvedev P.* Formal'nyi metod v literaturovedenii // Bakhtin M. Tetralogiia. M., 1998. S. 109-296. 邦訳としてパーヴェル・メドヴェージェフ「文芸学の形式的方法――社会学的詩学のための批判叙説」佐々木寛訳、『ミハイル・バフチン全著作第２巻　一九二〇年代後半のバフチン・サークルの著作Ⅰ』水声社、二〇〇四年、二一九―五一六頁。

9 *Bakhtin M.* K filosofi postupka // Sobranie sochinenii. T. 1. Filosofskaia estetika 1920-kh godov. M., 2003. S. 7-68. 邦訳として『ミハイル・バフチン全著作第1巻　［行為の哲学に寄せて］［美的活動における作者と主人公］他・一九二〇年代前半の哲学・美学関係の著作』伊東一郎・佐々木寛訳、水声社、一九九九年、一七―八六頁。

10 *Shklovskii V.* Sentimental'noe puteshestvie. M., 1990.

11 *Shklovskii V.* Evgenii Onegin (Pushkin i Stern) // Ocherki po poetike Pushkina. Berlin, 1923. S. 197-220.

12 *Kalinin I.* Priem ostraneniia kak opyt vozvyshennogo (ot poetiki pamiati k poetike literatury) // Novoe literaturnoe obozrenie, no. 95, 2009.

13 *Shklovskii V.* Mater'ial i stil' v romane L'va Tolstogo «Voina i mir». M., 1928.

14 *Shklovskii V.* Obnovlenie poniatiia // Izbrannoe v dvukh tomakh, tom pervyi. M., 1983. S. 523-531; Energiia zabluzhdeniia: kniga o siuzhete // tam zhe, tom vtoroi. S. 307-636.

15 *Shklovskii V.* Tret'ia fabrika // Gamburgskii schet. S. 85-150.

16 Carol Any, *Boris Eikhenbaum: Voices of a Russian Formalist,* California: Stanford UP, 1994; *Kertis Dzh.* Boris Eikhenbaum: ego sem'ia, strana i russkaia literatura. SPb., 2004.

17 *Eikhenbaum B.* Mig soznaniia // «Moi vremennik»: Khudozhesvennaia proza i izbrannye stat'i 20-30-kh godov. SPb., 2001. S. 532-538.

18 *Eikhenbaum B.* Labirint stseplenii // Zhizn' iskusstva. 10 dek. 1919 g. S. 1.

19 *Eikhenbaum B.* O tragedii i tragicheskom // Skvoz' literaturu: sbornik statei. L., 1924. S. 73-83.

20 注七参照。

21 *Eikhenbaum B.* 5=100 (posviashchennaia Opoiazu) // Knizhnyi ugol, 1922, No. 8. S. 38-41.

22 注七参照。

23 *Eikhenbaum B.* Literaturnyi byt // O literature. S. 428-436. 邦訳として「文学の風俗・慣習」小平武訳、水野編『ロシア・フォルマリズム文学論集 1』一八三—二九八頁。

24 注八参照。

25 *Eikhenbaum B.* Moi vremennik // Moi vremennik. Marshrut v bessmertie. M., 2001. S. 11-134.

26 *Eikhenbaum B.* Rabota nad Tolstym: iz dnevnikov 1926-1959 gg. // Kontekst 1981. M., 1982. S. 263-302.

27 *Chudakova M., Toddes E.* Nasledie i put' B. Eikhenbauma // O literature. S. 3-32.

28 この間の事情は、関係者の書簡や日記から知ることができる。中村唯史「歴史への内在：ボリス・エイヘンバウムの世界観」、『山形大学人文学部研究年報』、六号（二〇〇九年）、一二一—一四二頁参照。

29 注六参照。

30 Roman Jakobson, "What is Poetry?" in *Language in Literature*, Cambridge, Mass.: Belknap Press of Harvard UP, 1987, pp. 368-378. 邦訳として「詩とは何か」井上幸義訳、『ロシア・アヴァンギャルド6』二一二—二三二頁。

31 ツヴェタン・トドロフ「詩的言語活動（ロシア・フォルマリストたち）」『批評の批評——研鑽のロマン』及川馥訳、法政大学出版局、一九九一年、一五—四七頁。

32 *Shklovskii V.* Tetiva. O neskhodstve skhodnogo // Izbrannoe, tom vtoroi. S. 7-35; Iakobson R. Boris Mikhailovich Eikhenbaum (4 oktiabria 1886 – 24 noiabria 1959) // Moi vremennik. S. 597-604.

回帰する周縁——ロシア・フォルマリズムと「ドミナント」の変容

ヴァレリー・グレチュコ

ロシア・フォルマリストたちの運動は比較的短期間しか続かず、複雑な政治状況の中で展開したにもかかわらず、フォルマリズムの思想は生き延びて、構造主義やニュークリティシズム、ポスト構造主義、モスクワ＝タルトゥー学派といった後続の理論の言語にくりかえし「翻訳」されてきた。ロシア・フォルマリズムが文学理論にもたらした諸概念は、今では一般的に用いられるものとなっている。そのなかでもっとも人口に膾炙したのは「異化」の概念だろう。この概念の解釈と応用については今日にいたるまで、非常に多くの研究がなされてきた。[1]

本論では、フォルマリズムのもう一つの重要な概念である「ドミナント」について論じる。この用語はフォルマリストたちによってきわめて広く用いられてきた。その名も「ドミナント」と題されたロマン・ヤコブソンの論文を思い出す読者も少なくないだろう。そこではドミナントは「ロシア・フォルマリズムの理論のなかでもっとも中心的で、考察が重ねられた生産的な概念」[2]の一つであると性格づけられている。

では、ドミナントとはいったい何なのだろうか。そして、この用語はどのような歴史をもつのだろうか。

ブローダー・クリスチアンセンのドミナント——周縁の陰で

この概念が美学にはじめて適用されたのは、デンマーク系ドイツ人の哲学者ブローダー・クリスチアンセン（一八六九—一九五八）の『芸術の哲学』においてである。[3]クリスチアンセンの名前はロシア・フォルマリズムの研究者にはよく知られている。「示差的性質」や「美的客体」、そして「ドミナント」などフォルマリストが用いた諸概念はクリスチアンセンにさかのぼることができる。実際、フォルマリストの著述には彼のこの本の引用や言及がたびたび見られる。[4]

ところが、彼の思想はロシアでは大きな影響をもたらしたにもかかわらず、ドイツの学界ではクリスチアンセンはまったくの周縁的存在であり続け、今日では彼の名前はほぼ忘れ去られている。

ブローダー・クリスチアンセンは一八六九年、ドイツとデンマークの国境地帯にある北フリースラント地方の小都市クリックスビュルで生まれた。北フリースラントのこの地域は、クリスチアンセンが生まれる少し前、一八六四年のデンマークとプロイセンの戦争（シュレスヴィヒ・ホルシュタイン戦争）の結果、プロイセンに編入されたばかりだった。その結果、クリスチアンセンはドイツの哲学者ということになったのである。彼はフライブルク大学で教育を受け、一九〇二年にデカルトの認識論に関する博士論文を提出した。[5]リッケルトの弟子だったクリスチアンセンは、いわゆる新カント主義のバーデン（フライブルク）学派を代表する――ただし必ずしも正統的ではなかったが――哲学者だった。

このわずかな情報が事実上、クリスチアンセンについて知りうることのすべてである。彼の名前はドイツの哲学・美学事典には出てこない。ブロックハウスの三〇巻ものの百科事典でもわずかに五行が割かれるにすぎない（特徴的なことであるが、主要業績の説明で『芸術の哲学』は言及されていない）。[6]インターネットでの検索結果もきわめて独特である。ヒットするのは、彼の本を買うことのできる古本書店か、さもなければロシア・フォルマリズムに関するサイトだけである。このことから、一九一〇―二〇年代のロシア文化研究に携わっていない人間にはクリスチアンセンの名前はまったく知られておらず、フォルマリストたちによる受容だけが彼の名を歴史の忘却から救っていると結論づけることができるだろう。

『芸術の哲学』の出版は一九〇九年だが、早くも一九一一年にはペテルブルクでロシア語訳が出ている。[7]この著作のテーマは、芸術作品（「美的客体」）の内的構造と受容の分析である。美的客体は複雑な構造、すなわち相互関連する諸要素の総和として考察される。たとえば絵画で言えば色、輪郭、陰影といった各要素は、全体を形成する上でそれぞれの機能を果たす。ドミナントという用語でクリスチアンセンが意味するのは、美的客体の「前面に出て、主導的な役割を演じはじめる」一つの（あるいはいくつかの）要素のことである。「その他の要素はドミナントに従い、調和しつつそれを強め、コントラストによってそれを際立たせるか、ヴァリエーションによってふくらませる。」クリスチアンセンはドミナントを有機生命体の身体を支える骨格にたとえている。[8]

ただし、クリスチアンセンの著作の中ではドミナントの概念はまったく中心的なものではない。この概念は「芸術の理解と批評（Kunstverständnis und Kunstkritik）」についての章の、とくに芸術における「新しいもの」の理解と評価の問題との関連で出てくるのだが、エピソード的に用いられているだけである。美学の問題にささげられた後期の主著『芸術』（一九三〇）では、ドミナントの概念はまったく用いられていない。

だからこそ、事実上周縁的なこの概念がどのようにしてロシア・フォルマリズムのもっとも重要な概念の一つになったかを辿ることは興味深いのである。

中心への進出――ロシア・フォルマリズムへの道

公平を期するために言っておくと、フォルマリストたちはクリスチアンセンの著作にすぐに注目したわけではない。ここで仲介役を果たしたのはおそらくヴァシーリー・セゼマン（一八八四―一九六三）だろうと考えられる。彼は近年になってようやく、ロシア文化史（およびそれ以外の文化史）において正当な評価を受けるようになった人物である。

セゼマンはフィンランド系ドイツ人家庭の出身で、高名な哲学者ニコライ・ロスキイのもとで哲学を学び、一九〇九年にペテルブルク大学とベルリン大学を卒業した後、さらにドイツのマールブルク大学とベルリン大学でも教育を受けた。ロシアに帰国した後、一九一五年からはペテルブルク大学の講師を務めた。一九一七年の革命後はリトアニアのカウナスとヴィリニュスの大学で教鞭をとった。[9] ペテルブルク大学で教えた時代、ジルムンスキイ（彼も当時ペテルブルク大学の講師だった）と友人になり、後にはエイヘンバウムとも親しくなった。

セゼマンはクリスチアンセンの著作を高く評価していた。ジルムンスキイは次のように証言している。

美学に関する同時代の著作中、セゼマンがもっともよく言及したのは、しばらく前にロシア語に翻訳されたブローダー・クリスチアンセンの『芸術の哲学』だった。とりわけ芸術の発展における「ドミナント」と「示差的感覚」の役割に関するクリスチアンセンの所説に言及することが多かった。[10]

ボリス・エイヘンバウムがクリスチアンセンの本を知っ

たのもセゼマンの影響である。一九一六年の秋、エイヘンバウムはセゼマンの美学のゼミナールに参加した。当時、修士号の試験準備をしていたエイヘンバウムは、ジルムンスキイ宛ての手紙の中で次のように述べている。「クリスチアンセンの『芸術の哲学』を読み終えたところだ。すばらしい本だ。多くのものを与えてくれ、自分の考えの正しさを確信させてくれた。[11]」

けれども、フォルマリストがクリスチアンセンの諸概念を展開するようになるまでには、もう数年待たねばならなかった。一九一九年にシクロフスキイは「示差的感覚」との関連で初めてクリスチアンセンを引用した（論文「プロット構成の手法と文体の一般的手法の結びつき」[12]）。一方、ドミナントの概念は一九二一年になってようやくフォルマリストの著作に見られるようになるが、これは何人かの著作に同時に現れた。ジルムンスキイの論文「アレクサンドル・ブロークの詩」（一九二一）、ヴィノグラードフの論文「ペテルブルクものとしての『分身』の文体」（一九二一年七月の日付）、そしてエイヘンバウムの『ロシア抒情詩の旋律学《メロディカ》』（同じく一九二一年夏に完成した）である。[13]いったん現れるや、この概念はあっという間にフォルマリストたちの愛用するところとなった。その結果、一九二二年には早くもトィニャーノフがドミナントを「ロシアの文学研究に根づいた名称」と呼ぶまでになったのだった。[14]

エイヘンバウム――ドミナントと闘争

ジルムンスキイとヴィノグラードフの場合、この用語はついでのように使われただけだったのに対して、エイヘンバウムではずっと重要な位置を与えられている。『ロシア抒情詩の旋律学《メロディカ》』でこの用語が出るときはつねにクリスチアンセンの引用が伴うが、その内容は大きな変質をこうむっている。

芸術作品には主導的な要素（ドミナント）と従属的な要素があるという考えを受け入れつつも、エイヘンバウムは両者の関係を解釈し直している。クリスチアンセンでは従属的要素はドミナントと調和し、コントラストによって際立たせるか、ヴァリエーションによってふくらませるとされていた。それに対してエイヘンバウムはダイナミック（動的）な観点に注目し、芸術作品の個々の要素間の闘争を強調している。彼は次のように述べている。

> 芸術作品はつねに、さまざまな形成要素間の複雑な闘争の結果である（……）。これらの要素はただたんに共存するのではなく、たがいに「合致」するだけでもない。文体全体の性格に従って、ある要素が構成的ド

ミナントの役割を担い、他の要素を支配し従属させるのである。[15]

ドミナント概念の導入、しかもまさしく動的なヴァージョンでの導入は、フォルマリズムが発展していく上での内的論理によって導かれたものである。まさに一九二〇年代の前半、初期フォルマリズムの静的モデルから芸術作品の内的ダイナミズムの立場への移行が起きていた。静的モデルでは、芸術作品は一定の役割をもつ手法の集まりとして理解されていたのに対し、内的ダイナミズムの立場は、芸術作品を機能的関連性の複雑なシステムとして捉える。フォルマリズムの発展の初期段階、いわゆる「手法の総和」段階では、議論の力点は諸手法を分離させる分類学的レベルにあり、その相関という問題はあまり重要ではなかった。[16]だが芸術作品が統一的構造としてとらえられるようになると、諸要素の階層性とダイナミズムが問題になってくる。初期フォルマリズムにあった闘争性や変形の思想が、クリスチアンセンの概念と融合して新しいドミナント理解をもたらしたのである。

トィニャーノフ——文学進化の推進力としてのドミナント

この傾向はトィニャーノフにおいてさらに踏み込んだものとなる。一九二二年に書かれた論文「雄弁的ジャンルとしての頌詩」で彼は、ドミナントの機能的・変形的な性質を明確に定式化した。

> 芸術作品とはたがいに相関した諸要素からなるシステムである。各要素の相関とは、システム全体との関連におけるそれぞれの機能である。議論の余地なく明かなことだが、それぞれの文学システムはすべての要素の平和的な相互影響によって作られるのではない。他の要素を機能的に従属させ、いろどる一つの（あるいはいくつかの）要素の支配と前景化によって作られるのである。こうした要素はドミナントというロシアの文学研究に根づいた名称をもつ。[17]〔強調は原文〕

この論文でトィニャーノフはドミナントの概念を通時的な観点から拡張し、文学的進化の説明のために用いている。「ある時代にドミナントとなるのはそれ以前に従属的要素だったものである」[18]と彼は指摘し、ドミナントの交替が芸術嗜好のシステムの変更と再評価につながることを示した。この通時的な路線は、トィニャーノフやその他のフォルマリストのこれ以降の著述で非常に重要なものとなる。彼らにとってドミナントは、文体とジャンル、美的価値の進化のいわば普遍的要因となったのである。

ドミナントの原理はトィニャーノフの『詩の言語の問題』(一九二四)でも中心的役割を果たしている。この著作では、詩と散文の区別という原則的問題の解決のためにドミナントが用いられている。[19] 注目すべきことに、トィニャーノフはこの著作でドミナント概念を広く用いているにもかかわらず、ドミナントという用語そのものは使っていない。つまり「ドミナント」という言葉は一度も出てこず、その代わりにドミナントの同義的表現である「構成要素」と「構成原理」が使われているのである。[20] トィニャーノフは明らかに、新しい用語を導入することによってクリスチアンセンの「有和的な」ドミナント理解とは一線を引こうとし、ドミナントの「闘争的な」面を強調しようとしたのだ。

実際この本で特徴的なのは、「構成要素」の変形作用がとりわけ強調されている点である。ここには初期シクロフスキイの異化概念と、芸術作品を動的なシステムと見る新しい立場を結びつけようとする試みがはっきり認められる。「形式のダイナミズムとは自動化に対するたえざる違反、構成要素のたえざる前景化、そして従属的要素の変形のことである」[21]。

ロマン・ヤコブソン――「マスターキー」としてのドミナント

ドミナント概念の進化はロマン・ヤコブソンのもとで論理的帰着を見た。「ドミナント」という簡潔な題名の短い論文(これは一九三五年の講演を元にしている)でヤコブソンはかなり唐突に、この概念をフォルマリズム理論全体のほぼ中心に置いた。ドミナントは「ロシア・フォルマリズムの理論のなかでもっとも中心的であり、考察が重ねられた生産的な概念」だと性格づけたのである。[22] こうした言明が唐突だというわけは、この論文の以前も以後も、ヤコブソンはドミナント概念に事実上一度も言及したことがないからである。

この論文はドミナントについて、ロシア・フォルマリズムのすべての文献中もっとも委細を尽くした性格づけと広範な解釈を行っている。ここではドミナントにいくつかの機能が割り当てられている。それはまず、一つの芸術作品を「不可分な一体」と知覚することを可能にする統一的モメントである。「ドミナントは構造の統一性を保証する。」[23] 半面、ドミナントは弁別的なモメントとしてもはたらき、一つの芸術システムを他のシステムから区別させる。このの支配的な構成要素がなければ、芸術システムはその存在を失い、システムとは別のものになり始める。「ドミナントは芸術作品を特徴づけ、必須で不可欠な構成要素として作用する。」[24]そして最後に、ドミナントは芸術作品の内的ダイナミズムの主導的要素であり、他の諸要素と相互作用をし、「それらに直接的影響を与え」、変形的作用を及ぼす。

ドミナントに割り当てられた機能の多様さは、彼がこの概念を適用する現象の多様さにも対応している。ヤコブソンは一つの用語を使いながら、同時にいくつかのドミナント理解について述べているのである。この用語で意味されるものは、第一に、芸術作品や個々の作家の文体、特定の芸術潮流が有するもっとも特徴的な構成要素のことである。詩について言えば、そうした主導的成分になりうるのは押韻や音節の規則、イントネーションなどである。これはもっとも普通のドミナント理解であり、クリスチアンセンによって導入されたものであり、後にフォルマリストたちによって、もっぱら個々の作家の文体的な特徴づけのために用いられるようになった。

もう一つのドミナント理解はヤコブソン的と呼ぶことができるだろう。というのも、ヤコブソンは自分の「言語コミュニケーションの多機能モデル」にこの概念を応用し、美的機能を詩的な言語使用のドミナントとして取り出そうとしたからである。ヤコブソンによれば、他の「言語伝達」と比べた際の「詩的作品」の特性は、言語諸機能の階層の組み替えに求められる。「詩的作品」以外のコミュニケーション形態では指示対象機能や情緒機能などが支配的になるのに対して、「詩的作品」では詩的（または美的）機能がドミナントとして前景化し、他の機能は従属的な位置を占める。

さらにヤコブソン論文では、先にトィニャーノフの著作で展開された通時的なドミナント理解も定式化される。美的規範と芸術システムの進化は、言語コミュニケーションの諸機能の組み替えとのアナロジーで説明される。すなわち、システム内の諸要素間の機能変化として説明されるのである。彼は次のように述べている。

詩的形式の進化においてもっとも重要なのは、ある要素の消失や別の要素の出現といったことでなく、システム内のさまざまな成分間の相互関係の変化である。言いかえれば、ドミナントのずれという問題である。〔……〕ある詩的規範において当初二次的だった要素が、決定的かつ一次的になる。半面、当初はドミナントであった要素が二次的になり必須ではなくなる。〔……〕詩的進化とはこの階層間の変動である。[25]

こうして文学はその構造的な予備資源、つまり、文学システム内に潜在的には存在するが、ある時期まで積極的な役割を演じない諸要素によって発展することになる。

とはいえ、ヤコブソンは文学進化の説明のためだけに「ドミナント移動」の原理を用いるのではない。この原理の意義はさらに広範であり、さまざまな種類の芸術同士、「芸術とそれに隣接する文化の諸領域」、「文学と他の言語伝達手段」などの関係の変化を解明するためにも用いられる。[26] 実質上、これは普遍的な原理であり、通時的観点でも共時的観点でも、あらゆる芸術システムの分析に役立つものとされた。

このようにクリスチアンセンのどちらかといえば控え目で局所的な原理は、フォルマリストたちの著述で連続的進化をとげ、フォルマリズム自体の発達と並行して発展した。そしてヤコブソン論文に至って、マスターキーとでも言うべき構造分析の普遍的原理にまでなったのである。

ウフトムスキイの生理学——生命活動の普遍的原理としてのドミナント

先述の論文でヤコブソンはドミナントに中心的な意義を付したとはいうものの、その適用はまだ芸術システムの分析に限られていた。しかし原理的にはあらゆるシステムは、支配的かつ統一的な要素と従属的な要素からなる動的な相互関連と捉えることができる（もちろんこれは、複雑なシステムを単一のまとまりと捉える全体論的アプローチを取ったときの話であるが）。いずれにせよこうした広い理解に立てば、ドミナントの原理を芸術以外のシステムの説明にも拡げることに対する原理的な制限はない。したがって、現実にそのような一歩が踏み出されたこと、しかも美学と同じく複雑な統一的システムを研究する学問分野においてそのような一歩が踏み出されたことは、まったく理にかなっている。すなわち生理学である。

ドミナントについて語るとき、アレクセイ・ウフトムスキイ（一八七五—一九四二）の名前を外すことはできない。ウフトムスキイはパヴロフと並んで一九二〇—三〇年代の代表的な生理学者の一人として有名だが、彼は実は多方面にわたる学者であり、思想家でもあった。その真価は近年になってようやく、アルヒーフ資料の公開によって明らかになりつつある。[27] ウフトムスキイはモスクワ神学アカデミーを卒業し、修道院での生活をしばらく経験した後、ペテルブルク大学の理学部に入って生理学を学んだ。彼自身の表現によれば「科学の原理によって信仰を正当化する」情熱に突き動かされ、[28]「人間の心を動かす器官（特に宗教の器官）に関する真の知識を得ようと」したのだという。[29]

一九二〇年代初頭、ウフトムスキイは長年の生理学の研究に基づいて、独自のドミナント概念を提案した。[30]「ドミナント」によって彼が意味したのは、脳髄中の持続的興奮の源である。それは他のすべての伝達信号を抑制・変形し、有機生命体の行動を定めると考えられた。最初のうちは「ドミナントの法則」は、神経システムの働きに関する純粋に生理学的な原理として定式化された。けれどもウフトムスキイはすぐにこの法則を心理学の分野、さらには倫理学の分野にまで拡げ、「ドミナントの法則」こそ精神生活全体の基盤であると言い切った。この立場から見れば、美的なドミナントも、人間の全生命活動を貫く一般法則の個別的な現れでしかない。「生命の高度の領域ではドミナントは次のように現れる。思考と創造に関わるすべての動因と産物は一つの隠された傾向によって貫かれ、それはすべての細部にまでわたる。この傾向の中にこそ、生命の細部を理解し支配する鍵がある[31]」。

ウフトムスキイのドミナント概念は生理学だけでなく、他の領域にも大きな影響を及ぼした。たとえば心理学者のヴィゴツキイはこの概念に基づいて、人間行動におけるドミナント的反応の分析に関する実験的研究を一九二〇年代に行った[32]。ヤコブソンが一九三〇年代に突如ドミナントの話題を取り上げたのも、ウフトムスキイのドミナント理論と関連があったと考えられなくもない。この理論はちょうどその頃、広く知られるようになっていたからである。

エピローグ——周縁への回帰

以上のように、ロシアにおけるドミナント概念の発展のダイナミズムは、この概念によって記述される諸現象の量と範囲が不断に広がっていく過程として特徴づけられるだろう。当初のクリスチアンセンのヴァージョンでは、ドミナントは個々の美的客体（芸術作品）の範囲を越えるものではなかった。それに対して一九二〇年代にフォルマリストたちはこの概念に動的かつ通時的な観点を導き入れ、文学進化の問題にまで拡げた。ヤコブソンはこの路線を発展させて、ドミナントを通時態でも共時態でもあらゆる芸術システムの記述に適用可能な、普遍的な美的原理に変えた。そしてウフトムスキイのドミナントは、猫の排泄（ウフトムスキイがドミナントを説明するさいに好んだ例である[33]）から人間の精神生活の高度な現れに至るまでの、事実上すべての生命活動の相をカバーするものとなった。

こうした一般化には肯定的な面もある。その後の発展を通じてドミナント概念が、クリスチアンセンのそれよりははるかに大きな「説明力」をもったことは疑いない。しかし、広範な一般化は具体的な分析から思弁的な体系への移行を不可避的に伴う。ドミナントを個々の現象の分析に適用することはしだいに難しくなり、用語上の曖昧さも生じてきた。そのため、一九二〇年代にはもう批判的な声が上がっていた。当時、ジルムンスキイは次のように書いている。「ドミナント理論の危険性は、ドミナントとして認定される現象がたいてい、研究者の意識をその時たまたま支配していた現象でしかないという点にある。」[34] また、ソ連の文学研究者ヤルホは、ドミナントを規定する可能性は統計的計算に頼る以外にないと述べている。[35]

注目に値するのは、有名な映画監督であり芸術理論家でもあるセルゲイ・エイゼンシテインのドミナントに対する態度の変化である。創作活動の初期の段階では、彼はドミナント概念を広く用いており、とりわけモンタージュ理論においてそうだった。エイゼンシテインによれば、モンタージュの系を構成する全ショットは何らかの「支配的特徴」、すなわち作品の基本構想に関係するテーマ的ドミナントによって結びつけられていなければならない。ところが、早くも一九二〇年代の終わり頃にはもうエイゼンシテインはこうしたモンタージュ構成の方法に満足できなくなり、過度の単純化と直線性を理由にそれを批判するようになった。そして、「ドミナントによるモンタージュ」の代わりに「オーバートーン（倍音）モンタージュ」の概念を提唱したのである。後者では、支配的でない二次的なモンタージュの部分があえて前景化される。こうして、個々のショットの結びつきは支配的特徴によってではなく、すべての構成要素の「総和的効果」によって実現し、それによって より深い複合的な効果を観衆に及ぼすとされた。[36]

おそらくこの過度の拡張こそ、ドミナント概念が一九二〇―三〇年代に急激な発展をとげた後、今日に至って事実上使われなくなった原因の一つであろう。現代のある研究者が不平を述べているように、「現代の文学研究においてドミナントの概念はじつにさまざまな意義を与えられていると認めざるを得ない。〔……〕こうして生じる多義性のせいで、理論的・実際的研究の場でドミナントを用語として使うことがきわめて難しくなっている」[37]。

こうして、ドミナントの長所であった広範な解釈とあらゆる諸現象への適用可能性は、最終的には短所になってしまった。周縁的な哲学の周縁的な概念として誕生し、いくつものメタモルフォーゼを経て学問の最前線で取り上げられ、フォルマリズム理論においてその影響力の絶頂を迎えたドミナントは、ふたたび周縁の陰へと追いやられたのである。

追記——新しいサイクルの始まり？

しかし、クリスチアンセンのドミナントについて言うなら、彼の意見は正しかったのである。現代の芸術神経心理学の研究者たちは、彼の直感的な仮説が正しかったことを裏付けている。この分野で明らかにされたように、私たちの知覚は芸術作品を個々の要素（たとえば絵画では色、形、線など）に分解する。それらの要素は脳内でさらなる加工を受け、私たちの限られた注意力を求めて競合する。そのさい私たちの認知システムにもっとも強く作用する一つの支配的要素にしたがって、芸術効果の最適化がはかられるのである。[38] だとすれば、ドミナントの概念はメタモルフォーゼの新しいサイクルの開始地点にあると言えるのかもしれない。

注

1 例としては、*Poetics Today* の二つの特集号「異化再考 (Estrangement Revisited)」を参照（二〇〇五年の二六巻四号、二〇〇六年の二七巻一号）。

2 *Iakobson R.* Dominanta // Khrestomatiia po teoreticheskomu literaturovedeniu. Sost. I. A. Chernov. Tartu, 1976. S. 56.

3 Christiansen B. *Philosophie der Kunst.* Hanau, 1909.

4 『芸術の哲学』の影響はフォルマリストの以外にも見られる。彼の本に言及している著述家にはフロレンスキイ、ヴィゴツキイ、バフチンたちがいる。また、哲学者のベルジャーエフもこの本に肯定的な評を下している。日本の読者にとっては興味深いことであろうが、京都にある西田幾多郎の蔵書には彼の書き込みが残された『芸術の哲学』一部が保管されている。

5 Christiansen B. *Das Urteil bei Descartes. Ein Beitrag zur Vorgeschichte der Erkenntnistheorie.* Hanau, 1902.

6 Vgl. Brockhaus-Enzyklopädie, 30 Bde. 21. völlig neu bearbeitete Auflage. Leipzig; Mannheim 2006. Bd. 5, S. 669.

7 *Khristiansen B.* Filosofiia iskusstva. Per. G. P. Fedotova. SPb., 1911. 当時、クリスチアンセンの名前はすでにロシアの読者に知られていた。一九〇七年に彼の著作『心理学と認識の理論』のロシア語訳が出ていたからである（詩人のアンドレイ・ベールイは雑誌『天秤座』に肯定的な書評を書いている（一九〇八年第四号、五四―五六頁）。こうした積極的な翻訳状況は、ロシア、さらには東ヨーロッパにおけるドイツ哲学への注目度の高さをあらためて物語っている。『芸術の哲学』はポーランド語訳が一九一四年にワルシャワで、イディッシュ語訳が一九一九年にニューヨークで出た。西ヨーロッパ各国語への翻訳は今日に至るまでない。

8 Christiansen B. *Philosophie der Kunst.* S. 241-242.

9 ヴァシーリー・セゼマンに関するより詳しい伝記的情報は、最近出たBotz-Bornstein T. *Vasily Sesemann: Experience, Formalism, and the Question of Being*, Amsterdam, 2006 などの文献を参照のこと。

10 ジルムンスキイがセゼマンの本に寄せた序文を参照。*Sezemanas V.* Estetika. Vilnius, 1970. S. 3-6.

11 エイヘンバウムのジルムンスキイ宛、一九一六年七月九日付け書簡。「エイヘンバウムとジルムンスキイの往復書

簡」Tynianovskii sbornik: Tret'i Tynianovskie chteniia. Riga. S. 256-269.

12 *Shklovskii V*. Sviaz' priemov siuzhetoslozheniia s obshchimi priemami stilia // Poetika: Sborniki po teorii poeticheskogo iazyka. Petrograd, 1919. S. 115-150.

13 *Zhirmunskii V*. Poeziia Aleksandra Bloka // Ob Aleksandre Bloke. Pb., 1921. S. 67-165; *Vinogradov V*. Stil' peterburgskoi poemy «Dvoinik». (Opyt lingvisticheskogo analiza) // F. M. Dostoevskii. Stat'i i materialy. Pod red. A. Dolinina. Pb., 1922. S. 211-254; *Eikhenbaum B*. Melodika russkogo liricheskogo stikha. Pb., 1922.

14 *Tynianov Iu*. Oda kak oratorskii zhanr // Iu. Tynianov. Poetika. Istoriia literatury. Kino. M., 1977. S. 227.

15 *Eikhenbaum*. Melodika russkogo liricheskogo stikha. S. 9.

16 シクロフスキイの有名な定式「文学作品の内容（「心」もここに含められる）とはその文体的手法の総和に等しい」（『ローザノフ』）*Shklovskii V.* Rozanov. Petrograd, 1921. S. 8 を参照。

17 *Tynianov*. Oda kak oratorskii zhanr. S. 227.

18 Tam zhe.

19 トィニャーノフによれば、この二種類の言語創造の境界は主導的な「構成原理」の選択によって決まる。詩の構成原理となるのはリズムなのに対して、散文のそれは「言説の意味論的な使途［テーマ］」であるだろう。*Tynianov Iu*. Problema stikhotvornogo iazyka. L., 1924. S. 42-43.

20 これらの用語を同義語と見なすことの妥当性については、たとえば次の論文を参照されたい。Hansen-Löve A. Dominanta // *Russian Literature*, 1986, No. XIX, s. 22; Grübel R. Dominanz // *Reallexikon der deutschen Literaturwissenschaft*. Bd. 1. Berlin, 1997. S. 389.

21 *Tynianov*. Problema stikhotvornogo iazyka. S. 27.

22 *Iakobson*. Dominanta. S. 56.

23 Tam zhe.

24 Tam zhe.

25 Tam zhe. S. 60.

26 Tam zhe. S. 61-62.

27 以下を参照：*Ukhtomskii A*. Intuitsiia sovesti: pis'ma, zapisnye knizhki, zametki na poliakh. SPb., 1996; *Ukhtomskii A*. Dominanta dushi: iz gumanitarnogo nalediia. Rybinsk, 2000.

28 *Ukhtomskii*. Intuitsiia sovesti. S. 332.

29 Tam zhe. S. 490.

30 *Ukhtomskii A*. Dominanta kak rabochii printsip nervnykh tsentrov // Russkii fiziologicheskii zhurnal. 1923. No. 6. Vyp. 1-3. S. 31-45.

31 *Ukhtomskii A*. Dominanta. Stat'i raznykh let. SPb., 2002. S. 424.

32 *Vygotskii L*. Problema dominantnykh reaktsii // Problemy sovremennoi psikhologii. Pod red. K. Kornilova. L., 1926. S. 100-124.

33 *Ukhtomskii A*. Dominanta // Bol'shaia sovetskaia entsiklopediia. Izd. 1-e. T. 23. M., 1931. S. 135-140.

34 *Zhirmunskii V*. Vokrug «poetiki» OPOIAZa // V. Zhirmunskii. Voprosy teorii literatury. L., 1928. S. 356.

35 *Iarkho B*. Nakhozhdenie dominanty v tekste // Khrestomatiia po teoreticheskomu literaturovedeniiu. Sost. I. Chernov. Tartu, 1976. S. 64-65.

36 *Eizenshtein S.* Chetvertoe izmerenie v kino // S. Eizenshtein. Izbrannye proizvedeniia v shesti tomakh. T. 2. M., 1964. S. 45-59.

37 *Zhirkova E.* Aktualizatsiia semantiki tekstovykh struktur, imeiushchikh dominantnoe znachenie dlia adekvatnoi interpretatsii khudozhestvennogo teksta. Avtoref. dokt. diss. Krasnodar, 2006. S. 14.

38 以下の文献を参照。Ramachandran V., Hirstein W. The Science of Art: A Neurological Theory of Aesthetic Experience // *Journal of Consciousness Studies*. 1999. Vol. 6 (6-7), pp. 15-51; Zeki S. *Inner Vision: An Exploration of Art and the Brain*. Oxford, 1999.

言語と世界構成——ロシア宗教ルネサンスの言語論とフォルマリズム

北見 諭

はじめに——フォルマリズム理論の枠組とその外部

構造主義や記号論を生み出した二〇世紀の思想上の転換を考えるうえで、フォルマリズムが歴史上きわめて重要な役割を果たしたことは今さら強調するまでもないだろう。若きフォルマリストたちは、言語学に方法論上の画期的な革新をもたらしたソシュールやクルトネの理論に早くから触れていただけではなく、そういう言語学の方法論上の革新が、「実体論から関係論へ」というより大きな科学認識論上の転回に支えられていることを正しく理解していた。そして、自身の言語研究や文化研究にも関係論的な観点を取り入れ、体系的、機能的な方法で文化現象を解明し、人文科学研究に新たな地平を開いたのである。その成果は、レヴィ＝ストロースやプラハ言語学派やプロップなど、さまざまな種類の構造主義に受け継がれ、さらにモスクワ＝タルトゥー学派の記号論やバフチン、またバフチンを通してクリステヴァやバルトとも間接的な結びつきを持つなど、後の二〇世紀の思想に対してきわめて重大な意味を持つことになったのである。

ところで、フォルマリズムが上述のように新しい言語観に基づいて人文科学研究に新たな地平を切り開きつつあったのと同じ時期に、ロシアにはフォルマリズムと同様に、世界のさまざまな現象を解き明かす鍵として言語に注目し、言語を哲学的な考察の対象としていた思想傾向が、実はもう一つ存在していた。それは、世紀末から二〇世紀初頭にかけてロシアの知識層の広い範囲に浸透し、革命後も亡命ロシア人社会で強い影響力を持ち続けた宗教思想の系譜である。

西欧においてと同様、ロシアにおいても、この時代には唯物論や実証主義や進歩主義など、一九世紀に支配的だった近代的な思想傾向に対する反動がさまざまな形で現れてくるわけだが、ロシアの場合、そういう近代批判の言説が神秘主義的な宗教思想と結びついて展開するところにその特徴的な性格があった。[1] そのため、世紀転換期になって近代的な価値観に対する批判的な雰囲気が広まっていくにつれ、ロシアでは哲学や政治や文芸など、さまざまな分野で宗教的世界観が復活するようになる。そうした現象は総称して「宗教ルネサンス」と呼ばれるが、こうした宗教的な思想傾向の中に、フォルマリストと同様に、世界のさまざまな問題を解き明かす鍵として言語に注目し、言語を哲学的に考察しようとする独自の思想系譜が存在していたのである。

しかし、同じように世界を解き明かす鍵として言語に注目していたとはいえ、宗教思想家の言語観は一見してフォルマリズムのそれとはまったく異質なものであった。そのことは、フォルマリズムが文化理論に科学の厳密性を求める運動だったのに対して、宗教ルネサンスが近代的な価値に背を向けて宗教へ回帰しようとする運動であったことを考えれば、およその察しはつくだろう。そもそも、宗教思想家の言語論はある神学論争をきっかけに生じたものであり、[2] 言語理論というより、言語に関する神学的な解釈であると言った方がいいようなものである。そのことを考えれば、同じ時代の同じ文化圏に共存していたとはいえ、二つの言語論は完全に異質であり、両者を比較しても、一見して明らかな差異を再確認するだけに終わってしまうように思えるかもしれない。

しかし、これらの二つの言語論は交差する点をまったく持たないわけではない。フォルマリズムはソシュールやクルトネから読み取った方法論上の転換を自己の理論に適用し、その成果として関係論的な文化理論を形成することになるわけだが、この転換に始まる思考の革新は、フォルマリズム以降にもさらに続くことになる。つまり、それは後には構造主義や記号論を生み出すことになるわけだし、さらにはそれらの理論の限界を究明するポスト構造主義のような思想をも生み出すことになる。こうした後の理論が、フォルマリズムが進んでいたのと同じ方向に進んでいることは間違いないだろうが、しかし同時に、そこではフォルマリズムの思考を限界づけていた枠組みがすでに外されており、フォルマリズム的な思考とは断絶したところで、新たな思考が展開されていることも確かだろう。

ところで、ロシアの宗教的言語論は、このようにフォルマリズムの延長上にありながら、すでにフォルマリズムとは基盤を異にしているような思想と、どこかで響き合うものを持っているように思えるのである。もう少し具体的に言うなら、宗教思想家は宗教的観点から言語を思考しつつ、言語と世界を不可分のものと捉え、言語を、世界を構造化する働きとして捉えている。それとの比較で言えば、フォルマリズムは構造化というような構造の生成あるいは再編の過程に目を向けることはない。それは、すでに成立している構造を対象とする思考であり、その構造の内的な状態を捉えようとする。そうすることで、それは言語を、また言語のように構造化された世界を、機能的な関係性の中で解明することに成功したのである。それに対して宗教的言語論は、そのような構造の内側ではなく、いわば構造の外側を問題化しようとする。それは言語を構造としてよりも、むしろ構造化する働きとして捉え、言語化以前の世界や、言語的世界を構成する人間存在との関係において言語を思考するのである。そしてそうした点において、それは同時代のフォルマリズムではなく、むしろその延長線上に現れる後の理論と重なり合うように思えるのである。

しかし、だからと言ってロシアの宗教的言語論がフォルマリズムよりも先に進んでいたとか、後の理論を先取りしていたというようなことを言いたいわけではない。そうではなく、同じ時期のロシアに共存した宗教的言語論とフォルマリズムという二つの言語論が、どこまで行っても決して交わることのない完全に異質な言語論なのではなく、潜在的には互いに対話的な関係を結びうるような、あるところで理論的に交差しあうような可能性を持っていたということが言いたいのである。宗教思想の側が、フォルマリズムが展開した記号体系や構造の内部に関わる分析を自己の言語哲学に取り込み、言語と世界に関わる考察をより精緻にすることは十分にありえただろうし、逆にフォルマリズムの側が、構造の外部に関わる宗教思想家の哲学的思考の意味を理解し、自らの思考を構造や体系の外部に向けて開いていく可能性も十分にありえただろう。

しかしそうしたことは起こらなかった。フォルマリストは、ソシュールやクルトネの理論の内にある関係論的思考の重要性には敏感に反応したわけだが、同時代の宗教的言語論の内に示されている構造の外部への問いの可能性には反応しなかったということである。さらには、次のようなことも言える。宗教思想家たちが、フンボルトのロマン主義的言語論や、それを独自の形で継承しているロシアの言語学者ポテブニャの理論に構造の外部に関わる思考を見出し、それに敏感に反応しているのに対して、フォルマリストたちは、とりわけポテブニャに関しては詳細な検討の対象としていながら、そこに構造の外部を問題化するような可能性を読み取ることはなかったのである。

こうした事実に基づいてわれわれが考えたいのは、フォルマリストの視野にはある種の限定性があるということである。彼らはある種の思考の枠組みの中で思考しており、その枠組みがもたらす視野の中では、構造の外部に関わる問題は、おそらく重要な問題としては見えてこないのである。おそらくこの視野が、フォルマリストに関係論的な文化理論を構築することを可能にしたものなのだが、同時にそれは、フォルマリズムの限界をも作り出したものである。そうだとすれば、こうしたフォルマリズムに特有の視野がどのようなものなのか、それはどのような要因のもとで成立したのか、そうした問題を考えることは、フォルマリズム現象の再考にとって重要な観点の一つとなるはずである。

しかし、本論ではそうした問題を考察することはしない。残念ながら、フォルマリズム現象の成立を可能にしたパラダイムについて究明するだけの準備は、今はない。本論文ではそのような形で新たなフォルマリズム論を展開させることよりも、まずは同時代のロシアに存在したもう一つの言語論、宗教ルネサンスの言語論について考えることにしたい。このもう一つの言語論がフォルマリズムには見えていなかった問題を思考していたことを明らかにするとともに、それをフォルマリズムの思考と比較対照することで、フォルマリズムの理論が持つある種の視野の限定性を浮かび上がらせるように試みたいのである。

ロシアの宗教的な言語哲学としてよく取り上げられるのは、フロレンスキイ、ブルガーコフ、ローセフの三人の思想である。しかし、本論では紙幅の関係上、彼らの言語論については詳細な検討を行うことはせず、その概略を示すにとどめたい。[3] 本論では、宗教思想家の言語哲学の概略を紹介した上で、そうした思想家と基本的な問題意識を共有しながらも、それを独自な方向に展開させているロシアの象徴主義詩人、アンドレイ・ベールイの言語思想を取り上げることにしたい。後に見るように、ベールイは記号論の限界を超えようとする理論、たとえばジュリア・クリステヴァの理論ともかなりの程度重なり合うような思考を展開させている。そうしたベールイの言語思想の方から振り返ってみることで、フォルマリズムに特有の視野を浮かび上がらせることを試みたいのである。しかしベールイに話を向ける前に、まずは次節で宗教思想家の言語論を概観しておくことにしたい。

カントと言語——世界構成と言語

上に述べたように、ロシアの宗教的言語論は、現代的な思想動向とは無縁であったにもかかわらず、フォルマリズムが進んでいた方向のはるかに先の段階で現れる現代的な理論との間に意外とも思えるような類似性を持っている。しかし、なぜそのような類似性が生じるのか。構造や記号体系の外部を問うような問題関心は、構造や記号体系の内側を分析する文化理論が高度に発展を遂げた後、その理論的な限界を究明するような形で現れてきたものであった。そうだとすれば、関係論的な思考を経験していない宗教ルネサンスの思想家たちが、それにもかかわらず、なぜそうした現代的な理論と同じような問題関心を示すことになったのか。どのようなルートを通って彼らの思考に、言語による世界の構造化というような問題関心が入り込んできたのか。

あらかじめ答えを言ってしまうと、問題はカント哲学にある。カントの哲学は、宗教ルネサンスの思想家たちの哲学的な思考全体と切り離しがたく結びついているものである。大胆に言えば、彼らの宗教哲学的な思考のすべてが、カント主義、もう少し正確に言えば、カントの不可知論を克服することを最終的な目的とするような形で構築されていると言ってもいいほどである。そして彼らの言語論が現代的な理論、つまり構造の外部を問題化するような理論と響き合うことになる要因も、やはり彼らの哲学とカント哲学とのこうした分かちがたい関係にあるのである。どういうことか。

周知のとおり、カントは、人間はありのままの世界を認識することはできないと見なしていた。カントによれば、人間は世界を認識しようとするとき、必ず自らの主観に備わる認識形式によって人間的な世界を構成し、自らが構成したその人間的な世界を認識するのである。そのため、人間主観によって形式化される前の世界、ありのままの実在は、原理上、人間には認識することも経験することもできないということになる。これがカントの不可知論であるが、ロシアの宗教思想家たちにとって、この不可知論を克服すること、つまり、人間化される前のありのままの実在が人間にとって認識可能であることを明らかにすることは、哲学的にも宗教的にもきわめて重要な意味を持つ課題であった。そのため、彼らは常にカントの不可知論を乗り越えようとする方向に自らの思想を展開させていくわけだが、その結果、彼らの思考には至る所にカント的な問題構成が入り込むことになったのである。言語哲学も例外ではない。彼らのもとで言語が思考の対象となるとき、言語はやはり、人間化以前の実在やその認識可能性といったカント的な問題と結び付けて思考されることになるのである。

問題はここにある。彼らはこのように言語をカント的な問題と結びつけて思考することで、言語をカントの言う認識形式のようなものと見なすことになるのである。カントの場合、認識形式は主観に備わるものであり、世界は主観の形式によって構成されるとされていたわけだが、ロシアの思想家はそうしたカントの考えを批判しつつ、世界を構成するのは主観の形式ではなく、言語の形式であると主張するのである。[4] 彼らに言わせれば、言語は主観の形式よりもさらに根源的な認識形式であって、世界は人間主観の働きが加わる前に、すでに言語によって形式化され、構造化されているというわけである。

カントの認識論と言語の問題を重ね合わせるところから導かれるこうした言語理解は、現代的な理論のそれ、例えばソシュール（より正確には丸山圭三郎によって読み直されたソシュール）の理解と、ほぼ重なり合うものだと言える。[5] ソシュールにとっても、世界を形式化＝構造化するのは、やはり言語である。ソシュールに従えば、自然的に与えられたありのままの世界は、われわれが経験しているような構造化された状態で存在するわけではない。ありのままの世界は、いかなる構造も持たない未分化状態の連続体としてである。こうした未分化の世界が分節化＝構造化されるのは、言語が成立することによってである。言語の成立とともに、人間が言語を通して世界を経験するようになるため、人間の意識には世界が言語の差異の網の目を通した形で映し出されるようになる。世界そのものが変わるのではなく、人間の意識に対して世界が言語形式を伴った姿で現れるようになるのである。カント的に言えば、言語の形式を通して、人間的＝経験的な世界が構成されるということである。

明らかなように、ソシュールが考えているのも、実は人間的な世界の構成というカント的＝超越論的な問題である。ソシュールはこのように言語を超越論的な問題として捉えていたがゆえに、丸山の読み直しが明らかにしたように、超越論的構成が終わった後の世界に視野を限定する構造主義や記号論が見落としてしまうような問題、たとえば構造化という超越論的構成のプロセスそのものや、そうした構成が行われる前に見出される未分化状態の世界など、構造の外部に関わる問題をすでにその視野に収めていたわけである。そしてそれと同じことが、ロシアの宗教思想家の言語論についてもいえる。彼らの言語論はカント経由でやはり超越論的な場面を視野に収めているため、出来上がった構造や記号体系の内には現れないような問題、したがって同時代のフォルマリズムが見逃してしまうような問題を、すでに思考の対象にしていたのである。彼らはカントを経由することで、フォルマリズムの限界を超えたところに現れる問題、構造の外部に関わる問題を、すでに独自のやり方で捉えていたわけである。

しかし、ここで但し書きを入れておかねばならない。今ロシアの思想家の言語論がカント的であり、そうであるがゆえにその言語理解がソシュールのそれとも重なり合うかのように述べたが、ロシアの思想家はそもそもカントの克服を目指していたのであり、実は彼らの言語論は根本的なところでカント的＝超越論的ではない。簡単にいえば、彼らは実は人間的な世界の構成という超越論的な問題を考えているのではなく、神の言葉（ロゴス）による実在の世界の創造という超越的、神話的な問題を考えている。そのため、彼らの言語理解は現代的な理論と平行しつつも、実は決定的に次元を異にしているのだが、ここではこの問題に深入りすることはやめておく。[6] われわれが確認しておきたいのは、ロシアの思想家たちが、経験的な世界の構成であれ、実在の世界の創造であれ、ともかく言語を世界の形式化に関わる問題として捉えていること、そしてそのために、言語を超越論的な問題として捉える現代的な理論と（決定的な差異を含みながらではあるが）同じように、構造の外部に関わる問題をすでに思考の対象にしていたということである。

フォルマリズムと同時代のロシアには、フォルマリズムには見えていなかった問題を思考の対象とする言語論がカント経由で存在していたこと——、そのことを確認したうえで、次節以降では、上述の宗教的言語論と問題を共有しながらも、同じ問題をより現代的なやり方で思考しているベールイの言語思想に目を向け、それとの関連でフォルマリズムの文化論を再考していくことにしたい。

象徴秩序としての言語

では、ここからベールイの言語思想を取り上げることにしよう。ベールイは、ロシア象徴主義を代表する詩人、小説家であるのと同時に、象徴主義理論の構築にも力を注いだ理論家でもあったが、詩や文学の問題をはるかに超えて広がる彼の思索の中にも、やはりカント的な問題が深く入り込んでいる。そして言語の問題においてもやはり、ベールイはカント的な問題との関連でそれを捉え、言語を世界の構造化の原理として捉えるような言語理解を示している。そのことは、例えばベールイが「言葉の魔術」と名づけた論文で語っている次のような言葉を見れば容易に理解できるはずである。[7]

> 認識は言葉なしには不可能である。認識のプロセスをなすのは、さまざまな言葉の間に関係を設定するという行為であり、その後、その関係は言葉に対応する対象に移されることになる。

　ベールイは、認識においてはまず言葉の関係が設定され、その後、その言葉の織りなす関係が外界の対象に投影されることで認識が成立すると述べている。言うまでもなく、これは、主観に属する認識形式が対象に投影されることで認識の対象が構成されるというカントの認識論に由来する考え方であるが、ベールイはそうしたカント的な問題を言語の問題と結び付けて思考しているわけである。その結果、彼は、人間は言葉の間の関係、つまり言語構造が提示する差異の網の目を通して世界を経験するというソシュール的な、世界＝言語＝人間の理解を示しているわけである。彼はまた次のようにも述べている。

　もしも言葉が存在しなかったら、世界も存在しなかっただろう。周囲に存在するすべてのものから切り離された私の「自我」なるものは、けっして存在しない。「自我」と「世界」は、それらを音の中で結合するというプロセスを経て初めて発生するものである。個体化される前の意識と個体化される前の自然は、名づけのプロセスの中で初めて接触し、互いに結び付く。それゆえ、意識や自然や世界は、認識する者が名づけるという創造を行えるようになるときにはじめて、彼に対して発生することになる。言葉の中で、原初的な創造が与えられる。言葉は、私の個的な意識の意識下の深層にうごめいている言葉なき不可視の世界と、私の個の外側でうごめいている言葉なき、意味なき世界とを結び付ける。言葉は新しい、第三の世界を作り出す。それは音的シンボルの世界であり、それを媒介として、私の内部に閉ざされた世界の神秘と同様、私の外側に位置する世界の神秘にも光が当てられるのである。

　ベールイは、言葉以前には世界も自我も存在しなかったと言っている。それはもちろん、自我や世界に対応するものが物質的に存在しなかったという意味ではない。そうではなく、われわれが世界や自我と呼ぶような一定の構造を持ったものが言語以前には存在しなかったということである。言語の発生とともに、「私」の外に存在していたものが構造化されて世界として現れ、それと対応するように、その構造化＝言語化された世界を生きる存在としての人間主体が発生するということである。最初にあるのは「意識下の深層にうごめいている言葉なき不可視の世界」と、「私の個の外側でうごめいている言葉なき、意味なき世界」であるが、そうした内と外の二つのカオスが、「音的シンボルの世界」つまり言語が発生することによって同時的に構造化され、主体に経験されるものとしての世界と、その世界の中に生きる存在としての主体という相補的な二項となって現れるということである。

こうして見るとわかるように、宗教思想家の場合と同様に、ベールイもやはりカント的な問題構成の中で言語を思考しており、その結果として言語を構造化の働きとして捉えている。しかし、カントの不可知論を克服するために問題を超越論から超越、あるいは神話の次元に移行させてしまった宗教思想家とは異なり、ベールイは言語による世界の構造化を、人間的な自我の成立と、それと相補的な関係にある象徴秩序としての経験的な世界の成立の問題として捉えており、あくまでも超越論の次元で言語を捉えている。そのため、ベールイの場合には、宗教思想家の場合よりもはるかに現代的な思想に近いところで言語の問題を思考していると言うことができる。

ニーチェと言語――構造と生成

このように、ベールイの言語論はカントから離れて超越の方向に向かう宗教思想家の言語論とは違い、あくまでも超越論の次元にとどまっている。しかし、では彼の言語論があくまでもカント的な枠組に忠実であったかというと、決してそういうわけではない。ベールイもやはりカントの枠組みからは逸脱している。しかし、ベールイの場合には、宗教思想家たちのように超越的、神学的な方向に向かって逸脱するのではなく、それとはまったく異質な方向に、具体的に言えば、ニーチェ的な方向に向かってカントから逸脱するのである。そもそもベールイは、おそらくカントではなく、ニーチェの哲学と重ね合わせる形で言語を思考している。しかし、ニーチェの哲学自体がショーペンハウアーを介してカントとつながっているので、ベールイの言語論にもカント哲学との類似性が生じるわけである。しかしより正確に言えば、ベールイの言語論はカント的であるよりもニーチェ的であり、まさにそのために、その現代的な性格がさらに強まることになるのである。

宗教思想家の場合には、人間化される前のありのままの実在と、人間主観が構成する人間的な世界というカント的な対が問題だったわけだが、同じような対は、ディオニュソスとアポロンという対によって、ニーチェにも継承されている。しかしニーチェの場合、カントの対に対応するこれら二つの世界は、カントの場合とは異なる側面を持っている。簡単に言えば、ニーチェは人間化以前の実在と人間的な世界を、ある種の対抗関係において捉えているのである。ニーチェにおいては、人間化以前の実在は絶え間なく生成変化し続けるものと見なされており、そこには静止した形式や秩序は存在しない。それに対して人間の意識は、そこに人間的な形式、スタティックな形式を与え、カオティックな実在を人間化＝構造化しようとする。しかし、人間的な世界のスタティックな形式や構造は、絶え間なく生成しようとする実在にとっては、自らの成長を押しとどめる拘束的な枷となる。そのため、生成し続ける実在は、いったんスタティックな形式に抑え込まれて人間化＝構造化されても、やがてはその構造を破壊してその外へとあふれ出し、再びすべてを動的な生成の流れに巻き込んでいこうとするのである。

実在と人間的な世界のこうした対抗関係が重要なのは、それによってカントの場合にはアプリオリなもの、不変のものとしてイメージされている人間的な世界が、ニーチェにおいては可変的な構造としてイメージされることになるからである。ニーチェの場合、人間的な世界は何らかの形式によっていったん構成されても、その形式ではすくい取ることのできなかった実在の過剰な力によってやがては破壊されてしまう。しかしいったん破壊されても、生成の流れの中に溢れ出した実在を改めて形式化するため、人間的な世界は新たな形式のもとで再構成されることになる。ニーチェの場合には、実在が生成変化するものとしてイメージされているのに対応して、人間的な世界も、それとの対抗関係で構造化と脱構造化を繰り返す流動的なものとしてイメージされているわけである。実在がたえまなく生成する動的な流れである以上、そうした実在とスタティックな構造の間には必ず乖離が生じる。そして、その乖離が一定のところまで増大すると、実在を捉える力を失った既成の構造は破壊され、構造の再編が要請されるのである。ニーチェのもとでは、人間的な世界はこのように構造化と脱構造化、そして再構造化を繰り返すような、生成のプロセスにあるものとしてイメージされるのである。

ベールイの言語論がカント的であるよりもニーチェ的であるというのは、こうした生成の要素がそこに入り込んでいるからである。ベールイは言語を、世界の構造化というカント的な問題として捉えるのと同時に、そうした言語的な世界構造が、構造化と脱構造化を繰り返す生成のプロセスにあるものと見なし、カント的な言語理解をニーチェ的な方向にずらしているのである。

例えば、ベールイは世界を構造化する言語を、発生から完成を経て衰退に至り、再び新たな発生を導くというような、循環的な発展過程にあるものと見なしている。ベールイによれば、発生したばかりの言語は詩的な創造性を持っている。そうした言語は、それが構造化する世界といまだ習慣的な絆によって結ばれていないので、「われわれは認識と創造によって、自分自身で生きた言葉を満たしていかなければならない」。要するに、言語が発生したばかりの段階では、その言語による世界の形式化はいまだ安定しておらず、世界構造はいまだ創造的な揺らぎを持っているということである。しかし、言語による形式化はやがて世界と主体により深く根付いて安定性を獲得することになり、世界はリジッドな構造の中に固定するようになる。ベールイの言い方で言えば、それは「認識の神殿」の最終的な確立であり、世界と主体の構造化のプロセスの完成でもあるわけだが、同時に、世界の創造的なあいまいさの消失でもある。だから、一つの形式のもとでの構造化が完成へ向かい始めると、今度は「創造への新たな欲求」が生じることになる。硬化してしまった形式ではすくい切れない豊かな生が、古い形式を桎梏と感じるようになり、その形式を破壊して過剰な力を溢れ出させようとするのである。ベールイの言葉で言えば、「無意識の深層へと逃れていた言葉＝種子が芽を吹き出し、乾いた外皮（概念）を突き破って新たな芽を生育させる」のである。

明らかなように、世界と言語に関わるベールイの思考には、言語による世界の構造化というカント的な問題と重なり合うように、構造化から脱構造化、そして再構造化へというニーチェ的な生成の問題が入り込んでいる。ベールイは、神学的（超越的）な方向に向かってカントの超越論から逸脱する宗教思想家たちとは違って、ニーチェ的な生成の方へ向かってカントのアプリオリの哲学から外れていくわけである。そしてすでに述べたように、ベールイのこうしたやり方でのカントからの逸脱は、彼の言語論を現代的な思想から遠ざけるのではなく、むしろそれに近づける働きをしている。

たとえば、こうしたカント的かつニーチェ的なベールイの言語論は、ジュリア・クリステヴァが『詩的言語の革命』で展開した言語論と、はっきりと呼応しあうものを持っている。クリステヴァは構造主義や記号論のような、構造の内側に視野を限定する理論を批判しつつ、構造の外側に関わる問題を思考しようとする。そして、構造の外側で働く力を「意味生成」という言葉で呼び、それを次のように性格づけている。「われわれが意味生成という表現で指し示すのは、限界を持たず、けっして閉ざされることのないこの産出、言語に向かって、言語の中で、言語を突き抜けて働く、交換とそれに与するもの、つまり主体とその制度に向かって、その中で、それを突き抜けて働く、欲動のとどまることを知らぬこの機能である。異質なものからなるこの過程《プロセ》は、無秩序な細切れの土台でもなく、分裂症の遮断でもなく、構造化と非構造化の実践、主体と社会の限界に向かっての極限への移行であり、そして――ただこのような場合にのみ――享楽と革命なのである」[8]。

クリステヴァが問題にしようとするのは、「限界を持たず、けっして閉ざされることのないこの産出」、つまりニーチェ的な絶えることのない生成の流れであり、そして、「言語」や「交換」や「主体とその制度」を突き抜けて働くもの、つまり言語や記号的に構成された象徴秩序に対抗して作用するような、構造の外部にある力である。彼女がこうした力に着眼するのは、構造にとってのこうした「異質なもの」こそが、同質的な諸要素からなる既成の構造を撹乱し、それを解体に導く破壊的な力となりうるからである。構造にとってのこうした異質な力に着眼することで、クリステヴァは構造をスタティックな形式として捉えることの不可能性を示し、言語やそれに基づく象徴秩序を、構造化と脱構造化を繰り返す動的な生成過程の中で捉えようとするわけである。

構造主義や記号論のスタティックな構造概念を越えて構造を生成の相において捉えようとするクリステヴァは、「異質なもの」、つまり構造化されないままに残され、そうであるがゆえに構造を破壊する力ともなりうる構造の外部の力に注目しているわけだが、上の引用にあったベールイの表現、「無意識の深層へと逃れていた言葉＝種子が芽を吹き出し、乾いた外皮〔概念〕を突き破って新たな芽を生育させる」という表現が、クリステヴァが「異質なもの」という概念で言い当てようとしていることと、ほぼ同じことを言っているのが分かるだろう。ベールイもまた、構造化されずに「無意識の深層へと逃れていた」種子的な状態にある言葉に注目するのであり、さらに言えば、そういう構造の外部にある種子的な言葉が「乾いた外皮〔概念〕を突き破って新たな芽を生育させる」こと、つまり硬化した既成の構造を脱構造化する力に注目しているのである。

ベールイの理論にはあいまいなところや矛盾するところが多々あり、その言語論も決して厳密な理論という形を取っているわけではない。しかし、ニーチェの生成の哲学を背景とする彼の言語論が、記号論や構造主義の限界を越えていこうとするクリステヴァの理論と響き合うところを持っていることは間違いない。フォルマリズムが人間の文化を記号の体系として解読するような先駆的な文化論を構築しつつあったとき、ロシアにはフォルマリズムの限界をはるかに越えたところに現れるような問題が、別のルートを通ってすでに思考の対象となっていたのである。

異質的なものと同質的なもの

われわれは、以上のようにベールイのニーチェ的な言語論を見てきたわけだが、次にこの節では、そうしたベールイの言語論と対照させつつ、フォルマリズムの理論を検討してみたい。そうした対照によって、ベールイに見られた構造と生成という問題がフォルマリズムにも存在していること、しかし両者の理論にははっきりとした差異があることが分かる。ここではその差異が意味するものについて検討を行うことにしたい。

構造と生成に関わる問題がフォルマリズムにも見られると言ったが、具体的に言うと、それはヤコブソンによるソシュールの共時態概念の批判に見出すことができる。[9] ヤコブソンは、言語にはソシュールが考えるような完全に静止した相としての共時態などあり得ないと主張する。つまり、純粋にある一時点の言語を考えたとしても、その中には古い世代の言語もあれば、新しい世代の言語もあり、そうした複数のコードがせめぎ合うように共存することで、一時代の言語の総体は成り立っているというわけである。したがってソシュールのように通時態と共時態を完全に区別してしまうと、常に動態的であるはずの言語を抽象化して静態化しまうことになり、言語の現実を捉えられなくなってしまうというわけである。つまり、今のわれわれの問題関心で言えば、ヤコブソンは構造を静態的なものとしてではなく、その変化の相をも合わせた形で取りださなければならないと言っているわけであり、ヤコブソンにもまた、構造と生成という問題があることになるわけである。

しかし、実際にはそうではない。ヤコブソンが共時態というソシュールのスタティックな構造に持ち込もうとしている変化の相は、ベールイやクリステヴァが問題化しようとしているような構造の外部とはまったく性質の異なるものである。

そもそも、丸山圭三郎に言わせれば、ヤコブソンは「ソシュール思想のエピステモロジークな重要性をまったく理解していな」い。なぜか？　丸山と同様にヤコブソンの誤りを指摘する立川健二の言葉を借りれば、次のようになる。「アルチュセールも指摘しているように、共時態と通時態は、あくまでも理論によって構築された「認識対象」（objet de connaissance）であって、実体として与えられている「現実対象」（objet de réel）ではない。ソシュール〔ママ、正しくは「ヤコブソン」だろう――北見〕の「言語観」が示唆していたように、言語は刻々と変化しており、一瞬たりとも静止した相を示すことがないというのが「現実」であるとしても、言語理論がそこに静止状態としての〈共時態〉という「認識対象」を構成することは、決して無根拠なことではないのである」[10]。

つまり、言語が時間とともにたえまなく変化し続けているというのはヤコブソンの言うとおりだが、そもそもソシユールはそういう言語の現実の姿を明らかにするために、共時態や通時態という概念を導入したわけではない。ソシュールは、言語に備わっていながら、しかし直接的には対象化されることがないようなもの、つまり言語構造を明示的に記述するために、時間の幅を持たないような状態での言語を理論的に仮構したのである。そのような理論上の仮構物に対して、それが現実を写し取っていないと言って批判しても意味がない。ヤコブソンの批判は、ソシュールが行った「認識対象」の構成という理論的な手続きの意味を捉え損なっているわけである。

しかしここでこの問題を取り上げたのは、上述のようなヤコブソンの無理解を指摘するためではない。そうではなく、ヤコブソンがソシュールを批判しながら展開している構造と歴史に関わる思考が、上に見たようなベールイやクリステヴァの生成の理論とははっきりと異質であることを示しておきたかったからである。ヤコブソンは、言語が、そして言語化された世界が一つの記号体系として成立していることを理解していたわけだが、同時に、本来動的である言語や世界がスタティックな構造では完全にはすくい取れないものだということをもまた理解していた。それゆえに、彼はソシュールが構造的な思考から切り捨てたかに見える通時的な次元を自らの構造概念に取り戻そうとしたのである。

しかし、彼はそうした課題を、ベールイやクリステヴァのように、構造の網の目から漏れてしまったもの、構造化されずに構造の外部にとどまったものに目を向けるというやり方ではなく、古い言語コードと新しい言語コードの対立を想定するというやり方で、つまり構造の外部に目を向けるのではなく、構造内の配置を組み替えるというやり方でそれを行おうとするのである。構造変換を引き起こす要因として、ベールイやクリステヴァが無意識的なものや身体的なものという構造化されざるものに着眼したのとは対照的に、ヤコブソンは構造を組み替える力をも構造の中に繰りこみ、構造を、その内部に歴史の次元をも含むような自己完結的なシステムとして描き出そうとするわけである。ヤコブソンが描きだそうとするのは、ある構造が構造なきカオスを経て別の構造へと再構造化されるという事態ではなく、一つの構造が、その内部の要素を組み替えつつ、同一の構造として永続するという事態である。ベールイやクリステヴァの場合、ある構造が解体されることで、構造の外部にあるもの、構造化されることのなかった「異質的なもの」が現出する。しかしヤコブソンの場合、構造は常に変動しつつあるわけだから、構造そのものは変化を越えて永続し、決して解体されることはない。だから、ヤコブソンの想定する生成の過程においては、構造の外部が現出することは決してないのである。言い換えれば、ヤコブソンの理論においてはすべてが構造の内部で起こるのであり、構造には外部がないのである。ベールイやクリステヴァが注目していた構造化されざる異質的な要素は、ヤコブソンの理論においては完全に不可視化されている。ヤコブソンの理論は、構造の外部を、言語化以前のカオスを、あらゆる点で消し去るようなやり方で構築されているのである。

そして、構造の外部を消し去ろうとするこうしたヤコブソンの志向を背景にして考えると、シクロフスキイにおける異化概念の揺れも、ある意味では象徴的なことだったように思えてくる。[11] よく知られているように、シクロフスキイは当初、芸術の異化作用として自動化した日常の知覚の刷新を考えていたわけだが、後には芸術が異化するのは日常の知覚ではなく、古い芸術形式だと主張するようになる。彼にとって芸術は固有の法則に従う自律した領域であり、外部の生とは一切関わりを持たないはずのものだったので、芸術が日常の知覚という芸術外の現実に影響を与えると考えると、自らの芸術理解と齟齬をきたしてしまうからである。彼はそうした矛盾を回避するため、異化が関わるのは日常の知覚ではなく、古い芸術形式だと主張を改めることになったのである。

シクロフスキイによる異化概念のこうした修正には、ヤコブソンのソシュール批判と同じような志向が見られるように思われる。シクロフスキイの思考をわれわれの文脈に合わせて捉えなおすなら、彼は最初、自動化した日常の知覚（構造）では捉えきれなくなったもの（知覚＝構造化以前の生）との関係で異化概念を思考していたことになる。彼は最初、芸術による異化作用と構造の外部を結びつけていたのであり、彼の異化概念は異質的なものがもたらす脱構造化や再構造化というベールイやクリステヴァの問題に結びつく可能性を持っていたのである。しかし、彼はそうした異質的な外部を切り捨てるような形で異化概念を修正することになる。その結果、彼の異化概念は異質的なものとの結びつきを失い、新旧の芸術諸形式という同質的な諸要素からなる記号体系内部の問題に変わってしまう。ヤコブソンが構造を自己完結した体系にするために構造の変化の動因をも構造内の同質的な要素に還元したのと同じように、シクロフスキイも構造に変動をもたらす異化という本来異質的であるはずの作用を、外部への視線を閉ざすことで、同質的な諸要素からなる差異の体系内部の問題に変えてしまうのである。

ベールイやクリステヴァは、言語の硬化した構造に亀裂をもたらし、それを流動化させて再構造化に導く重要な要因として、詩的言語という特殊な言語実践に注目していた。通常の言語活動は構造が指示する規則に沿った形で作動するのに対して、詩的言語は構造が指示する規則を踏み外しつつ、規則そのものを崩壊に導くような異質な言語実践である。このように詩的言語を言語活動の中で異質なものと位置づける観点は、明らかにシクロフスキイの観点と重なるものである。しかし、シクロフスキイはベールイが暗示していたような方向へ詩的言語の概念を展開させることはなかった。彼の異化概念は異質的な構造の外部を不可視化することで、構造内部で完結する諸記号の配置転換を記述するような理論に変わってしまったのである。

おわりに――恣意性の不安

以上のように、フォルマリズムと同時代に存在したロシアのもう一つの言語思想の系譜を紹介しつつ、それとの対照でロシア・フォルマリズムという現象を改めて考察の対象にすることを試みてきた。宗教思想家やベールイがカントの超越論やニーチェの生成の哲学を下敷きとしながら構築している言語論と比較すると、フォルマリズムが構造の外部へ目を向けようとはせず、すべてを構造の内部に還元し、異質なものを排除した上で構造の理論を構築しようとしていることがよくわかる。フォルマリズムが構造の外部を理論化しなかったことは、構造に関わる理論がいまだ成熟していなかったという時代の制約がその要因であると考えることもできるだろうが、本論で明らかにしてきたように、彼らの同時代のロシアには、構造の外部を問うような理論がすでに存在していたのだし、シクロフスキイの最初の異化概念がそうであるように、彼ら自身の理論の中にさえ外部へ通じる通路が存在していたのである。しかし彼らはそうした通路を自ら閉ざし、いかなる外部も持たない自己完結的な構造を描き出そうとするのである。

宗教思想家たちが執拗にカントの不可知論を批判するのは、おそらく不可知論がもたらす漠然とした不安から逃れようとするためである。その不安というのは、われわれが経験している世界が自然的な所与ではなく、主観による人為的な構成物でしかなく、したがって恣意的であり、虚構的なものでしかないという不安である。彼らはそうした不安から逃れるために、世界の構造化という超越論的な出来事を超越的、神話的な次元に移行させ、世界構造を神による創造物と見なして、自然化、必然化しようとするのである。

それとはまったく違ったやり方ではあるが、構造化されざる異質なもの、構造化以前、言語化以前のカオスを不可視化しようとするヤコブソンの執拗な試みにも、どこかにそれと同じような不安が感じられるようにも思える。ヤコブソンは、変化の動因をも構造の内部に繰り込むことで、構造を、内部では変動しつつも、しかしそれ自体は不変で永続するようなもの、その外部には何もなく、すべての出来事がその内部で起こるような自己完結的な体系として描き出そうとしていた。そのような構造は、もはや人為的なものや恣意的なものが持つような不安定さを持たない。

しかし、構造の外部を執拗に排除しようとするヤコブソンの理論と、カントの不可知論を徹底して攻撃する宗教思想家たちの思考に何らかの共通性が見出せるのか、それは明らかに本論の課題を越えた問題である。この問題については別の機会に考えることにしたい。

注

1 たとえば、二〇世紀初頭にマルクス主義から転向したベルジャーエフやブルガーコフは、最初は唯物論批判の足場を観念論に求めるが、まもなく観念論を捨て、近代を超克する可能性を宗教思想に求めていくことになる。また文学や芸術の分野でも、一時的に西欧由来の唯美主義や退廃的傾向が流行するが、まもなくそうした傾向は内在的に批判され、近代的な価値観を真に覆す運動として宗教的傾向のシンボリズムが文壇において支配的になっていく。

2 この神学論争については、渡辺圭「二〇世紀初頭ロシア正教会における異端的活動「讃名派」論争――その概観と問題提起」、『ロシア思想史研究』第一号、二〇〇四年、一七五―一九三頁を参照。

3 三人のうちの一人、セルゲイ・ブルガーコフの言語哲学については別の論文で検討を試みた。拙論「ブルガーコフの言語哲学におけるカント批判のモチーフについて」、『神戸外大論叢』第六二巻、第三号、二〇一一年、四九―七三頁参照。

4 宗教思想家の言語論として、ここでは反カント的な志向が直接的に現れているセルゲイ・ブルガーコフの言語論を念頭に置いている。*Bulgakov S.* Filosofiia imeni // Pervoobraz i obraz. T. 2. M., 1999. S. 13-211.

5 丸山圭三郎『ソシュールの思想』岩波書店、一九八一年。

6 この問題については前出の拙論で論じたので、そちらを参照のこと。

7 *Belyi A.* Magiia slov // Simvolizm. Kniga statei. M., 2010. S. 316-328.

8 ジュリア・クリステヴァ『詩的言語の革命 第一部 理論的前提』原田邦夫訳、勁草書房、一九九一年、八頁。

9 ロマーン・ヤーコブソン『一般言語学』川本茂雄（監修）みすず書房、一九七三年、五一頁。

10 立川健二『《力》の思想家ソシュール』水声社、一九八六年、一五九頁。

11 この「揺れ」については、P・シュタイナー『ロシア・フォルマリズム もう一つのメタ詩学』山中桂一訳、勁草書房、一九八六年、五〇―五一頁を参照。

第三部　文学を越えるフォルマリズム

スターリン期映画のフォルマリスト的瞬間

長谷川章

一九二〇年代――フォルマリストと映画の「蜜月」

ロシア・フォルマリストは映画に多大な関心を寄せていた。例えば、トィニャーノフは一九二六年の『外套』から三四年の『キジェー中尉』まで四本の映画のシナリオを担当した。シクロフスキイはもっと長期にわたり映画に関わり、二六年の『死の入り江』から七〇年までに三五本にのぼる映画の製作に参加している（シナリオ執筆、無声映画の字幕作成、アイデア提供等）。また、フォルマリストは映画理論にも積極的に取り組んでいる。シクロフスキイは一九二三年にベルリンで『文学と映画』を刊行し、その後、八四年に亡くなるまでに数多くの映画論・映画評を執筆した。一方、トィニャーノフ、エイヘンバウム等も一九二七年に論集『映画の詩学』を公刊し（シクロフスキイも寄稿）、映画の芸術的特性を探求しようとした。

このように当時の新興メディアに大いに関心を示したフォルマリストだが、ここでひとつ問いかけてみたい。彼らが映画に関わったのは、結局、映画史全体から見ると実りあることだったのだろうか。というのは、映画史の側から彼らの活動を考えた場合、フォルマリストの映画への関わりは思った以上に限定的で、かみ合っていない部分が見受けられるからだ。

まず、映画製作に関わった時期について考えてみよう。例えば、トィニャーノフは四本のシナリオを担当したが、そのうち三本が二五〜二八年に集中している。その後トーキー時代に入ってからも自作小説の映画化ということで、ファインツィンメル監督『キジェー中尉』のシナリオを書いていて、これは文学と映画、音楽（プロコフィエフ）のコラボレーションという点では興味深い。しかし、『キジェー中尉』はトーキーでありながら、音楽と画面はあまり緊密に連携していない。トーキーであることを忘れているような演出が目立ち、注目すべき部分はあるものの、作品全体ではサイレント期の残照のような印象を与えてしまう。

一方、シクロフスキイはシナリオで映画製作に参加した時期が非常に長い。しかし、映画史的に重要な作品は、ほとんど二〇年代だけである（クレショフ『掟によって』（一九二六）、ローム『第三メシチャンスカヤ通り』（一九二七）、バルネット『トルブナヤ通りの家』（一九二八）等）。結局、両者の映画製作活動は主としてサイレント期限定で成果をあげたと言えるのである。

理論面ではどうだろう。シクロフスキイの映画理論では二〇年代の『文学と映画』等には注目すべきところがある。しかし、その後の映画評は、晩年の『エイゼンシテイン』（一九七八）も含めて体系性に欠け、個々の指摘や閃きは興味深いがそれ以上の発展性がない。率直に言えば、シクロフスキイの場合、この作品では彼はこのように言っている程度の引用以外、なかなか活用が難しい。トーキー導入後の彼の映画論はソビエト映画研究史の中で孤立した存在なのである。

一方、『映画の詩学』でのトィニャーノフやエイヘンバウムの論文は、映画の本質を論じる際に言語や言語芸術（特に詩）に引きつけて考える傾向が強いが、現在では映画が言語の一種という考え方は過去のものとなっている。また、トーキー映画に対して否定的な態度を取ることにより（特にトィニャーノフ）、彼らの映画論がその後の展望を失ってしまっている点も悔やまれる。『映画の詩学』が刊行された二七年にはアメリカで初の長編トーキーが公開されているだけに、彼らの論文で評価できるのは、サイレント時代に映画はどのように考えられていたのかという記録的な価値が主になってしまっている（トィニャーノフとエイヘンバウムはその後、映画理論から離れている）。

このようにフォルマリストの映画との関わりは、時代的にサイレント期が中心になっているのだが、トーキー導入後の展開があまり実を結ばなかったのはどうしてなのだろうか。

映画と文学のあいだで

まず、一つ考慮しなければならないのは、彼らにとっての映画と文学の関係である。映画史の研究者からは、映画を文学に引きつけすぎている点が批判されるが、映画自体について彼らは、誠実に理解しようとしていた。映画の製作現場にも参加することで映画を積極的に学び、この最も新しいメディアが持つ世界認識の方法の特性（モンタージュ等）を研究しようとした（彼らが文学以外に集中して扱った芸術分野は映画だけである）。しかし、それはあくまでも文学理論の刷新のためである。その点でフォルマリストは厳格だった。フォルマリストの映画への関与はシナリオ作家までであり、それ以上は踏み出さなかった（もちろん、文学研究と映画の実作の両方に同時に携わるのは困難ということは、容易に推測できるが）。

一方、トーキーの導入に価値観を見いださなかったのは、それまでの映画の特質を消失させ、演劇や文学に接近させるものだったからということだろう。この時点で、トィニャーノフとエイヘンバウムは映画理論の考察から離れてしまうのだ。

しかし、この転換点で関心を失ったことは、フォルマリストのある種の限界も指し示している。二〇年代、フォルマリストは自動化による衰退と異化による更新のメカニズムに多大な関心を寄せていたが、サイレントからトーキーへの移行は、別にサイレントが自動化して活力を失ったことが主因ではない。それは技術革新によるものだ。もちろん、彼らは、こうした産業資本側からのよけいな介入が、サイレントがまだ秘めている可能性を奪うことに反発していた。例えばトィニャーノフにとって、芸術が外部の技術革新によって大きく変化するというケースは予想外で不本意だったはずだ。

しかし、当時のフォルマリストは基本的に芸術の外部（経済、政治等）が芸術に作用する力に無関心であり、彼らが映画の変動のメカニズムを深く追究しようとした形跡は見られない。それは、ひょっとしたら、彼らの研究対象である近代ロシア文学の「安定性」と関係があるのだろうか。

つまり、一八世紀にロシアで「文学」が西欧的に制度化されて以来、さまざまなジャンルが登場し交替していった。しかし、この文学はほぼ一貫して活字・手稿・書簡等による文字媒体と、それを補完する朗読・演説等の音声媒体を前提としていた。確かに蓄音機のような新しいメディアにもフォルマリストは注意を払っていたようだが、それはまだ、ロシア文学の音声的伝統とリンクしやすい。しかし、映像メディアの場合は内在する美学原理とは別個に、産業資本が利潤拡大のためにやすやすと介入して技術革新をもたらし、様子を一変させてしまう。こうした映画メディアの不安定性を、より安定していた文学側のフォルマリストはうまく把握できなかったのではないかという疑念が生じるのだ。

結局、文学の立場に居続けたフォルマリストと比較した時、対照的なのがフォルマリストと密接な関係にあったエイゼンシテインだ。エイゼンシテインは、サイレント時代のモンタージュ論を発展させながらもトーキーを否定せず、トーキーの登場によって映画の文法が大きく変わることを予想し、ただ音声がついた映画ではなく、音声と画面の双方の緊張関係によって考察を進めるような映画を構想した。メディアの技術革新に対する興味は強く、色彩映画や立体映画についても考察を残している。また、彼は生涯にわたって膨大な量の芸術論を書き進めたが、その対象は映画だけではなく、文学、美術、音楽、建築など驚くほど多岐にわたっていた。エイゼンシテインは、あらゆる芸術史の中に自己の映画理論を構築する上での材料を見出したのだが、それはすべての世界芸術は映画誕生の前史に過ぎないと言わんばかりの「汎映画的」世界観によって裏打ちされている。

文学中心のフォルマリストがトーキー導入以降に大きな成果をあげなくなる一方で、エイゼンシテインはトーキー時代も他の芸術から積極的に材料を取り込むことで、自らの映画理論を発展させていったのである。二〇年代のサイレント期にもっとも接近した両者の理論は、その後も個人的な交友関係は続いていったが（特にトィニャーノフとエイゼンシテイン）、こうして互いに距離を置くようになっていった。

このようにフォルマリストの二〇年代の理論はサイレントに自らを限定しようとしたため、その後の映画とうまくリンクすることはできなかった。しかし、その後の映画の発展をフォルマリストの見地から読み解こうとする試みが後に行われる。映画研究者のトンプソンは一九八〇年代に、彼らの映画理論ではなく、文芸理論の概念（「手法」「異化」「ドミナント」等）を用いて世界中のトーキー映画の分析を試みた（彼女はフォルマリストの映画理論そのものは、映画を言語に引きつけ過ぎだとして否定的評価を下した）。その対象は、エイゼンシテイン、ヒッチコック、ゴダール、タチ、小津等と驚くほど幅広い。[1] 彼女はハリウッド映画の規範を追究する一方で、その規範から逸脱した異端児的な作品をショット単位で解読していく。「ネオフォルマリズム」と呼ばれた彼女の映画理論は、映画作品を精緻に読み解くための理論的基盤を提供した。ここでは彼女の方法論を意識しながら、フォルマリストと後の映画史をリンクさせてみたい。というのも、フォルマリストとフォルマリズムの概念はスターリン時代の映画の問題を考えるときに意外な接点をもつこともあるのだ。しかし、それは同時に、フォルマリストの限界を指し示すことにもなる。その様子を以下で見てみよう。

ソビエト・ミュージカルの誕生

一九二七年にアメリカで初の長編トーキーが公開される

が、二八年にはソ連でも国産のトーキー技術が開発され、以後本格的にトーキー時代へ入っていく。この技術のソ連への導入は、スターリンの強い意向を反映していた。サイレント期に確立されたアヴァンギャルドの高度な映像表現にスターリンは反発し、トーキーの導入を機会に娯楽性の高い作品を通して国民に影響力を行使しようとしていた。

例えば、スターリン期、ソ連を舞台にした楽天的なコメディーは、それだけでソ連の「幸福な」現実を立証するものとして製作が推奨された。三〇年代にミュージカル・コメディーで人気を博したアレクサンドロフは回想録の中で、自らがミュージカルに転じることになった重要な瞬間について記している。彼は長らくエイゼンシテインの元で働いていたが、彼とともにトーキー技術の研究という名目でハリウッドやメキシコを回る。帰国後の一九三二年八月、ゴーリキイの別荘を訪問したアレクサンドロフはそこで「偶然にも」スターリンに会う。[2] スターリンは人民がはつらつとした人生肯定的な芸術を求めているのに、芸術家がそれに応じず、滑稽なものを抑圧しようとしていると話す。アレクサンドロフはそれに答える形で彼にとって最初の（国内では二番目の）ミュージカル・コメディー『陽気な連中』（一九三四）を完成させるのだ。三〇年代的なエンターテインメント映画が確立する上で、アレクサンドロフとスターリンの出会いは決定的な役割を果たすことになったのである。

そうした三〇年代のエンターテインメント映画は二〇年代とは断絶しているように見える。だが、スターリン期の映画は、時にアヴァンギャルド映画やフォルマリストとの思わぬ関連性を示す一瞬もあるのだ。この関連性が何を意味しているのかを、映画の「手法」を手がかりにフォルマリストの論考をふまえながら考えてみたい。ただし以下に取り上げるのは、傑作とは手放しで呼べないような作品が大半である。しかし、映画史は傑作の連続だけで構成されているのではない。凡作、失敗作にはそれ相応の研究価値があるのだし、このような作品が抱える欠点は、実は手法の問題と深く結びついているはずなのである。

キッチュ vs. アヴァンギャルド

まず、一九三〇年代にアレクサンドロフと並んで、ミュージカルで人気を博した監督プィリエフを取りあげよう（日本では彼の『シベリヤ物語』（一九四七）が突出して有名だ）。プィリエフは三〇年代の半ばまで『殺人コンベヤ』（一九三三）や『党員証』（一九三六）のような社会性の強いドラマをつくってきた。その彼がミュージカルに転じた理由は、アレクサンドロフより複雑だ。彼は『党員証』の製作をめぐってモスフィルムの幹部と軋轢を起こし、ウクライナのスタジオに移る。当時のウクライナは、農業集団化の強制による大飢饉からようやく回復し始めた頃で、彼はこの地の農村に深い関心を示す。監督自身、幼少期はアルタイ地方の農村で旧教徒の祖父に育てられており、農村に目を向けたのは、ある意味自然なことだろう。この地でコルホーズを舞台とした映画を撮ろうとするうちに、農村の労働と音楽を結びつけるアイデアが生まれたとされる。[3]そこで製作された初めてのミュージカルが『豊かな花嫁』（一九三七）だ。

ここで注目したいのは、監督が労働と音楽の連携を目指してミュージカルへ転じたということだ。というのも、『豊かな花嫁』の収穫シーンは全般にかなり複雑なモンタージュがなされていて、労働のリズムとスクリーン外の音楽が巧みに連動している。その中で、例えば、刈り取った麦の穂をすばやく束ねる手つきの連続ショットは、ヴェルトフの『カメラを持った男』（一九二九）で描かれる「働く手」のモンタージュを想起させるのだ〔図版①②参照〕。

図版①　『豊かな花嫁』

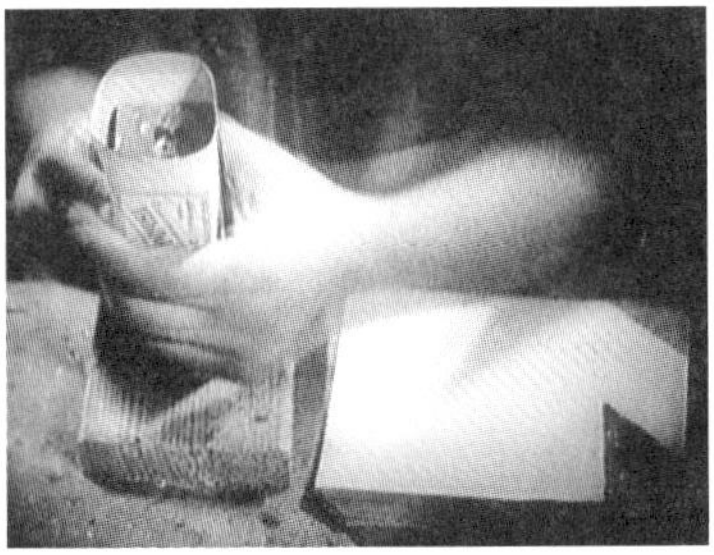
図版②　『カメラを持った男』

だが、似たような手法で似たようなモチーフを扱ってはいるが、ここでのショットの連続はアヴァンギャルドとは異なった用法で用いられている。ヴェルトフの手のモンタージュは、様々な労働の中に潜む共通したリズムを抽出することで、労働について考察しようとしている。それに対し、プィリエフは映画内の労働をスクリーン外の快活な音楽にできるだけ同調させ、観客の気分を昂揚させることを第一に目指しているのだ。労働の本質について考えさせるのではなく、労働を音楽に見合った形に様式化して、キッチュな「理想的」農村像を描き出すこと。そうしたすり替えをアヴァンギャルドに近接した領域で行い二〇年代の残滓を一掃すること。『豊かな花嫁』のこのシーンではそうした三〇年代的エンターテインメントへ向けての転換の瞬間が見てとれる。

一方このように同一の手法が違った意味を持つことはフォルマリズムとの接点をもつ。例えばトィニャーノフは、古い技法の機能を変えることが作品の新しさを生むという

図版③　『スヴァネチアの塩』

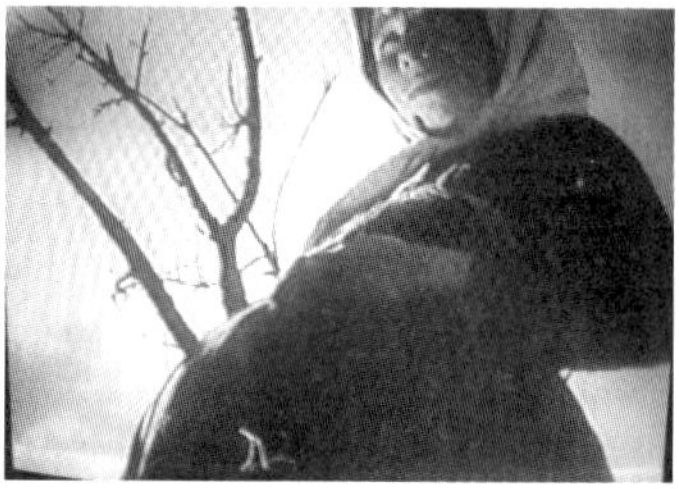

図版④　『全線』

趣旨の発言をしている。[4] 確かに『豊かな花嫁』は『カメラを持った男』に特徴的な手法を別の意味に転用し、それまでになかったエンターテイメント性をつくり出したという点では新しいと言える。しかし、『豊かな花嫁』は二〇年代に多用された手法を陳腐に応用しただけではないかという意見もあり得るだろう。

　だが、ここでもう少し「陳腐」ということに注目してみよう。短いショットの連続モンタージュ、対角線を意識した画面構成等、二〇年代アヴァンギャルド映画に支配的だった手法は、ただそれだけで作品の質を保証するものではない。二〇年代の当時ですでに陳腐な使われ方をしていた作品もあったはずである。こうした二〇年代的陳腐と三〇年代的キッチュはどのような違いがあるのだろうか。

アヴァンギャルドの自動化

　例えば、カラトーゾフ『スヴァネチアの塩』（一九三〇）を取り上げてみよう。これはグルジアの寒村に生きる人々の過酷な暮らしをドキュメンタリー風に描いた作品である。かつて、エイゼンシテインは自作の『全線』（一九二九）をもじったものと批判しているが、[5]『スヴァネチアの塩』では全般にアヴァンギャルドに特徴的な手法が多用されすぎて飽和状態になり、ことごとく自動化している。例えば、人物は対角線に沿って斜めに撮られることが多いが、なぜこんなに斜めにするのか必然性が示されない。二〇年代では映画をそのように撮るのが主流であるからという理由しか感じられないのである［図版③④］。また、短いショットの連続モンタージュも多用されるが、それはヴェルトフやエイゼンシテインと比べると、ひどく単調である。シクロフスキイは、この一辺倒なモンタージュに関して、「緊張と休息の交替のリズムが必要だ」と指摘する。つまり、叩き付けるようなモンタージュで押すばかりで、引きがないということだが、このために『スヴァネチアの塩』のモンタージュは単調になり、ここでも自動化が進むことになる。[6]

　このような事態は、トィニャーノフが次のように指摘している事態とほぼ同じだろう。「意味の表示が〈色あせる〉

と、表示を表わしていることばが連関や関係性の表現となり、補助的なことばとなる」(「文学の進化」(一九二九)[7])。アヴァンギャルドに特徴的な手法は多用されると自動化してしまい、その手法が担っていたメッセージ性が感知されにくくなる。本来、斜めのアングルは、フォルマリズム的な異化作用の一種で、世界がこのようにも見えるのだという驚きを与えるはずなのだが、カラトーゾフの作品には、もはやその衝撃はない。結局は他の作品と同様の手法をここでも使っているという関係性(『全線』のもじり)を指し示すだけになる。

　こうして「意味の表示」の仕方、つまり意味を伝えようとする手法が陳腐化した場合、最後に観客が関心を持つのはその内容だけとなる。この映画ではグルジア辺境のスヴァネチアの風俗(石塔型の家、葬儀の様子等)には確かに目を引きつけられる。しかし、それを見るとき、観客からは二〇年代的手法への関心は消え、アングルが斜めになっている理由を考えることなく、映画内の情報だけを受け取ろうとしてしまうのである。

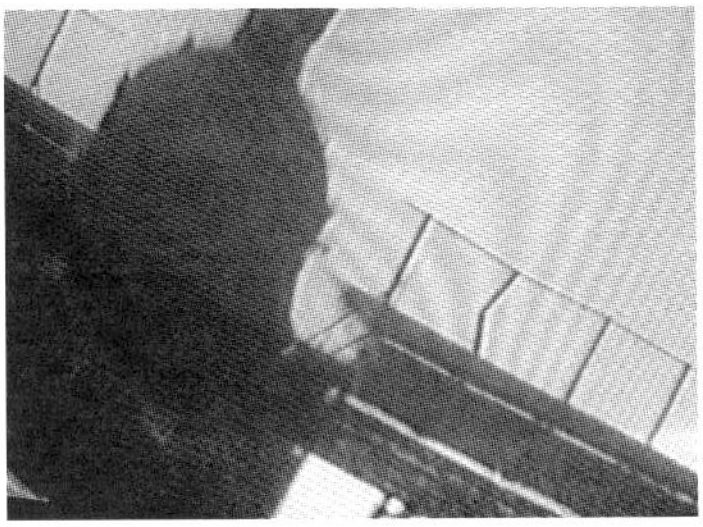

図版⑤『鶴は翔んでゆく』

　このように『スヴァネチアの塩』は、二〇年代アヴァンギャルド映画のマニエリスム的変形と呼べるような作品になってしまった。ここでは、手法は何らかのメッセージや効果を生み出すのではなく、ただそのためにだけ存在しているかのようだ。だが、皮肉なことにカラトーゾフは、スターリン死後の一九五七年に『鶴は翔んでゆく』を監督し、雪解けの象徴として絶賛される。長いスターリン期を経て久々に清新な表現を甦らせたとして評価を受けたのだ(翌年カンヌ映画祭グランプリ受賞)。もちろん、この作品がカラトーゾフの最高作であり、当時ソ連の映画人に大きな衝撃を与えたのは事実である。しかし、彼が五〇年代の観客から評価を受けたのは、『鶴は翔んでゆく』の手法(特に人物の激情を描く際のアングルやモンタージュ)が二〇年代映画そのままの復活ではなく、マニエリスム的だったからという理由も当然あるだろう[図版⑤]。長らく二〇年代映画を見ていなかった一般観客にとっては、当時の映画をそのまま見るよりも、模倣的なカラトーゾフの映像の方が理解しやすかった可能性がある。皮肉にもマニエリスムにはそのような教科書的なわかりやすさがあるのだ。

フォルマリズムの有効性と限界

　一方、三〇年代のプィリエフ『豊かな花嫁』は、カラトーゾフのような模倣に留まっていたのではない。プィリエフは二〇年代的手法の本来の機能を無効にし、ミュージカルというまったく別の用途に用いることには成功している。ヴェルトフの場合、計算されたモンタージュによって作られる労働のリズムは画面の中で自律したものだった。伴奏音楽がつくとしても、それは画面に従属すべきものだ。それに対して、プィリエフはトーキーによって初めて可能になったミュージカル映画の特性を生かして、画面を音楽に従属させ、音楽の視覚化としての労働を描き出す。もちろん、その労働は音楽の視覚化に過ぎないのだから、現実の農作業とはかけ離れたものになってしまう。しかし、音楽の躍動感に身を任すことが目的のミュージカルにとって、そんなことは重要ではないとされるのだ。やがて、戦後のスターリン時代末期になると、プィリエフは『クバンのコサック』（一九四九）で現実との乖離を最大限に押し広げ、まったく現実離れした農村像をつくりあげることになる。

　プィリエフの試みは、もちろん問題がある。観客を音楽の躍動感に同化させようとすることで、現実の問題は隠蔽されてしまう。それは当然、スターリン体制の強化に大きく貢献することになる（『クバンのコサック』はスターリンの死後、農村の悲惨な現実を無視した作品として批判された）。

　また、プィリエフ流の改変は二〇年代映画の成果を骨抜きにする形を取っているため、「高級な」アヴァンギャルド映画というジャンルが、「低級な」エンターテインメント映画によって切り崩されるような印象も与えるかもしれない。確かに、トィニャーノフの言う「古い技法を新しく利用すること」は、当然それまでのジャンルを「裏切る」ことになる。しかし、「裏切り」というのは本来古い側に身をおく者の感慨であり、フォルマリストの立場はニュートラルにその変化のメカニズムを解析することにある。文学理論でのトィニャーノフのスタンスもそのようなもののはずだ。

　同様に、サイレントとトーキーも優劣ではないと言える（トィニャーノフ自身がトーキーに否定的だったとはいえ）。トーキー導入後の三〇年代の映画は、サイレント時代にはあり得ない感覚をもたらすこともあったのだ。その代表的ジャンルがトーキー技術で可能になったミュージカルだ。日常のセリフが歌へと音楽化することで、観客を音楽の陶酔感に引き込む手法はサイレント映画では不可能だった。もちろん、舞台芸術ではそれまでも可能だったが、ミュージカル映画では（例えばハリウッドのバークレーのように）音楽に連動しながら多様なカメラ・アングル、モンタージュを駆使して陶酔感を増幅させ、見る者がいままでに体験したことのない眩惑的な感覚を与えたのだ。

　しかし、この問題に関してフォルマリストとの接点はここまでに限られる。プィリエフはサイレント時代の技法を転換して音楽に従属させることでトーキー時代のエンターテインメントをつくりあげようとした。しかし、その瞬間自体はフォルマリスト的に説明ができても、そもそもなぜ、映画がサイレントからトーキーへ転換したかということは社会的な見地から考えなければならない。トーキーの誕生は、もちろん資本主義的利潤追求の原理によるものだ。しかし、その根底には映画内の架空の空間ができるだけリアルで臨場感にあふれていてほしいという観客の要求がある。条件が限定されているからこそ期待できるサイレント映画の表現力よりも、スターの容姿と肉声が同時に伝わるトーキー映画の方が、映画に秘かな欲望の充足を求めていた観客にアピールできたのだ。

　こうして観客、製作者、社会全体がトーキーを受け入れ、様々な欲望の充足を映画に強く求めた。もちろん、アメリカとソ連では「欲望」の意味するところは違っている。アメリカ映画が個人の性的要求やナルシシズムに直接的にアピールしていたのに対し、ソ連ではその傾向ははるかに抑圧されていた。その代わり、現実の社会的抑圧を隠蔽するような陶酔感を観客に与え、かつその陶酔感にあふれた世界こそがソ連の現実だとの主張を展開していった。ソ連の当時の観客が政府の狙い通りに映画内の世界を現実と素直に同一視していたわけではない。しかし、そこで描かれる現実離れした豊かで喜びに満ちた世界は確かに多くの観客を魅了し、現実ではみたされない欲望を充足してくれたのだ。

　二〇年代のフォルマリストの映画理論では、このようなメディアが欲望を喚起し充足させる側面への関心は稀薄だ。確かにエイヘンバウムは自著の中で「新しい大衆芸術への欲求」を取りあげているが、[8] 映画が個々の観客の欲望をどのように喚起し、どのように充足させるかには触れていない。また、トィニャーノフ等がトーキーの導入に反対していたのは純粋に美学的理由からであり、そこには映画史を芸術作品の集合体とみなすだけで、映画が社会に果たす機能や、観客の欲望という心理学的問題への考慮は見られない。この辺りに彼らの限界があったとは言えるだろう。

『シベリヤ物語』の過剰な煙

　このようにフォルマリスト的読解は、映画の社会的・心理的機能の解明には効果が薄いが、映画作品のある瞬間の質的な違和感を説明するのには効力を発揮することがある。もう一つの例を、同じプィリエフの『シベリヤ物語』

（一九四七）で見てみよう。ここでは、作品内のある特異な状況が、ジャンルの問題と深く連携していることが判明するはずである。[9]

『シベリヤ物語』は、それまでのプィリエフの農村ミュージカル映画を部分的に踏襲しながら、従来の牧歌的な作品とは違ってシリアスなテーマを扱っている。主人公のピアニストは戦争で手を負傷し、将来を悲観してモスクワ音楽院を辞めて故郷のシベリアで暮らすようになる。そこで民衆の音楽の活力に触れ、シベリア開拓を讃えるオラトリオを作曲、披露し、芸術家としての自己を新たに取り戻すというのが大まかなプロットである。従来の彼のミュージカルにはなかった、戦争による挫折の克服、芸術家の再生という深刻なテーマが取りあげられている。

こうしたシリアスなテーマが導入されたことで、ジャンルに関して変化が生じることにもなった。この映画は、ミュージカル的要素を残しながらも、同時代ハリウッドのヴィダー監督『楽聖ショパン』（一九四五）やアレクサンドロフの『作曲家グリンカ』（一九五〇）のような映画に接近している。

この二作品はミュージカルの形式をとらない音楽家の伝記映画である。ミュージカルは物語を叙述することよりも、音楽の自律性を志向する。物語全体のバランスを考慮せず、劇中のミュージカル・ナンバーに極端に比重を置く場合もある。しかし、音楽家を主人公とする伝記映画は物語に従属していて、ミュージカルのように日常場面で突然歌いだすことはない。音楽が導入される場合は、そこがコンサートのシーンであると説明される等、現実的な動機付けが行われる。『シベリヤ物語』は実在の人物を描いた映画ではないが、芸術家の挫折と再生というシリアスなテーマに焦点を当てることで、ミュージカルの要素を残しながらも、より深刻なテーマにふさわしい伝記映画的な形式に近づいていったのである。

このようにジャンルが混淆している点は映画自体の出来映えにも影響を与えている。この映画を全般的に評価するなら、ジャンルが混じっているためにシリアスな部分とコミカルなエピソードが互いを否定しあい、中途半端な結果になっていると言えるのである。芸術家の再生というテーマは深みがなく、コミカルなエピソードも十分に活かしきれていない。例えば、シベリアに身を隠した主人公は偶然、かつて互いに思いを寄せ合っていた女性声楽家と再会する。一方、主人公を秘かに思っていた現地の娘はその光景にショックを受け、さらにその娘に気のある運転手が主人公に憤りを感じることになる。この四角関係をもっと発展させれば、すぐれたコメディーになっただろう。しかし、メインの再生のテーマがコミカルなエピソードのそれ以上の発展を許さない。その一方で、スターリン期特有の政治圧力が幸福な結末を外部から強要するせいで、シリアスなテーマ自体も十分に展開できないでいる。

図版⑥　『シベリヤ物語』

図版⑦　『シベリヤ物語』

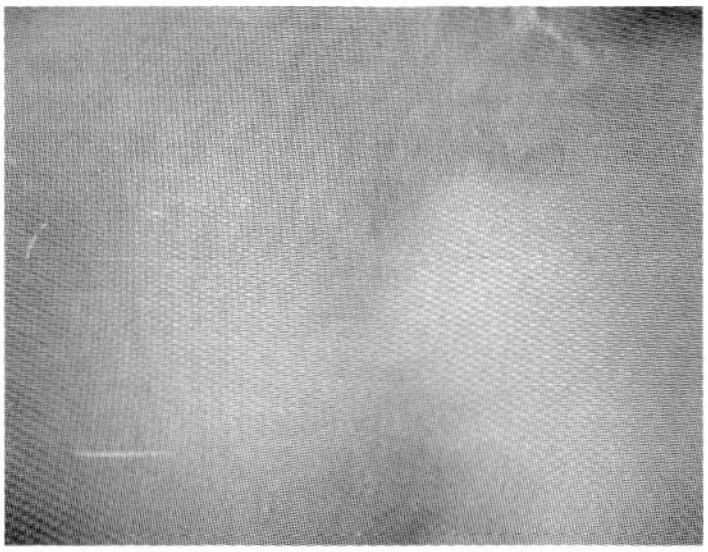

図版⑧　『シベリヤ物語』

図版⑨　『シベリヤ物語』

こうやって見て行くと、この映画はいくつかの音楽シーンは楽しげだが、政治的な圧力で可能性を制限され、構成にも難がある作品だということになる。しかし、それにもかかわらず、この映画のエンディングにはよく見ると何か非常に不思議な瞬間が登場する。この一見目立たないが不思議な瞬間について、以下考えてみたい。

エンディングでは、主人公と恋人、その友人（上述の運転手）と恋人（シベリアの娘）の二組のカップルが結ばれ、モスクワから列車でシベリアを目指す。四人は車窓を全開にして歌う。ここまではハッピーエンドで終わる当時の一般的な映画と比べて、特別変わったことはない。四人の歓喜にあふれる歌声にあわせて、車窓のカーテンが風に吹かれ、蒸気機関車の白煙が楽しげに画面を流れていく。このように事物も彼らを祝福して映画は終わるのだと観客は思うだろう。しかし、何か不思議な瞬間とはまさにその煙に関わるものなのだ。煙は急速に量を増していく。四人の姿は煙にかき消されることの方が多くなり、そもそもこれでは歌えないだろうと思える量にまで達する。やがて煙は画面を覆いつくし、最後は雲海のような煙の奔流だけが示されて映画は終わる（ラストのショットではなぜか煙の流れが正反対になっている）［図版⑥⑦⑧⑨］。

このあまりに大量の煙は何を意味するのだろうか。もし、

『シベリヤ物語』で煙がここだけだとしたら、監督のやや行き過ぎた演出という程度ですむかもしれない。しかし、あらためて見直すと、この映画には、汽船の煙、砲煙、サモワールの湯気、地吹雪等、煙状のものが数多く登場している。そう考えれば、エンディングの煙の奔流は映画全体にわたる煙のテーマを盛大に締めくくる存在にも映る。しかし、それでも、たびたび登場する煙が映画全体にどのように関わってくるのか、あるいはそれがエンディングでこれほど大量に現れるのはなぜかという疑問は残る。この疑問の解明にフォルマリストの考察が役立つか、試してみたい。

フォルマリストで読み解く『シベリヤ物語』

最初に触れたように、フォルマリストたちは一九二七年に論集『映画の詩学』を公刊するが、その中の「映画の基礎について」でトィニャーノフは、映画のショット内の人物や事物は「差異的記号」であると述べている。これを具体的に説明しようと、彼は何気なしに「汽船の煙」の例を挙げる。

〈ショットの主人公たち〉を差異化するという要求、そこから、ショット内の運動の意味が生まれる。汽船の煙や流れゆく雲は、それ自体としてだけではなく、それ単独ではなく、人気のない通りをたまたま歩いている人と同様に、あるいは他人や事物に対してしめす顔の表情や身振りと同様に必要なのである。それらは差異化された記号として必要なのだ。[10]

トィニャーノフらしい難解な表現だが、ここでの説明は二段階になっている。まず、映画の中では人物も事物も基本的に等価であり、ともに記号である。そして、この記号というのは、単独で何かを表象するだけではない（煙は煙であることを指し示しているだけではない）。ショット内の他の記号と区別される一方で、他の記号と改めて関係を結ぶようになり、そこから意味が生まれる。補足説明として、例えば、汽船が川を行くショットを取りあげよう。汽船の煙と船本体と水面は別々のもの（差異化されたもの）だが、煙が盛んに出ていて、船と水面の接点で激しく水しぶきがあがっていれば、船は全速力を出していることになる。トィニャーノフにならってまとめれば、映画では一つのショット内を煙・船・水面に分割し、そのうえで三者の関係を再統合して、ショットの意味（速力）を生むのである。

実は筆者は、トィニャーノフが言うように映画を整然と記号に還元するのは困難だと考える。ショットの中にいくつの記号があって、どういう相互関係にあるかは、見る人によって異なるだろう。また、一つの事物がどこまで一つの記号であるかは意外に曖昧である（煙と空の境目はどこなのか、微笑む顔のどこまでの部分が微笑みか）。映画の映像は言語ではなくイメージであるためにこのような曖昧さは常につきまとう。

しかし、『シベリヤ物語』の煙に関しては、他の人物、事物とは異なり、格段に記号性が高いと言うことはできる。この映画の煙は、フォルマリスト風に言えば、ショット内の他の事物よりも優位に立つドミナントとして機能し、一つのショットばかりか映画全体のトーンを規定しているように見えるのだ。以下、この点について整理しておこう。

図版⑩　『シベリヤ物語』

図版⑪　『シベリヤ物語』

いま仮に、この映画の煙とは煙であることを指し示すだけではないと考えよう。この煙は映画内世界の事物の再現という側面以外に、映画内の情緒的なリズムも表象していると仮定する。この情緒的なリズムは、もちろん映画の音楽がもたらすものであり、煙の動きはその運動性を補完する。例えば、シベリアの茶亭で陽気な歌が披露されるシーンでは、客席のそこかしこで煙草の煙とサモワールの湯気が穏やかに立ち上がっている。一方、北極圏で主人公が孤独にオラトリオの創作に取りかかるシーンでは、不安げな音楽が流れる中、屋外で地吹雪が吹き荒れている。いずれも煙状の事物（湯気・地吹雪）の動きが音楽と連動してある種の情緒をつくりだしている。

もちろん、以上の用法自体はひどく陳腐なものだ。しかし、主人公のオラトリオが演奏されるシーンでは、やや変わった煙の使い方が見られる。オラトリオのシーンでは数世紀にわたるシベリア開拓が描かれ、その成果として工場の短いショットが立て続けに示される。工場の煙突の煙は、最初は右にたなびき、次は左にたなびくといったようにシンメトリックに提示されている（右→左→右→左→右と提示）［図版⑩⑪］。ここでの工場の煙のシンメトリーは、勇壮な音楽と連動しながら、交互に水平方向に向きを変えることによって征服された国土の広大さと安定感を強調している。実は『シベリヤ物語』は水平の運動性が隠れたライト・モチーフになっている（登場人物たちは何度も東西を往復する。また、映画のラスト・ショットはそれ以前のショットとは逆方向の煙の奔流で終わる）。工場の煙は音楽の運動性を補完するだけではなく、この水平性のモチーフの強化も担っているのだ。この水平性の強調はスターリン主義国家の安定性の表象と考えることも可能だ。

一方、エンディングの煙も工場の煙の機能と重なる部分がある。エンディングの煙のシンメトリックなモンタージュはやはり水平的安定感を示す。ただ、ここではもう少し違う点に注目しよう。この煙は俳優たちや他の事物とは本質的にレベルが異なっているのだ。煙以外のものがショット内で物語の叙述に専念しようとしているのに対し、煙はショットの外の音楽と連動してショットの中に進入する。それはある意味、音楽の視覚化であり、他の事物と観客に対して特定のトーンを指示する記号のようなものである。しかも、その権限は時として絶大で、最終的には他の事物を覆い隠してしまうのだ。このように明らかに異質な極めて記号性の高い存在が、映画内で他の事物と共存しながら、特殊な作用を及ぼしている点は注目しなければならない。

トィニャーノフの煙はショットの中で他の事物と関係を結んでいたが、一方、『シベリヤ物語』のエンディングの煙はショットの外の音楽と連動し他の事物に特定の情緒的トーンを与えている。『シベリヤ物語』がショットの内部だけで留まらないのは、もちろんサイレントとトーキーの違いによるものだ。一般にサイレントではショットは自律した存在であり、映画館で演奏される伴奏音楽はショットに従属する。トーキーでも通常のドラマであれば音楽はショット全体のトーンを増幅するような形で補完的に機能する。しかし、トーキーが導入されて花形ジャンルに躍り出たミュージカルでは、逆転がしばしば起きる。ミュージカル映画の最高潮では、音楽が画面より優位に立ち、画面は音楽を視覚化することにもっぱら仕える従属的な立場になる。その際に、煙のように抽象性の高い存在が、音楽と画面を特権的につなぐようになるのだ。

『シベリヤ物語』における煙の役割は、大体以上のようなものだが、最後に一つ指摘しなければならないことがある。それはエンディングでの煙の多さである。それまで煙状のものが抑制された扱いだったのに対し、なぜ最後ではこれほどの煙の奔流が登場するのだろうか。

これは上で触れたジャンル混淆の問題と関わっている。この映画では、芸術家の挫折と再生という深刻なテーマがミュージカル・コメディー的なエピソードの展開を抑制していた。しかし、その深刻さも幸福を強要する政治圧力によって大した葛藤もなく解消されてしまう。主人公が作曲したオラトリオが演奏される場面では、シベリア開拓の歴史と成果が讃えられ、主人公は大喝采を浴びる。この政治色むき出しのシークエンスによって、主人公のそれまでの苦悩は解消されるのである。以後、ラスト数分間の展開ではこれまで見た通り、主人公を含む二組の男女がシベリア行きの列車で歌うことになる。このわずかな時間に映画のミュージカル的な特質は遅れを取り戻そうと一挙に息を吹き返すのだ。

オラトリオのシークエンスは音楽家の苦悩のドラマの大団円だが、列車のシークエンスはミュージカルとしての大団円である。そこではミュージカルの特質に従って、人間と音楽が同化しようとする。しかし、そのための時間が足りない。結局、主人公たちの歌声の高まりだけでは不足で、それを補うように大量の煙が発生し、音楽の視覚化の機能を果たしながら画面全体を覆いつくしてしまう。それまでの煙の用法が控えめで陳腐なのに対し、ここでの煙は一挙に力を増し、映画内でもっとも特異な存在となる。それは、ジャンルが抑制を受けて生じたフラストレーションの結果とみなすことができるのだ。

フォルマリストと映画の出会いが生んだもの

スターリン時代の到来は同時にトーキー時代の開始とも重なった。サイレントからトーキーへ映画のシステムが大きく転換する際に、手法をめぐっても注目すべき事例が散見される。『スヴァネチアの塩』でのアヴァンギャルド映画の自動化、『豊かな花嫁』の手法の用途の置き換えはその一例である。また、完全にトーキーが定着した以降でも、スターリン時代末期の特殊な状況が映画の細部に反映し、『シベリヤ物語』のように偶然一部分を突出して際立たせることになるのだが、これは「手法の露出」という二〇年代のフォルマリスト＝アヴァンギャルド的記憶を想起させるのである。

こうした映画の具体的な細部を手法に着目して検討していく方法は、当然、フォルマリストの理論との接点をしばしば持つことになる。しかし、映画について考察していく上で、フォルマリストとの接点はあくまで出発点に留まることが多い。映画の成り立ちは社会的・心理的見地を抜きにしては全体が把握できないが、こうした視点がフォルマリストには稀薄だからである。この点を考えれば、フォルマリストの理論は、映画の細部というミクロの視点についてのみ有効だと言えるだろう。

しかし、二〇年代のフォルマリストの概念をトーキー導入以後の映画に適用することにはそれなりの意義がある。トンプソンが同様の試みを行ったのは一九八〇年代で、かなり昔であり、一時代の研究手法と言われるかもしれない。

だが、実際にはトンプソンの功績は映画のテクスト分析の方法論を確立したことにある。映画作品をショット単位で手法の点から厳密に考えること、要は映画を「きちんと」見ること。この当然といえば当然の方法を映画研究で徹底させた一人が彼女であり、この方法論は現在、映画を研究する上での大前提となっている。

　フォルマリストの理論が、今後現代の映画理論に新たな展望をもたらすとは言えないだろう。しかし、手法から全体を精緻に検証するという彼らの方法論は、トンプソンの仲介によって映画研究の基本的方法論となったのである。その点では、フォルマリストと映画の出会いは、一九二〇年代ではなく八〇年代以降に、ささやかだが実りある成果を生んだと言うことができるのだ。

注

1 K. Thompson, *Eisenstein's* Ivan the Terrible. Princeton UP, 1981; K. Thompson, *Breaking the Glass Armor: Neoformalist Film Analysis*. Princeton UP, 1988.

2 *Aleksandrov* G. Epokha i kino. M., 1976. S. 158-159.

3 *Iurenev R.* Ivan Aleksandrovich Pyr'ev (Biograficheskii ocherk) // Mar'iamov G. (red.) Ivan Pyr'ev v zhizni i na ekrane. Stranitsy vospominanii. M., 1994. S. 6, 29.

4 「文学的事実」（一九二四）参照。「新しい構成の本質はすべて、古い技法を新しく利用することのなかに、それら〔古い技法〕が新しく得た構成上の意味のなかに存在しうる。」*Tynianov Iu.* Literaturnyi fakt // Poetika. Istoriia literatury. Kino. M., 1977. S. 259. 訳出に際してはトゥイニャーノフ「文学的事象」水野忠夫訳、水野忠夫編『ロシア・フォルマリズム文学論集2』せりか書房、一九八二年、八〇頁を参照した。

5 エイゼンシュテイン「階級的友人の不意打ち」（一九三三）、田中ひろし訳、山田和夫監修『エイゼンシュテイン全集第六巻』キネマ旬報社、一九八〇年、一四六頁。

6 *Shklovskii V.* Konflikt i ego razvitie v kinoproizvedenii (1962) // Za 60 let. M., 1985. S. 480. シクロフスキイは同頁で『スヴァネチアの塩』公開への関わりに言及している。当初、この作品はいくつかの欠点により公開を拒否された。監督から相談を受けたシクロフスキイは、一部のシークエンスでプロットの進行を遅らせる等の助言を与え、結果、一部改変した映画は公開され「優れた作品」として評価を受けることになったという。実は引用の「緊張と休息の交替」は文脈上、その改変されたシークエンスのみを指しているようにも取れるのだが、私見では、「押してばかり」という作品の欠陥は、一部を手直ししても修正されるものではなく、映画の随所に残っている。

7 *Tynianov Iu.* O literaturnoi evoliutsii // Poetika. Istoriia literatury. Kino. S. 274. 訳出に際しては、トゥイニャーノフ「文学の進化」小平武訳、『ロシア・フォルマリズム文学論集2』一一一頁を参照した。

8 論集『映画の詩学』所収の「映画の文体論の問題」（一九二七）参照。*Eikhenbaum*, B. Problemy kinostilistiki // R. Kopylova(red.)

Poetika kino. Perechityvaia «Poetiku kino». SPb., 2001. S. 16. Ｂ・エイヘンバウム「映画の文体論の問題」斉藤陽一訳、大石雅彦・田中陽編『ロシア・アヴァンギャルド3　キノ』国書刊行会、一九九四年、四〇一頁。

9　この章と次の章は以下の論文を部分的に要約しコメントを新たに加えたものである。長谷川章「映画における「余分なもの」とジャンルの問題——フィリエフ『シベリア物語』を読み解く」『秋田大学教育文化学部研究紀要　人文・社会科学』第六五集、二〇一〇年。

10　*Tyniamov Iu.* Ob osnovakh kino// Poetika kino. Perechityvaia «Poetiku kino». S. 49-50. 訳出に際しては、トゥイニャーノフ「映画原論」大石雅彦訳、『ロシア・アヴァンギャルド3　キノ』四五一—二頁を参照した。

幾何学的フォルムの可能性──ヴィクトル・シクロフスキイの場合

佐藤千登勢

幾何学的フォルムへの志向

それから黄色の照明が消えると、ホールの背後の壁からもうひとつの青い光の円錐形が唸りをたてて浮かび上がる。

円錐形の中には、何かもやのようなものが漂っていた。そして、ありふれた麻布の上では、巨大な人間たちが動き始める。それは、ロシアでは見かけない、とても丈の長い縞模様の綿ネル上着を着た子供たちだった。彼らはベッドの周りを駆け回っては枕で殴り合いをし、羽毛がとんだ。それから、私をめがけて駆け出し、まるで急行列車のようにどんどん大きくなっていく。

青い円錐形は唸りをたてる。

私をめがけて疾走してくる未来。〔……〕

ペテルブルクは、スクリーンの上で接近してくる汽車のように、凄まじい勢いで変貌していた。〔……〕

私が新たな希望を予感し始めたのは映画館の中だった。[1]

一九六〇年代初めに発表されたヴィクトル・シクロフスキイ（一八九三―一九八四）の自伝的回想からの引用である。ここには、シクロフスキイの映画の原体験、さらに、後に理論へと展開される映画の知覚、映画の表象そのものが提示されている。さらに、一九一七年に自ら定義化した《異化》の基本的な手法、すなわち、「事物をそれ自体の名称で呼ばずに初めて見たもののように描く[2]」方法をとっているのが印象的だ。まさに、映画を初めて見る者の視点、映画を見る制約的な知覚を獲得する前の少年の眼差しが捉えた、映画のプロジェクターとスクリーンと影。

映画とは何よりもシクロフスキイにとって、未来を予言するものであり、不可思議な神秘、そして心的外傷ともなりかねないほどの鮮烈な衝撃と違和感を少年期の精神に与えた魔術であった。さらに言えば、ここには、対象をより単純な形式、ひいては幾何学的フォルムへと還元して捉えようとするシクロフスキイの志向も示されている。ここで使われている異化の手法は、対象を本来の名称で呼ばないばかりか、視覚的に幾何学的フォルムへと変換し、記号化する方法である。

まず第一に、言うまでもなくそれは青い光の円錐形へと抽象化されたプロジェクターの光。そして、こちらに走ってくる映画の登場人物の子供たちもストライプの長衣という同一のフォルムで束ねられ、各人の特徴は無化されており、しかもその子供たちは三次元の空間を移動して接近してくるのではなく、二次元のスクリーン上で膨張し、大きさを変えているに過ぎない。

シクロフスキイにとって、対象を幾何学的フォルムに還元して捉え直すという観点は実は異化の概念と相俟って、きわめて重要な手続きであり、コンセプトであり手法である。複数の対象のなかに共通する形式を見出す方法が、芸術の創造や分析において根本的な視点だということをシクロフスキイが最初に学んだのは、実は、塑像を通してであった。ペテルブルク大学に籍をおきながらシェルヴド美術学校で塑像を学んでいたシクロフスキイは、「人間の後頭部をいくつも粘土で型取り、共通する形を追求するように」というシェルヴドの教えから、芸術を正しく理解する指標としての《形式》を知った、と一九二六年というかなり早い時点で回想している。[3]

さらに既述の一九六二年の回想においても「画家チスチャコフは次のように主張していた。人体の形を線描するには、幾何学的なフォルム、たとえば球体、円錐、円柱の形に似せることにより形式をうまく把握できる。また、形式を空間に組み立て、幾何学を通して形式を探り当ててみるべきだ」と述べて、芸術の創造過程を論じている。[4]

また、一九七〇年代初めに刊行された『エイゼンシテイン論』においても、ベラルーシの街ヴィテプスクにおけるマレーヴィチの実験的な都市改造について言及し、そして同時にチスチャコフの理論を挙げて、芸術における幾何学的フォルムの可能性について展開する。引用しよう。

　ヴィテプスクという街のそばに輸送列車が停車した時のこと。〔……〕目の前に、オレンジの円、赤の正方形、緑の台形、それから紫の楕円、黒の長方形、黄色の正方形がいくつも飛び込んできた。いったい、何が現れたというのか。
ヴィテプスクの街は赤煉瓦で建設されていた。当時、ヴィテプスクの美術学校の校長をしていたカジミール・マレーヴィチは、この街の色を塗り替えたのだ。赤煉瓦の赤色をところどころ残しつつ、建物をすべて白く塗り、その白を背景に緑の円や青の長方形を描いた。街は、黄色の正方形や紫の楕円形で溢れかえった。マレーヴィチはシュプレマティストであった。まだ革命前のモスクワで、すでに、彼は白の上に黒の正方形を描いた。厳密には、正方形ではなく、いくらか歪んだ四角形であったが。この、面どうしの関係と正方形の角は、聖母を描いた古い聖像画にとって代わるものだとマレーヴィチは言っていた。〔……〕
老齢の画家チスチャコフはロシアの偉大な画家たちの師であり、革命前まで生きながらえ、仕事を続け、そして、絵画のモデルは幾何学的物体が組み合わされたものとして捉え直すよう生徒たちに教えるべきだと主張していた。そうすれば、言わば、フォルムの《本質の向こうにあるもの》を彼らは理解し、形式が還元されうるもの、そして具体的なフォルム自体を生徒たちは理解できるようになるというのだ。[5]

単純な形式や幾何学的フォルムへの還元は、長年にわたり、かくもシクロフスキイを惹き付けていた。このことが、文学や映画を分析する観点、理論化の過程、あるいは文学や映画シナリオ創作における手法にも影響を与えていた痕跡を認めるのは決して難しいことではない。たとえば、シクロフスキイは映画の空撮に新たな可能性を見出していたが、それも、空からの俯瞰の視点が、地上の雑多で複雑な都市や自然環境をすべて幾何学的模様に変え、異化するからであった。こう述べている。

下方に見える家畜の群れは割れた土鍋の破片のよう。建物は、真ん中に中庭の穴のあいた輪型パンだ。大地は空から見ると一様で幾何学的。〔……〕この撮影法はあまりに新鮮で、都市と広野の差異を消去してしまうほどだ。航空撮影は新たな可能性。新しい素材だ。[6]

また、既出の「青い光の円錐形」と同じ文章において、シクロフスキイは「白い円」という詩人ブロークの喩えを「記憶に留められるものとなった」と称揚している。それは、厳寒のなか、辻馬車の馬の鼻から吐き出される息に、電光が当たって浮かび上がる鼻息の円なのだった。[7]シクロフスキイにとって幾何学的フォルムは自動化した事物の思いもよらない姿や本質を露にする究極の形式であり、抽象化された美の極致ではなかったか。

さらに、視覚的レヴェルにおいてのみならず、映画や文学などの芸術全般の理論、分析の方法にも、幾何学から敷衍させた思考を反映させた。シクロフスキイのフォルマリズムの基底であり、一九二一年に打ち出されたスローガン的な公式「文学作品＝手法の総計」[8]は、その典型と言える。だが、そのおよそ半世紀後、シクロフスキイは異化の目的のなかにイデオロギー的要素を認める必要性を感じ、自身の若き時代のフォルマリズムを反省するかのごとき弁明のなかで、こう述べている。

> 芸術とは世界を認識する方法だ。そのために芸術は矛盾を築く。このことを私は理解しておらず、まさにこれが私の誤りであった。〔……〕一方で私は、芸術とは、感情外のもので諸要素が衝突したものに過ぎず、幾何学的なのだと確信していた。[9]

ここで留意すべきは、反省の辞というコンテクストのなかとはいえ、依然としてシクロフスキイが芸術のテクストを幾何学的な現象と捉えていたことを認識し、敢えてこの問題をとりあげ、執着を示していることではないだろうか。一九二〇年代から晩年に至るまで、幾何学的フォルムを通して、世界を捉え直そうとする視点はシクロフスキイのなかで揺らぐことがなかった。

シクロフスキイにとって幾何学的フォルムとは、第一に、異化の一手法であり、そして、あらゆる芸術的現象・芸術的テクストのなかに形式を、それも共通の形式を探り出す解析方法だったと言える。芸術を創造する者とこれを受け止める者、つまり、発信者と受容者との間のコードとなりうるものであった。とすれば、わたしたちは、幾何学的フォルムを手掛かりとしてシクロフスキイの創作を捉え直し、その美に触れることが、またその幾何学的フォルムが発信するメッセージを受け止めることができるはずだ。

シクロフスキイがシナリオを書き、アブラム・ロームが監督した映画『第三メシチャンスカヤ通り』（Tret'ia Meshchanskaia, 1927. 邦題『ベッドとソファ』）のなかに、具体的にその方法を見ていきたいと思う。

『ベッドとソファ』における幾何学的フォルム――異化と記号化

この作品は、一九二〇年代後半、セルゲイ・エイゼンシテインの『戦艦ポチョムキン』やフセヴォロド・プドフキンの『母』といった、群衆と個人の関係を描くスケールの大きなプロパガンダ映画に可能性が認められていたなか、「登場人物を最小限に抑えた室内劇の試み」[10]と自ら述べているようにシクロフスキイが新聞で読んだ事件を基に作り出した、小さな、そして個人的なメロドラマである。だが小規模な作品ながらも、後にルネ・クレール監督の『巴里の屋根の下』やイタリアのネオ・レアリスモに影響を与えたとも言われる。[11] また、今日では、フェミニズムの観点から取り上げられ、論じられるようになった。[12] その意義は大きい。簡単にストーリーを示しておこう。

工事現場の監督をするコーリャと専業主婦リューダの夫婦が住むモスクワの小さな部屋に、コーリャの戦友だったヴォロージャが転がり込み、夫婦の家のソファを借りて共同生活を始める。ある日、夫コーリャは出張で家を長く空けることに。ヴォロージャはリューダを誘惑し、ソファからベッドへと寝る場所を変えて夫の座におさまる。出張から戻ったコーリャがこの現状を知ると、今度はコーリャがソファで生活を始め、三人の共同生活は続く。やがてリューダの妊娠が発覚。どちらが父親なのかわからない二人の男は、リューダに中絶を要求。一度は病院に向かうリューダだが、子供を生み、独りで生きる決意をすると、二人の男を残し、列車で旅立っていくのだった。

図版①　『ベッドとソファ』

映画のなかで、ヴォロージャは人妻リューダを誘惑するにあたり、ラジオや雑誌をプレゼントする。さらに、デートに誘うと、当時としてはまだ目新しい飛行機に彼女を乗せて、楽しませるのだった。ここで、リューダの歓喜と興奮は、女優の大袈裟な身振りと空撮のショットのモンタージュにより伝えられる。生まれて初めて飛行機で空を飛ぶ体験をしたリューダの子供のような喜びと驚きは、きわめて自然な反応だろう。だがおそらく、リューダが驚いたのは、空を飛ぶ体験をしたからではない。そうではなく、鳥の眼を獲得した彼女が、慣れ親しんだモスクワの街のそれまで見た事もない、思いもよらない相貌、すなわち四角形や直線や曲線からなる幾何学模様の広がり［図版①］を発見したからである。シクロフスキイが空撮を「新たな可能性。新しい素材」と呼んで、ここに可能性を見出していたことが想起されよう。幾何学的フォルムを通して世界を見る知覚こそは、新たな知覚、異化の視点であるばかりでなく、すべてを見通し、すべてを把握する、全知の視点となる。幾何学的フォルムは、ラジオや雑誌と同様、リューダを啓蒙し、新たな知覚と認識を彼女にもたらした、言うなれば、ロゴス的系列に組み込まれる秩序の体系でもある。そしてこのことは、リューダにもたらされたのみならず、観客であるわたしたちにも示される。スクリーン一杯に映し出される空撮の幾何学的フォルムの世界は、この映画をまさに幾何学的フォルムに還元して鑑賞することをわたしたちに促し、これを導く道標となる。そうした観点からまず発見されるのは、この映画に多用され、かつそれらが互いに呼び交し、連鎖を築いて意味を形成していると気付かされる《四角形》である。それは、リューダが夫や愛人から受ける抑圧と閉塞感を感じながら何度も覗き込む窓ガラスや鏡、そして部屋の装飾として数回映し出されるリューダの顔写真［図版②③］、それらを囲むフレームの共有する四角形である。これらの四角形のなかにおさまるのは、決まってリューダの美しい顔だ。鏡や窓ガラスを見つめるリューダの姿には、彼女の自己回帰を示す心理が表象されていることは言うまでもないが、それと同時に、枠に閉じ込められ、抑圧されたリューダが表象されていることも確かだ。このことは、リューダが自らの手で自分の顔写真のおさめられたフレームから、写真を剥ぎ取り、自らを解放する、そうした象徴的なシーンが物語る。旅立ちに際して、リューダは、最初はフレームごと写真をトランクに詰めようとするが、入らなかった。すると、長い間写真をおさめ、部屋を飾ってきた四角形のフレームから写真を剥ぎ取って荷物に詰めるのだ［図版④］。この時、「鏡」「ガラス窓」「額入りの写真」といった四角形の事物のショットがなぜ繰り返し反復

図版②　『ベッドとソファ』

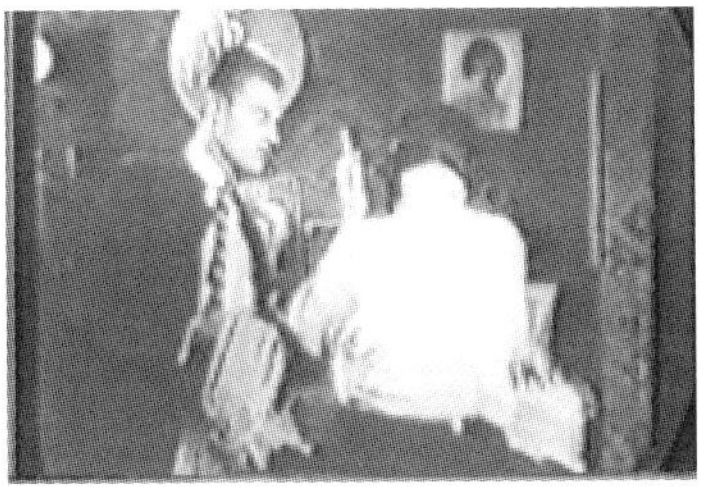
図版③　『ベッドとソファ』

図版④　『ベッドとソファ』

図版⑤『ベッドとソファ』

され、記号化されるかたちで登場したのかをわたしたちは理解する。フレームから写真を剥ぎ取る行為こそは、「抑圧からの解放」を示唆し、それまでに何度も現れる鏡やガラス窓の枠の四角形が、「写真のフレーム＝抑圧＝四角形」へと繋がる。四角形の連鎖による視覚的イメージがここで意味を形成し、統合されると気付くのだ。だが、これに留まらない。列車に乗り込んだリューダは、車窓のガラスに自らの顔を映し出すことはもはやない。開け放たれた車窓の窓枠から身を乗り出して、彼女は列車の行く手を見据えている［図版⑤］。もはや、《抑圧の四角形》が彼女を枠付けることはないのだ。

シクロフスキイは一九二七年の段階で、映画における記号の問題についてこう述べている。

> 映画は連想作用により成立するようになる。〔……〕映画では〔……〕事物へのアプローチを解明せねばならない。〔……〕事物はただ撮影されるのではない、それらは写真でもシンボルでもないのだ。事物は観客に意味を呼び覚ます記号である。[13]

被写体となる事物は、シクロフスキイにとって重要な映画言語であり、意味を持つ記号となるわけだが、その事物を形式として認識し易くするために、あるいは複数の事物を類似する形式や形状で結び付け、同一化して記号体系を築くために、幾何学的フォルムへと事物を抽象化したり、あるいはそのフォルムを強調して映し出したりすることが重要なのだ。幾何学的フォルムにはそれ自体が持つ美的要素や異化の可能性のみならず、事物を記号化して意味を付与する能力もあるということだ。事物は、意味付けられた幾何学的フォルムへと抽象化されることで、映画のテーマやストーリーといったより大きな流れに合流していく。

『トゥルクシブ』における幾何学的フォルム――隠喩のイメージと崇高の創出

シクロフスキイの幾何学的フォルムへの志向は、やはり彼がシナリオを書いた映画『トゥルクシブ』（Turksib, 1929. ヴィクトル・トゥーリン監督）のなかでも、さらに新たな機能を加え、より深化を見せる。この作品は、第一次五カ年計画のひとつ、トルキスタンとシベリアを結ぶトゥルクシブ鉄道建設を促進するために、建設のさなかに労働者たちを啓蒙し煽動する目的で制作されたドキュメンタリー映画である。この映画に感化された労働者たちは一九三一年一月の予定よりも半年早く鉄道を完成させると誓いをたて、これを実現させた。[14] 映画のプロパガンダ、そのメッセージが現実化されたという意味で、映画の多大な煽動的能力を実証した作品である。内容は次のとおり。

綿花と羊毛の産地トルキスタンは旱魃に苦しむ。羊毛を運搬するにも、砂漠を襲う嵐に見舞われ、駱駝もろとも壊滅。この峻厳な自然を克服し、運搬と交通の困難を解決するためにトゥルクシブ鉄道建設が始まる。測量技師のロシア人たちがやってくると、トルキスタンの民は徐々に警戒をといて彼らを歓待するようになり、自動車、機械、鉄道、機関車の重要性と意義を理解していく。操縦法を学ぶため村人は熱心に本を読む。労働者たちは、火薬で岩山を爆砕し、鉄道の横木を敷設し、ハンマーでリベットを打ち付けながら一歩一歩前進する。最後に、完成する予定の鉄道の上を疾走する機関車、そのダイナミックな動輪の運動、勢いよく吐き出される煙、そして紡績機械の激しい旋回運動を目紛るしく転換するかたちでモンタージュしたシークエンスのなかに「一九三〇年」という鉄道完成期限の年号が何度も明滅する。

この作品は、多大な感化力、煽動力を有しているにも拘らず、たとえば、群衆の蜂起、軍隊、兵器といった当時の煽動的モチーフや社会主義革命のテーマはまったくと言っていいほど、前面に打ち出されない。ドミナントを形成するのは、自然や機械のフォルムの美、そしてこれらが生み出す動き、運動である。たとえば冒頭部分の、《空に浮かぶ雲、白い綿の花、紡績工場の長い棒状の綿の運動、山畝に細長く積もる雪、水車が繰り出す線状の白い水流、水車の旋回運動、中央の窪みに螺旋模様を描きつつ吸い込まれる水流》といった一連のショットが生むシークエンスは、類似する形状や運動によって隠喩的なイメージの連鎖を形成する。つまり、綿の花が摘みとられ、紡績されていく過程を単純に撮影しているばかりでなく、《雲のような綿花、綿花のような雪、解けた雪がやがて畝を伝って線状の水流を形成、その水流のような白い綿の紡績運動、紡績運動のような水車の水流、水車の旋回のように際限なく渦巻く水流》といった具合に、それぞれの事物は抽象化された形状の類似性によって「〜のような」という直喩で結ばれる隠喩の体系を築いてもいるのだ。これらのショットは繰り返

図版⑥　『トゥルクシブ』

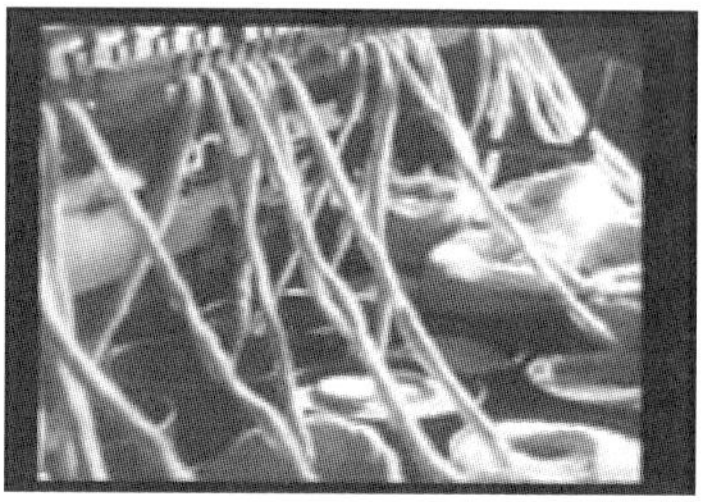
図版⑦　『トゥルクシブ』

し現れ、反復されることで、さながら詩の韻のように、視覚的にではあるが、リズムを獲得することにも成功している［図版⑥⑦⑧］。

また、他のシークエンスにおいても、砂漠に描かれた対角線状の風紋、対角線構図（斜線構図）を生み出す車輪や鋼材が、同じ対角線の幾何学的フォルムによって結ばれている［図版⑨⑩⑪］。この場合、隠喩の体系ばかりでなく、崇高な美が創出されていることにも気付く。砂漠というカオティックな自然に描かれた奇蹟のごとき幾何学的フォルムの風紋は、なにか超越的な力、創造主の神秘的な爪痕のようだ。自然界における幾何学模様、たとえば、樹木の枝枝が結ぶ螺旋階段や向日葵の種の螺旋状配列、花弁や葉や蜘蛛の糸が織りなす幾何学的構造に触れた時、むろん、自

図版⑧　『トゥルクシブ』

然はそれ自体で創造主を思わせるけれども、自然におけるコスモスの体系の具現とも言える幾何学的な構造や法則を見出した時に、わたしたちはより明瞭に、人業ならぬ超越的力をそこに感じとる。幾何学的フォルムは、そもそも、それ自体でフォルムとしての美をたたえているけれども、自然界における幾何学的フォルムはさらに崇高の美をまとう。よって、この作品における風紋の崇高なる対角線、これと同じ対角線構図によって引き寄せられ、結ばれる車輪や鋼材といった機械もまた、崇高なる美のアウラをその構図の間隙から棚引かせるのだ。こうして、機械礼賛と鉄道建設の讃歌は、《神の対角線》を通して謳われる。この場合も、幾何学的フォルムには、崇高や聖性という意味付けがなされ、『ベッドとソファ』の《抑圧の四角形》のように記号化の機能が働くことになるわけだが、だがなんと言っても、『トゥルクシブ』の場合、幾何学的フォルムの新たな機能として、《類似するフォルムを共通項として隠喩的イメージの連鎖を築き、隠喩的手法の体系を作り上げる機能》を強調

しておきたい。

なお、聖性と幾何学的フォルムとの結びつきに関して言えば、宇宙や世界の創造と幾何学が洋の東西を問わず太古より結び付けて考えられてきたことがすぐに連想される。だが、芸術の領域において対象を幾何学的フォルムに還元したり、作品に幾何学的構図を与えたりするこのシクロフスキイの方法は、カジミール・マレーヴィチやウラジーミル・タトリンらが抽象画や幾何学的構図、幾何学的立体の生み出す調和的世界に《聖なるもの》を見出し、自らを創造主とみなしつつ[15]、対象に聖性を付与した創造行為、このアヴァンギャルド期の視覚芸術の一傾向の影響によるところが大きい。ただ、シクロフスキイの場合、美と聖性を創出したに留まらず、幾何学的フォルムを《異化》の手法や記号化の媒体、さらに隠喩の手法を成立させる媒体にまでその可能性を押し拡げた点が特異であり、並々ならぬこだわりと愛着を感じさせる。

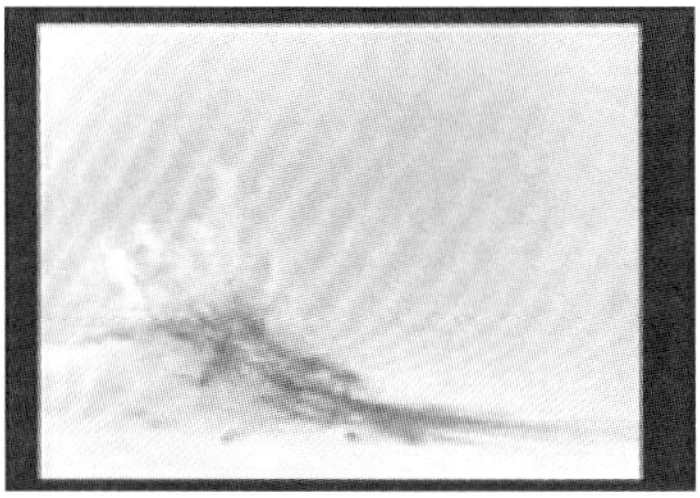
図版⑨　『トゥルクシブ』

図版⑩　『トゥルクシブ』

図版⑪　『トゥルクシブ』

隠喩的イメージのパラレリズムへの志向

無声映画のイメージ創出のためには、概して、より簡易に迅速に一つのショットだけでも十全にイメージの創造が可能となるという理由で、提喩的なクローズアップ、つまり対象の全体に代わる部分によって表象する方法が多用されてきた。たとえば、フセヴォロド・プドフキン監督の『母』における、総督の卑劣さと苛立ちを伝える革手袋の指、あるいは『アジアの嵐』における、憤怒と激昂を表象する流血の手の強烈なクローズアップを想起するだけでも十分であろう〔図版⑫⑬〕。

映画のクローズアップによる提喩とは、ロマン・ヤコブソンの詩学の二分法（近接性による表象の換喩は散文的であり、類似性による表象の隠喩は詩的）の映画への適用[16]を思い起こすならば、これは散文的である。

図版⑫　『母』

図版⑬　『アジアの嵐』

ヤコブソンを受けてヴャチェスラフ・イワーノフも「換喩的置換のクローズアップは、物語の連続性を破壊しない散文的叙述に類する」[17]と述べている。そしてシクロフスキイはと言えば、一九二七年の段階で、「映画における詩と散文」という論考においてこう述べている。

> 反復するショットやイメージ、これら反復するイメージの象徴的なイメージへの転化は、この映画〔プドフキンの『母』〕が本質的に詩的であるという私の確信を裏付ける。〔……〕映画には散文的な映画と詩的な映画が存在し、これがジャンルの基本的区分である。〔……〕形式的要因は意味的要因にとって替わり、構成を解決する。プロットのない映画こそが《詩的な映画》なのだ。[18]

ここでは、クローズアップの問題ではなく、映画『母』の押韻のように反復する性質、反復するショットによる象徴的イメージの創出、そして脱プロット性という特徴に焦点が当てられ、これらの特徴が映画の詩的要素であると定義されている。物語の連続性の破壊につながる脱プロット性を詩的とみなしている点は、イワーノフの提示する「物語の連続性を保持する換喩的クローズアップは散文的」、これと二項対立を成立させる「物語の連続性を破壊する隠喩的表象は詩的」という対立項を類推させる。さらにシクロフスキイは、一九二三年の著作『文学と映画』において、「パラレリズムは、いわゆるイメージ性に近い」と述べ、たとえば、ある人物の偉大さを塔に喩えて視覚的に表現する際、映画では二つのショットを用い、最初のショットでは街中に聳え立つ塔によって暗示的表象を創出し、次に群衆の中に立つその男のショットを配置して、パラレリズムを築く構成を提案している。[19] この隠喩的イメージを創造するパラレリズムこそは、シクロフスキイが《異化》の概念を提唱し、民話や歌謡、小説のテクストにおいて異化の手法の可能性をさまざまに裏付けていた時期から、彼が異化の一手法として好んで分析を重ねていた手法だ。[20] たとえば、樹木を人間の祖先とみなしていたトーテミズムの名残りを感じさせる心理的パラレリズムとして、「樅の木は年がら年中遊んでいる。どうしてうちのマーラシュカに祝日がいるものか」[21]という表現を援用し、樅の木と人間の隠喩によって結ばれたパラレリズムを説明しているが、シクロフスキイにとってこの隠喩的イメージによるパラレリズムは、詩的イメージの喚起や事物そのものの異化のみならず、知覚の難渋化と引き延ばしという、知覚過程における異化という目的をも適える理想的な手法であった。

それゆえ、映画という媒体においても、敢えてクローズアップに依拠せずに、被写体の事物を、類似するフォルムや運動を共通項として他の事物に置換し、隠喩的イメージを築くパラレリズムを幾重にも形成していったのではなかったか。提喩的なクローズアップよりも、隠喩的置換によるショットの反復やモンタージュを好んだのは間違いない。

隠喩的イメージのパラレリズムに対する志向は、一九七〇年代に至ってもなお、シクロフスキイの興味の対象であり続けた。たとえば、エイゼンシテインの映画『ストライキ』において、撮影されることはなかったが、印象的な手法として、ブルジョア達が飲む《泡立つシャンパン》と洗濯女が洗濯している《泡立つ石鹸水》のパラレリズムについて言及している。「シャンパンのように泡立つ石鹸水」という隠喩のイメージはさらにこの場合、「豊かなブルジョア階級」対「赤貧の労働者」という対比を示しているとシクロフスキイは指摘する。[22]隠喩的イメージを形成するパラレリズムは、表現をより詩的にし、一つの被写体・事物を二重、三重に屈折させて知覚を引き延ばすのみならず、事物どうしを衝突させて対立関係を築くことも可能にするわけだ。

このように、シクロフスキイがより可能性を認めていた隠喩的体系のパラレリズム、これを築くために範列的つながりの類似要因として形状を選択した場合、その形状を幾何学的フォルムへと抽象化することで、複数の事物を隠喩で結合させていくことがより容易となり、受容者にとってはより印象的にして強い強度の隠喩体系として明視され易くなる。映画という視覚芸術においてはなおさらだ。

『一九三五年、夏』における幾何学的フォルム――隠喩と視覚的イメージの形成

とはいえ、小説という言語芸術のジャンルにおいても、幾何学的フォルムを媒介としての隠喩体系の創造をシクロフスキイは試みている。これはどういうことだろうか。キュビスムや構成主義の絵画やジガ・ヴェルトフの映画、ア

レクサンドル・ロトチェンコの写真といった視覚芸術において定着していた幾何学的フォルムの美、これを敢えて言語芸術に取り込み、小説というジャンルそのものの異化を図る。さらに、同一の幾何学的フォルムによって結合する事物どうしの隠喩的イメージの連鎖は、言葉を重ねて表現するよりもヴィジュアルなイメージを映像さながらに現前化するだろう。

その典型として挙げたいのが、一九四九年に執筆されたが公刊できず、一九五五年のいわゆる《雪解け》の時代にようやく青年向け文芸誌『ユーノスチ（青年時代）』に掲載された短編小説『一九三五年、夏』[23]である。この作品は、一九三五年に実施された成層圏気球飛行という国家あげての大事業をテーマにとったもので、一見、英雄的行為の賞揚、五カ年計画への共感、ひいてはソ連国家への強い愛国心を打ち出したドキュメンタリー性の強い歴史短編小説となっている。だが、その叙述の方法や手法の観点から見ると、文学の特権とも言える心理描写、多様な文学的修辞がことごとく回避され、むしろ事物と運動の抽象化によるヴィジュアルなイメージの現前化、およびプロット展開の瞬時性が志向された実験的小説であることに驚く。

ここでは、そのうちの一つの方法、幾何学的フォルムへの抽象化を確認する。それは、一定の事物に対して一定の形状・色彩の形容詞を用いるという、きわめてシンプルな方法であり、さらに、その形容詞の種類も極端に抑えられている。それゆえ、複数の事物が同じ形状・色彩で結合され、それらは、映画『トゥルクシブ』の方法と同様、隠喩の体系と視覚的イメージの連鎖を築いていくことになる。その一覧を簡単に下に示しておこう。（　）内は作品に登場する回数。

銀色の気球（3）—銀色の果実（1）
黄と緑の縞模様のガスタンク（1）—黄緑の菩提樹の花房（3）
水色の気球の影（1）—青空を映した円形プール（2）—青空を映した双眼鏡の2つの円（2）
白髪（2）—ソバの花の描く白い煙（1）
キュウリの黄色い花の袋（1）—黄色の部屋（1）—黄色のワイングラス（1）

このように、幾何学的フォルムへと還元可能な同一の形状、もしくは同じ色彩によって複数の事物が結び付けられ、気球と果実、ガスタンクと花房、気球の影とプールと双眼鏡のレンズは隠喩的イメージの連鎖を形成する。そればかりでなく、この場合、修飾する言葉の抑制と幾何学的フォルムへの事物の還元により、抽象絵画さながらの単純な構図が現前化するのだ。ここに意図されているのは、文学という言語によるテクストのなかに視覚芸術のイメージを成立させ、文学に映像を取り込もうとする企みではないだろうか。この、幾何学的フォルムへの事物の還元の他にも、たとえば、成層圏を飛行する気球の描写と地上の菩提樹のまわりを飛び回る蜜蜂とを、《飛行》という同じ運動を通して、それぞれを隣接させ、対立させるかたちで並列して描写する方法をとり、やはり、隠喩のイメージと視覚的な臨場感とを創出している。この気球と蜜蜂のパラレリズムは、やがてこの小説の大きなテーマ《人類が飛ぶことの偉大と崇高》へと繋がっていくのだ。[24]

　幾何学的フォルムへの還元こそは、シクロフスキイにとって、まず、事物の異化であり、形式を明視させる一方法であり、事物に意味を付与して記号化する方法であり、また、より詩的な手法となる隠喩の体系を築く因子であり、視覚芸術の基礎にして究極の美である。そして何よりも、すべてを見通し把握する、言わば《神の視点》だ。受容者であるわたしたちもまた、この全知の視点を獲得することで、作品全体の構造と、これらが生み出すテーマを読み解く可能性を手にする。テクストを「幾何学的物体が組み合わされたものと捉え直すことで、フォルムの《本質の向こうにあるもの》を理解することが可能となる」[25]のだ。

注

1 *Shklovskii V.* Sinii konus // Zhili–byli. 2–e izd. M., 1964. (1–e izd., 1962.) S. 42–43.

2 *Shklovskii V.* Iskusstvo, kak priem (1917) // O teorii prozy. M.- L., 1925. S. 12.

3 *Shklovskii V.* Tret'ia fabrika. M., 1926. S. 45

4 *Shklovskii V.* Zhili–byli. S. 103–104.

5 *Shklovskii V.* Eizenshtein. 2–e izd. M., 1976. (1–e izd., 1973) S. 65–66.

6 *Shklovskii V.* «Velikii perelet» i kinematografiia (1925) // Za 60 let: raboty o kino. M., 1985. S. 76.

7 *Shklovskii.* Zhili–byli. S. 42.

8 *Shklovskii V.* Rozanov. Petrograd, 1921. S. 8.

9 *Shklovskii V.* Tetiva (1970) // Izbrannoe v 2–kh tomakh. T. 2. M., 1983. S. 291.

10 *Shklovskii V.* Tret'ia Meshchanskaia // Za 40 let: Stat'i o kino. M., 1965. S. 17; *Shklovskii V.* Tret'ia Meshchanskaia (1964) // Tam zhe. S. 105.

11 Tam zhe. S. 17, 106.

12 Julian Graffy, *Bed and Sofa: The Film Companion*, London and New York: I. B. Tauris, 2001; Eric Naiman, *Sex in Public: The Incarnation of Early Soviet Ideology*, Princeton: Princeton UP, 1997, pp. 202-203.

13 *Shklovskii V.* Pogranichnaia liniia (1927) // Za 60 let: raboty o

kino. S. 111–112.
14 *Shklovskii V*. Turksib. M.–L., 1930. S. 27.
15 *Kotovich T*. Entsiklopediia russkogo avangarda. Minsk, 2003. S. 287.
16 Roman Jakobson. *Selected Writings*, vol. 3. The Hague: Mouton, 1981, p. 733.
17 *Ivanov V*. Funktsii i kategorii iazyka kino // Trudy po znakovym sistemam. Tartu, 1975. Vyp.7.
18 *Shklovskii V*. Poeziia i proza v kinematografii (1927) // Za 60 let: raboty o kino. S. 38.
19 *Shklovskii V*. Literatura i kinematograf. Berlin, 1923. S. 35–36.
20 *Shklovskii V*. Sviaz' priemov siuzhetoslozheniia s obshchimi priemami stilia (1919) // O teorii prozy. M.- L., 1925. S. 21–55; *Shklovskii V*. Paralleli u Tolstogo // Khod konia. Berlin, 1923. S. 115–125.
21 *Shklovskii*. Sviaz' priemov siuzhetoslozheniia s obshchimi priemami stilia. S. 30.
22 *Shklovskii*. Eizenshtein. S. 103.
23 *Shklovskii V*. Sozrelo leto (1949) // Sobranie sochinenii v 3–kh tomakh. T. 1. M. 1973. 一九五五年『ユーノスチ』誌に掲載された時のタイトルは『こちら、ルナ』であった。なお、その後、シクロフスキイの歴史小説選集や三巻選集に再録された時には『夏が来た』というタイトルに変更されたが、本稿では小説の内容を考慮して『一九三五年、夏』と呼ぶ。
24 『一九三五年、夏』における、小説に映画的手法をとりこむいくつもの方法については、拙著『シクロフスキイ 規範の破壊者』（南雲堂フェニックス、二〇〇六年）第四章を参照されたい。
25 *Shklovskii*. Eizenshtein. S. 66.

トィニャーノフと「歴史の危機」

武田昭文

伝記を騙ったフィクション

長い間、私はトィニャーノフの歴史小説がすきになれなかった。理由は、言うもはばかられるほど単純である。私には、彼の伝記的小説における主人公たちが、実際に彼が描いているような人物であったとは、どうしても思えないのだ。たとえば、ソ連時代のロングセラー『キュー公』（一九二五）で、愛すべき熱血漢として、ほとんど「おバカさん」のように描かれているデカブリスト詩人のキュヘリベーケルが、それほど愛すべきでも、ただの熱血漢でもない、思索的で危険な人物であったことは明らかであり、同様の史的信憑性を疑わせるような人物像の変形は、他の二つの長篇『ワジル＝ムフタルの死』（一九二七—二八）と『プーシキン』（一九三五—四三）についても言えるのである。なにも、歴史小説はすべからく史実に忠実であるべきだなどと言うつもりはないが、わざわざ伝記のかたちをとって、文学史家らしくその時代の日常社会生活をリアルに再現しながら、肝心の主人公の造型において、まるで実在した人物から虚構の人物を創り出すのだと言わんばかりに、思い切ったフィクションを仕掛けるトィニャーノフの小説は、私にはかなりあざとく感じられた。

ならば、トィニャーノフは、なぜそんな歴史小説を書いたのかと問うべきなのであろう。だが、その答えも透けてみえるような気がして。つまり、トィニャーノフは、百年前のニコライ一世による言論弾圧の時代と、現在のスターリンによる恐怖政治の時代を重ね合わせて、キュヘリベーケルやプーシキンの人生に仮託して、昔も今も変わらぬ強権国家ロシアに生きる「知識人の運命」の寓話を書いたのだ。その寓意の世界において、キュヘリベーケルやプーシキン（そして『ワジル＝ムフタルの死』の主人公グリボエードフ）は、個々の伝記的特徴をそなえたまま、一つの典型へと加工され、歴史的実像ならぬ文化神話のヒーローに変身する。早い話が『キュー公』なら、キュヘリベーケルを複雑で逡巡する人物として描くよりも、単純で行動的な人物として描いたほうが、作者の意図する寓話ないし文化神話の創造には好都合だったのである。

「歴史の神話」を求める読者

しかし、こうしたトィニャーノフの歴史小説の、同時代の体制批判をも含んだ、いわば隠れ蓑としての本質を見すえたうえで、いま一つ気にかかることがある。それは、トィニャーノフの小説が、ソ連時代のロシアで絶大な人気を博し、今にいたるも幅広い読者層に読み継がれているという、動かしがたい事実である。

何も不思議はないと、人は言うかもしれない。人びとはトィニャーノフの小説を、たとえば年少の読者なら『キュー公』を面白い冒険小説として読み、経験をつんだ読者なら『ワジル＝ムフタルの死』に体制への隠れた皮肉や批判を読みとってにやりとするというふうに、様々な思いをもって読んできたのであり、トィニャーノフの小説は、そうした多様な読者の読みに応える、恰好の本であったのだと。

しかし、私が気にかかると言うのは、そういうことではなくて、どうもロシア社会では、トィニャーノフの小説のような虚構性の強い歴史小説のほうが、史実に忠実であろうとする歴史小説よりも、好んで受け容れられているようにみえる事実そのもののことである。

それはどこの国も同じだろうと言われれば、そんなことはない。日本でも、西洋の多くの国でも、虚構性の強い歴史小説と、史実に忠実であろうとする歴史小説の二つの流れは、たとえバランスよくとは言えなくても、つねに併走してきた。それがロシア文学の場合、前者がほとんどで、後者は数えるほどしかないという、明らかな偏りが見られるのだ。あるいは、歴史の叙述をめぐって、小説と歴史学、また伝記や回想等の記録文学の間で、はっきりと棲み分けがなされているということかもしれないが、歴史小説に対して、歴史よりもフィクションを、実像よりも神話を求める欲望の背後には、ロシア人のいったいどのような歴史感覚や意識が隠されているのかと、つい問うてみたくなる。

以前、何かの本で、フランス文学と日本文学とでは、同じ「文学」と言っても、言葉の意味する内容が異なると述べた文章を読んで、なるほどと思ったことがある。同じことは、「歴史」についても言えるであろう。

ロシア人が考える「歴史」と、われわれが考える「歴史」

とでは、きっと同じものではない。このような問題を考えるときに、歴史小説というジャンルは、かなり有効な手がかりをあたえてくれるにちがいない。そしてトィニャーノフの小説の際立った特徴を分析することは、その糸口ともなるだろう。それは、私が彼の小説に異和感を覚えれば覚えるほど、必要な作業なのである。

なぜ、デカブリストだったのか

そもそも、トィニャーノフは、なぜ歴史小説を書き始めたのだろうか。

そこには、偶然の力が大きくあずかっていた。生活苦がいちばんの理由であったらしい。トィニャーノフは、児童文学者のコルネイ・チュコフスキイから、新しい「中高生向けの伝記シリーズ」のために、キュヘリベーケルの伝記を書いてほしいと頼まれて、しぶしぶ『キュー公』を書きはじめた。ところが、いざ書き始めてみると、面白いほど筆が進んで、邦訳[1]で三〇〇頁を超えるこの小説をたった三週間で書き上げてしまったという。[2]

『キュー公』は、デカブリストの乱の百周年にあたる一九二五年に刊行され、ゴーリキイやマヤコフスキイに絶賛されて、一躍、時の本となった。この成功に意を強くしたトィニャーノフは、続いて喜劇『知恵の悲しみ』の作者で、ペルシア大使（ワジル＝ムフタル）となり、任地で暴徒に虐殺されたグリボエードフの没後百周年に合わせるように、『ワジル＝ムフタルの死』を書きはじめる。それは、もはや子供向けの本ではない、本格小説であった。そして、このように始まったトィニャーノフの小説家としての歩みは、ついには文学理論家トィニャーノフを押しのけて、未完の大作『プーシキン』の執筆へと続いてゆくのである。

従来、トィニャーノフの理論家から小説家への「転身」は、一九二〇年代半ばから強まった思想統制の下で、フォルマリズムの相対主義的な思考方法が批判され、理論的研究が続けられなくなったからだと説明されて、そのうえで、彼の理論と小説の対応関係（それはあるのか、ないのか）が問題にされてきた。しかし、そうした学問的議論に入るまえに、もっと大づかみによく考えるべき問題があるように思われる。それは、なぜトィニャーノフは、一九世紀初めのデカブリストの乱を挟んだ時代ばかりを繰り返し小説に取り上げたのかという問題である。

重ね合わされる時代

確実に言えるのは、この時代が、トィニャーノフ自身が生きた時代と同じ、「革命の時代」であったことだ。世界史では、一七八九年のフランス革命から一八四八年のヨーロッパ革命にいたる約六〇年間を「歴史の危機」と呼んでいるが、改めて見れば、トィニャーノフが彼の理論的研究と小説でもっぱら取り上げたのは、キュヘリベーケルも、グリボエードフも、プーシキンも、チュッチェフも、また外国文学からはハイネも、みな、この「歴史の危機」の時代の詩人たちだった。

そしてもう一つ、トィニャーノフの著作において、理論的研究や小説とならぶ重要な位置を占めているのが、同時代の文学を扱った文芸批評である。ブロークやフレーブニコフに関するエッセイをはじめ、一九二〇年代に雨後の筍のように現れた実験小説の類いにいたるまで、トィニャーノフほど柔軟に、かつ鋭く論じることができた批評家は、他のフォルマリストにいない。

だがトィニャーノフが、たとえばエイヘンバウムやシクロフスキイよりも、機動的に同時代の詩や小説を論じることができたのは、むしろ当然である。なぜなら、トィニャーノフは、百年前の「歴史の危機」における文学を自覚的に研究することをとおして、現代の「歴史の危機」における文学を読みとる視点と方法を鍛えていたからだ。

このように、トィニャーノフの文学的関心を時代的に取り出してみれば、そこに「革命の考察」というテーマが一貫して流れていることは明らかである。トィニャーノフは、原理に忠実な文学者だった。彼が大学で、当時誰にも顧みられなかったキュヘリベーケルやグリボエードフに注目して研究を始めたのも、はたしてこのテーマに導かれてのことではなかったろうか。そして、もしそうだとすれば、擬古主義者と革新者の複雑な闘争としての彼の文学理論も、実は文学の一般法則などではなくて、ただ「歴史の危機」の時代にのみ適用可能な原理として構想されていたとは言えないだろうか。

つまり、トィニャーノフのなかでは、一九世紀初めのデカブリストの乱を挟んだ激動の時代と、二〇世紀初めのロシア革命を挟んだ激動の時代が、恐らくはじめから重ね合わせて見られていたのだ。彼の理論的研究と小説は、卓抜な文芸批評を含めて、「革命の考察」というテーマの下に内発的に結びついていた。そこには、偶然によって呼び起こされた必然の動機と言うべきものが、たしかに存在していたのである。

革命ではなく、革命から始まるプロセスを見よ

トィニャーノフが、地方出身のユダヤ系知識人の若者として、一九一七年の革命を熱烈に迎え入れたであろうことは間違いない。しかし、その熱は彼の文学者仲間のうちで、誰よりも早く冷めていった。

われわれは、その記録を、彼の文芸批評でもっとも有名な時評「幕間」[3]（一九二四）に見いだすことができる。「そこに詩人たちが生きていた」（つまり、もはや詩人たちはいない。今までのようには存在しえない）という印象的なエピグラフから始まるこの論文で、トィニャーノフは、古い社会秩序と文化が崩壊し、新しい社会秩序と文化はまだ見えてこない「歴史の狭間（幕間）」において——正確に言えば、その代わり全体主義という反文化の到来が、見える者には見えてきた時代のなかで、詩を書くことと読むことの意味を、意味という言葉がほとんど無意味という言葉に通じるところまでつきつめて論じている。

百年前の「幕間」は、プーシキンとゴーゴリの文学という「新しい言葉」を産み出しえた。トィニャーノフの理解では、「幕間」とは、「歴史の惰力が止まった一見袋小路のようにみえる」時代であるが、まさにそれゆえに、「新しい視覚や現象が生まれる可能性を秘めた」時代なのである。[4]現代の「幕間」は、はたしてかつてのように「新しい言葉」を産み出せるだろうか。トィニャーノフの期待は大きく、言葉は熱い。だが、この論文から聞こえてくるのは、「決してないだろう」という不吉な予言である。

トィニャーノフは、小説『ワジル＝ムフタルの死』のプロローグにおいて、こうした現代の「幕間」に生きる者の感覚を鮮烈に描き出している。

> 一八二五年一二月の厳しく凍てついた広場で、二〇年代人たちは、その軽く跳びはねるような足どりとともに姿を消した。突然、時がまっぷたつに折れた。ミハイロフスキイ調馬場に骨の砕ける音が響きわたった——叛乱者たちは同志のからだを踏んで逃げた——それは時を拷問にかけた、（あのピョートルの時代の悪名高い）「大懲罰房」であった。〔……〕
>
> そして、空虚がひろがった。
>
> その空虚のかげで、軽やかに舞う剣のように折れやすい父たちの血が抜き取られ、時代の血が別のからだに注ぎ込んだことに気づいた者は少なかった。〔……〕
>
> 変身させられた者たちの人生はなんと恐ろしいことか！　生きながら血を抜き取られた二〇年代人たちの人生は！
>
> 彼らは、他人の非情な手でわが身に加えられた人体実験を感じていた。[5]

ユリアン・オクスマンは、このようなトィニャーノフの「悲観主義」が、当時の知識人の間で、きわめて例外的なものであったことを回想している。そのオクスマンは、後に収容所でトィニャーノフが正しかったことを悟り、みずからの不明を恥じて懺悔するのだが。[6]

トィニャーノフが、デカブリストの乱の「失敗」と、ボルシェヴィキのクーデタの「成功」という、二つの革命の表面的な違いにまどわされず、一回り大きな尺度で、革命から始まる「歴史の危機」に共通するプロセスを捉えることができた非凡さは、やはり特筆すべきであろう。

変節者の自伝

では、そうしたトィニャーノフの「革命の考察」において、『ワジル＝ムフタルの死』は、いったいどのような意義をもつ小説であったか。

主人公のグリボエードフは、デカブリストと同じ自由の空気を吸い、彼らと親しくつきあい、その革命思想を理解しながら、行動をともにせず、叛乱の鎮圧後は、権力者と手を結び、彼らを利用してイギリスの東インド会社に似た「ザカフカーズ会社」という「独立国」を創設しようとくわだてたが、敵と味方の（しかし誰が敵で誰が味方だったのか）裏切りにあって非業の死を遂げた、劇的でスケールの大きい人物である。

この複雑でエネルギッシュな革命の変節者に、トィニャーノフは魅せられた。なぜか、それは「叛乱の鎮圧後は、権力者と手を結び、彼らを利用して」おのれの野望を実現しようとしたグリボエードフの人生を描くことが、現代の「幕間」に生きる自分自身の人生を正当化することになったからである。

トィニャーノフは、エネルギッシュな人間だった。早くから難病（多発性硬化症）を患いながら、フォルマリスト一の論争家で、様々な研究グループの有能な組織者であった。おのれの野心のためならば、どんな文学官僚とも折り合いをつけることができた。トィニャーノフはグリボエードフの遍歴に、誰にもあらわに語れない自画像を書きこみ、それればかりか、自分の身のまわりの人びとを戯画化して、登場人物たちの描写に遠慮なく書き加えた。リジヤ・ギンズブルグが、トィニャーノフの歴史小説の「自伝性」と呼んで批判したゆえんである。[7]

このように、主人公の造型や登場人物の描写にまでおよぶ、現在と過去の「二重映し」の方法が、トィニャーノフの歴史小説の最大の特徴である——と書いて、私はあるとまどいを覚える。ここには、現在と過去の間にあるべき距離がない。そして距離がないということは、逃避することもできないということである。過去が現在を覆って（現在が過去を覆ってと言っても同じことだ）立ち上がるときというのは、恐らく未来が見えず、かつ現在の行動の自由を奪われているときであろう。トィニャーノフの歴史の実感は、ほんとうにそんな未決囚の監獄めいたものに変わっていたのだろうか。

そしてまた、元来は「重ね合わせ」つつも、フォルマリストらしく相対的に捉えられていたはずの二つの時代が、なぜ「相互浸透」して、一元的に捉えられるようになったのか。それは、単に理論と小説のアプローチの違いと言ってすまされるような問題なのだろうか。あの原理に忠実なトィニャーノフが、である。[8]

「新伝記文学」とトィニャーノフ

「自伝的要素」を多分にもつトィニャーノフの歴史小説が、いかに独特であろうと、そこに何らかのモデルが存在しなかったとは考えづらい。

二〇世紀初めの西洋では、伝記文学が大いに流行した。「新伝記文学」と呼ばれるこの流行は、フランスのロマン・ロランやアンドレ・モーロワ、イギリスのリットン・ストレイチー、ドイツのエミール・ルードヴィッヒなどを代表者として各地にひろまったが、ロシアではゲルシェンゾーンの著作をわずかな例外として、この分野でも西洋に遅れをとっていた。現代の「新たな国民文学」としての伝記の重要性は、創設まもないソ連で十分認識されており、フォルマリストも伝記と文学の関係を熱心に論じるなど、自国産の「新伝記文学」の登場が待ち望まれていた。だからこそ、『キュー公』が、そうした期待に応えた小説として大成功したわけだが、影響関係という点から見ると、トィニャーノフがモーロワ等の伝記から何か影響を受けた痕跡はとくに見当たらない。

文学的逸話としては、トィニャーノフが『キュー公』でもっとも力を入れた「ピョートル広場」（蜂起と鎮圧の一日）の章を推敲するときに、『戦争と平和』における戦闘シーンを研究したという話が伝わっている。「ピョートル広場」は、たしかによく書けているが、素早く、接写的な場面転換を駆使して、五里霧中の混乱した群衆劇を見事に表現した、何より映画を思わせるこの章が、実はトルストイの描写を下敷きにしていることは面白く、また何か示唆的である。

しかし、『戦争と平和』との関係はここまでである。トィニャーノフは、トルストイやドストエフスキイなどの「歴史の危機」の時代をはずれた作家たちに対しては、基本的にかなり冷淡だった。

では、何もモデルはなかったのかと言えば、そうではない。トィニャーノフが、誰の影響を受け、何をモデルとしているかは、彼の小説の文体と構成を見れば一目瞭然である。それは、プーシキンとゴーゴリであり、モデルとしたのは多分に映画であった。

プーシキンの地図、ゴーゴリの双眼鏡

プーシキンとゴーゴリの影響は、まず文体の面ではっきりと現れている。この二人ほど異なる作家の文体をどうやって、という問いには次節で答える。そのまえに、二つのことを確認しておきたい。一つは、トィニャーノフが、『大尉の娘』や『タラス・ブーリバ』を彼の歴史小説のモデルにしたわけではないということ。トィニャーノフが模倣したのは、ジャンルの見本としての彼らの小説ではなく、ロシア文学に(歴史小説も含めた)様々なジャンルを新たに創り出した彼らの文体のほうだった。そしてもう一つは、文体のレベルを超えて、それにしても、なぜプーシキンとゴーゴリだったのかということである。

結論から言うと、それはプーシキンとゴーゴリが、他のどの作家よりも歴史に強い関心をもっていた「歴史作家」だからである。プーシキンはわかるが、ゴーゴリがなぜ、と思われるかたも多いかもしれない。だが、ゴーゴリが人一倍歴史を意識していた作家であることは、紛れもない事実なのだ。彼が一時期、ペテルブルク大学で世界史を講じていたことひとつあげても、その関心が並みならぬものであったことがわかる。さらに、西欧で長い放浪生活を送った彼が、ドイツもフランスも気に入らず、イタリアに腰を落ち着けたのも、そこに彼が求める歴史があったからだ。未完に終わった『ローマ』を読んでみるといい。『死せる魂』の続篇などよりも、この小説を書き上げてほしかったと思うのは私だけだろうか。

プーシキンの場合は、もっとはっきりしている。プーシキンは、明確なテーマをもって歴史を研究していた。そのテーマとは、①ピョートル一世の改革、②プガチョーフの乱、③戦争の三つである。彼が『プガチョーフ叛乱史』のつぎに構想していたのは、「ピョートルの時代」の歴史を書くことだった。戦争について言えば、彼はただ「戦争を体験する」だけのために、エルズルムへと向かったのである。そしてこの三つのテーマに共通するのが、やはり「革命の考察」というテーマだった。

このように、トィニャーノフをプーシキンとゴーゴリに結びつけたのは、単なる影響にとどまらない、「歴史の危機の同時代人」としての共感の意識だった。そしてトィニャーノフは、プーシキンが書いた地図を手に、ゴーゴリの双眼鏡を首に下げて、独特と言うよりほかない道を歩んでゆくのである。

ロシア的笑いの考察

プーシキンとゴーゴリを混ぜ合わせた『ワジル＝ムフタルの死』の文体は、怪奇趣味でなく、異種混交という意味でグロテスクな文体である。そして、異物間の衝突から生まれる、グロテスクな笑いを随所に仕掛けた文体である。

プーシキンの小説の文体の特徴は、簡潔さにある。関係詞を極力排した簡潔な単文で、形容詞も副詞も節約して書いてゆく。そこからきびきびしたリズムと、ほとんどアルカイックな叙事性が生まれる。たとえば、「或る日のこと、近衛の騎兵士官ナルーモフの所で、骨牌の寄合いがあった。さすがに長い冬の夜も知らぬ間に過ぎて、明け方になった」(『スペードの女王』[9])。

それに対して、ゴーゴリの文体の特徴は「表現過剰な名文[10]」にあり、脱線を重ねて、ああでもない、こうでもないと、二重否定的にストーリーが語られてゆく。「或る省の或る局に、併し何局とはっきり言わない方がいいだろう。〔……〕さて、その或る局に〔……〕」(『外套[11]』)。

また、つぎのような滑稽で不気味な描写も、ゴーゴリの特徴をよく表わしたものである。

「ペトローヴィチは〔……〕円い嗅煙草入れを取った。それにはどこかの将軍の像がついていたが、一体どういう将軍なのか、それは皆目わからない。というのは、その顔にあたる部分が指ですり剝げて、おまけに四角な紙切れが貼りつけてあったからである」(『外套[12]』)。

このように対照的な両者であるが、二人とも、登場人物をちょっと突きはなして皮肉に描くという点で、共通性がある。プーシキンの小説は、叙事的であるとともに、ユーモアにも事欠かないのだ。

さて、トィニャーノフはこうした両者の特徴を、簡潔な単文に、毒のある比喩や、あざといコントラストを盛りこむというやり方で混ぜ合わせる。

グリボエードフが外務院総裁のネッセリローデに、トルコマンチャーイ条約の協定書を提出する場面は、そのようなグロテスクな文体の見本である。

> 小人〔ネッセリローデ〕は、ちいさい、女のような手を前に突きだした。そしてその白い手が、もう一つの、黄いろい手の上にのった。〔……〕
>
> 灰色のちいさい頭が震えだし、ユダヤ人の鼻が大きな鼻息をつき、ドイツ人の唇がフランス語を話しはじめた。
>
> 「ヨウコソ、事務官殿。ソシテ、諸君。栄エアル、平和ヲ、歓迎シヨウ」
>
> カール・ロベルト・ネッセリローデは、ロシア語が

話せなかった。[13]

ところで、ロシア文学では、一九世紀を通じてゴーゴリの表現過剰な文体を模倣する傾向が優勢であった。プーシキンの簡潔な文体が見直されるのは、やっと二〇世紀も二〇年代に入って、ザミャーチン、バーベリ、オレーシャ、ゾーシチェンコなどの新しい小説が現れてからである。トィニャーノフの小説もまた、そうした新傾向に棹さすものであった。

しかしながら、興味深いのは、ザミャーチンらにあっても、プーシキンの換骨奪胎は、ゴーゴリ的な誇張法や、比喩の現実化といった「混ぜもの」をして行なわれたことである。プーシキンの文体が、「純粋に処方」されて現代に甦るには、極北の収容所生活を描いたシャラーモフの『コルィマ物語』を待たなければならなかった。

たとえば、『借り』と題された短篇の書き出し。「馬方のナウーモフのところで博打があった。当直の看守は、決して馬方たちの小屋をのぞかなかった。自分の任務は、第五八条の受刑者たち〔政治犯〕を監視することだと心得ていたからである」(『借り』[14])。

有り金をすべて失った者が、借りた金でするこの勝負で、負けた者は貸主の奴隷となり、死ぬまで酷使される。この短篇が、『スペードの女王』のパロディであることは明らかだが、もはやパロディと呼ぶのがはばかられるぐらい、笑うに笑えぬパロディである。そして、笑うに笑えぬと言えば、私が思い出すのは、『収容所群島』のはじめに出てくる「囚人とサンショウウオ」の話だ。「数万年前の氷層で見つかった大昔の動物を、その場に居合せた囚人たちがよろこんで食べてしまった」[15]というその話には、悲惨きわまりないと同時に、何とも言えぬおかしさがあった。

そもそも、ゴーゴリの『外套』自体が、笑うに笑えぬことを笑った話であった。グリボエードフの悲劇的な生涯を、グロテスクな笑いにのせて語る『ワジル＝ムフタルの死』もしかり。『群島』のような話は、ユーモアがなければ読み続けられるものではないが、しかし、『群島』は読み続けられる本なのだ。

こうして見ると、笑うに笑えぬことをも笑うことによって、人生の悲喜劇的な相を取り出すセンスこそが、ロシア文学ひいては文化を、他国のそれとは一味もふた味もちがったものにしている特徴であるように思えてくる。実際、このような笑いの要素のない文学は、二〇世紀のロシアで、ほんとうに(つまり幅広く)愛読されることはなかったと言っても過言ではない。このことは、現代のドヴラートフやペレーヴィンの小説についても言えるのである。

破線の軌跡と「モンタージュ」

『ワジル＝ムフタルの死』における映画的構成について、簡単に触れておこう。

トィニャーノフが、映画に関しても理論家であったことはよく知られている。彼は、映画の文法（認識方法）を学ぶために映画スタジオにかよい、『外套』や『キジェー中尉』を含む四本の映画の脚本を手がけ、エイゼンシテインやコージンツェフと親交があった。

ニコライ・ステパーノフは、トィニャーノフの映画論からつぎのような一節を抜き出して、ここに書かれた原則はそっくり『ワジル＝ムフタルの死』にあてはまると述べている。[16]

「目に見える世界の意味的連関は、文体をとおして変容されることによって獲得される。その際、巨大な意義をもつのは、各ショットにおける人とモノとの関係性であり、全体と部分に分けた、人びとの間の関係性であり、そしてそれを提示するしかた――つまり、一般に「ショット構成」と呼ばれている、短縮法と遠近法の組み合わせである。」（「映画の基礎について」[17]）

たしかに、『ワジル＝ムフタルの死』のストーリーはなめらかに進まない。それは、直線でなく、破線の軌跡を描く。切断による分割は、章単位どころか、時に文単位までおよぶ。出来事のなりゆきは、ストーリーに沿ってではなく、分割された場面やエピソード、様々なトーンの抒情的逸脱の交代によって合成、つまり再統合されて、新たな意味を獲得しながら提示されてゆく。いわゆる「モンタージュ」である。それも、一九二〇年代の実験小説らしく、今日の眼から見ると、相当の生硬さを残した。

ステパーノフは、『ワジル＝ムフタルの死』で、プーシキン、グリボエードフ、グレーチ、ブルガーリン、クルィローフといった当代の文学者たちが一堂に会する「グレーチの晩餐会」（第二章三四節）を、パノラマ撮影を思わせる映画的場面としてあげているが、この場面は、まったく状況を異にするとはいえ、『キューハ』の「ピョートル広場」に遠くおよぶものではない。

場面やエピソードとして印象に残るには、『ワジル＝ムフタルの死』は、あまりにも皮肉が効きすぎて、グロテスクに歪められ、分割されすぎているように思われる。もちろん、私の読みが足りないのかもしれないが、『ワジル＝ムフタルの死』で印象に残るのは、場面やエピソードよりも、ちょっとした警句的な文章のほうなのだ。『キューハ』を評価した亡命詩人のホダセーヴィチが、『ワジル＝ムフタルの死』を、気取りすぎて「わざとらしい」と言って批判したのも、うなずけるような気がするのである。

夢に憑かれし者たち

最後に、トィニャーノフの歴史小説の特徴としてあげなければならないのは、「ロシア恐怖症」とでも呼ぶべきオブセッションである。彼の小説の主人公たちは、キュヘリベーケルも、グリボエードフも、プーシキンも、みな、ロシアから逃げ出したい、何とか「脱出」したいという夢にとり憑かれている。

『キュー公』で私がすきなのは、キュヘリベーケルがナルィシキン公爵の秘書となって西欧を旅する「ヨーロッパ」と、デカブリストの乱後、指名手配されて西欧に脱出をはかる「逃亡」の二つの章だが、それはこれらの章に、他の章にはない解放感があるからだ。なかでも、「逃亡」における前途に果てしなくひろがる雪野原の景色は忘れられない。今、読み返してみると、たった数行しかない描写なのだが。

『ワジル＝ムフタルの死』におけるグリボエードフは、さらに悲壮である。彼は、任地で死ぬかもしれないとわかっていても、ロシアで死ぬよりはましと思いさだめて、動乱のテヘランに向かうのだ。女蕩しでならした彼が、ロシア人でなく、グルジア人の少女と結婚するという事実そのものが、何より彼のロシアとロシア的なものに対する絶望の深さを語ってはいまいか。

トィニャーノフの絶筆となった『プーシキン』は、若き詩人の「南方追放」を描いて終わっている。この長篇のコーダは、『キュー公』の「ヨーロッパ」と「逃亡」を思い起こさせる、抑えがたい解放感に満ちている。

念のために言い添えておくと、こうした「脱出願望」は、キュヘリベーケルや、グリボエードフや、プーシキンにおいて、少なくとも彼らの作品では、決してそんな強迫的に表現されることはなかったものである。

トィニャーノフ、最後の夢

トィニャーノフの歴史小説は暗い。それは、そこに仕掛けられた笑いが多ければ多いほど、暗さをます暗さである。一般に、プーシキンたちが生きたこの時代は、ロシア詩の黄金時代などと呼ばれて後世から美化されているが、トィニャーノフの小説は、それが今と大差ない恐怖の支配する時代であったことを教えてくれる。そして、その暗さに目を開かれたことが、私が彼の小説から学んだいちばん大きなことだった。もっとも、これは一九二〇―三〇年代の現在から、一九世紀初めの過去に「投影」された暗さではないかという、疑いが消えるわけではない。しかし、プーシキンたちの時代が、かなり「暗い時代」であったことは否定すべくもないのである。

トィニャーノフが最後に見た夢は、どんな「脱出の夢」であったか。それは、彼の小説がどうしてもすきになれない私にも、十分感動的な夢である。

追放が決まった。どこへ。南の果てにだ。プーシキンはまだそれを見たことがなく、何も知らなかった。今に見て、知るだろう。すべては北の緩慢な平野からでなく、南から——情熱と無法の地から始まったのだ。外ゴリーツィンは彼をスペインに追放しようとした。外国に追っぱらおうとしたのだ。どっちがより情熱的だろうか。彼は心の故郷を、情熱の国を見るのだ。追放がなんだ！　わざわざ彼を無法者の群れに投じるようなものではないか。上等だ！　彼は去った。戻ってくるだろうか。誰かにまた会えるだろうか。それとも、歴史は彼を置き去りにしてゆくだろうか。歴史の足は恐ろしく速いから。[19]

追放の地でプーシキンは、鎖につながれた二人の囚人がドニエプル河を泳いで逃げるのを目撃する。その光景は、彼の眼と心に深く焼きついた。

彼は理由あって南に追放されて来たのだった。なぜなら、北ではなく、ここで、まさにここで、リツェイ「学習院」は産声をあげたのだから。彼の追放の地よりはるか南で、彼がまだ歩くこともできず、リツェイができるよりずっとまえに、ここで校長のマリノフスキイは、外交官として、ロシアの参謀将校として、ロシアの国益を守るために働いたのだ。そして、ここで逃亡者と流刑囚たちをつぶさに見たことによって、この地で筆をとり、奴隷制度を根絶するために論文を書くことを決意したのだ。

そして今、彼プーシキンはここに追放されて来た。ここで、まさにここで、鎖につながれた囚人に鬼の勢いで大河を泳ぎ渡らせる、自由への渇望の目撃者となるために！

リツェイ万歳！

そして彼は、ここで、時にはばまれた叶わぬ恋のエレジーを書いた。呪われた者のように、愛する人の名を呼ぶこともできずに、彼は力のかぎり泳いだ。禁じられ、叶わなかったすべての思い出に陶然としながら。[20]

注

1 トゥイニャーノフ『デカブリスト物語』島田陽訳、白水社、一九七三年。

2 *Chukovskii N.* Razgovory s Tynianovym // Vospominaniia o Iu. Tynianove, M., 1983. S. 286.

3 邦訳は、トゥイニャーノフ「過渡期の詩人たち」大西祥子訳、水野忠夫編『ロシア・フォルマリズム文学論集２』せりか書房、一九八二年。

4 前掲書、二七〇頁。

5 *Tynianov Iu.* Smert' Vazir-Mukhtara // Sochineniia. T. 2. M., 1994. S. 9-11.

6 *Nemzer A.* Literatura protiv istorii. Zametki o «Smerti Vazir-Mukhtara» // Druzhba narodov. 1991. No. 6. S. 242-243.

7 たとえば、*Ginzburg L.* Zapisnye knizhki. Vospominaniia. Esse, SPb., 2011. S. 400.

8 われわれは「学問から文学への移行はとても簡単どころではなかった」（『自伝』）というトィニャーノフの言葉をよく考えるべきだろう。彼の小説における「歴史」が理論によってどう正当化できるかという問題については、トィニャーノフの文学史における「史的時間」の問題を論じた、八木君人「トゥイニャーノフの「文学史」再考」『スラヴ研究』五三号、北海道大学スラブ研究センター、二〇〇六年、一五五―一九一頁が参考になる。

9 プーシキン『スペードの女王・ベールキン物語』神西清訳、岩波文庫、二〇〇五年（改版第一刷）、八頁。

10 湯川秀樹『天才の世界』光文社知恵の森文庫、二〇〇八年、一六二頁。

11 ゴーゴリ『外套・鼻』平井肇訳、岩波文庫、二〇〇六年（改版第一刷）、七頁。

12 前掲書、二四頁。

13 *Tynianov Iu.* Smert' Vazir-Mukhtara. S. 42-43.

14 *Shalamov V.* Na predstavku // Sobranie sochinenii. T. 1. M., 1998. S. 8.

15 ソルジェニーツィン『収容所群島１』木村浩訳、新潮社、一九七四年。

16 *Stepanov N.* Zamysly i plany // Vospominaniia o Iu. Tynianove. M., 1983. S. 237.

17 *Tynianov Iu.* Ob osnovakh kino // Poetika. Istoriia literatury. Kino. M., 1977. S. 330.

18 *Khodasevich V.* «Voskovaia persona» // Sobranie sochinenii. T. 2. M., 1996. S. 203.

19 *Tynianov Iu.* Pushkin // Sochineniia. T. 3. M., 1994. S. 547.

20 Tam zhe. S. 554.

詩とプロパガンダの意味論――トィニャーノフがいちばんやりたかったこと

野中 進

『レーニンの言語』特集

マヤコフスキイを中心とする芸術団体「芸術左翼戦線《レフ》」の機関紙『レフ』一九二四年第一号は「レーニンの言語」特集号だった。寄稿者はシクロフスキイ、エイヘンバウム、トィニャーノフ、ヤクビンスキイ、カザンスキイ、トマシェフスキイの六名。まごうかたなきフォルマリズムの面々である。[1]

この特集号は、もちろん、同年一月のレーニンの逝去をうけてのものであった。だが、一読すれば分かるように、これは偉人の死を悼み、その偉業を称えるたぐいの特集ではない。レーニンの政治演説や論文の文体、語彙、構成の分析に狙いをしぼった、「フォルマリズム度」全開の論集である。

そうしたわけで、論集の統一性は高い。まず、シクロフスキイの巻頭論文「規範破壊者としてのレーニン」。論集全体の序論的な文章である。「レーニンの文体の特性をなしているのは、呪文のないことである」、「レーニンはいつでも言葉と対象とのあいだに新しい関係を樹立するようにつとめた」、「この点でレーニンの文体はトルストイの文体に近い」等々。例によって、荒削りだが清新なシクロフスキイのテーゼが論集全体のコンセプトとして、他の執筆者たちの具体的分析に引き継がれる。エイヘンバウムはレーニンの文体論を受け持つ（「レーニンの演説における文体の基本的傾向」）。彼の文体は三つの層――ロシア・インテリゲンツィアの文章語、日常会話のロシア語、そしてラテン語の演説文体（キケロなど）――から成り、かつこれらを独自に結合させたものであるとエイヘンバウムは述べる。

レーニンのある論文の構成をa[(A+Ba)+C+(D+E)+Fa]と図式化するなど、いかにもフォルマリスト的な分析もあり、明快な論文である。次にヤクビンスキイは、レーニンが得意とした「高尚な文体の格下げ」の手法を分析する(「レーニンにおける高尚な文体の格下げについて」)。彼の論争的文章が皮肉や冗談、罵言に充ちていることはよく知られるが、その原理と効果を論じた論文である。続いてトィニャーノフだが、彼は意味論という当時まだ新しい学問分野を切り拓く(「論客レーニンの語彙」)。論集中、最長の論文である(邦訳で六二頁)。私が本論でくわしく見ていきたいのはこの論文なので、内容紹介は後回しにしよう。続いて、カザンスキイは修辞学の観点からレーニンの演説の反復や直喩を分析する(「レーニンの演説――修辞学的分析の試み」)。これは読みやすい論文だが、論集中でもっとも「フォルマリストらしくない」ものかもしれない。というのも、彼の分析手法は伝統的な修辞学に則ったものだからだ。最後にトマシェフスキイがレーニンの論文の構成について論じる(「テーゼの構成」)。この論文はシクロフスキイの序論に次いで短いもので(邦訳で一八頁)、他の論文に比べて生彩を欠く。トマシェフスキイはのちにシクロフスキイたちと袂を分かつことになるが、この時点ですでにフォルマリズムの方向性から外れつつあったようだ。

『レーニンの言語』全体に通ずるのは「詩学から修辞学へ」、あるいは「芸術から社会言語へ」という問題意識である。その意味でレーニンの演説は適した素材だった。政治演説は詩でない、かといってたんなる日常言語でもない、特殊な言語構成だからだ。だが、なぜ一九二四年という時点でフォルマリストたちは新しい領野に進もうとしたのだろうか。一方では、彼らの理論的発展そのものが、問題領域の拡がりを求めていたと言える。他方では、政治的な要請があった。フォルマリストたちは自分たちの理論や学問がソヴィエト国家と社会の発展から切り離されたものでないこと、芸術にしか適用可能なものでないことを示すよう迫られていた。この二つの要因のうち、どちらがより強かったかを言うのは難しく、またかならずしも生産的でない。両者は複合的だったと見るのが妥当である。

　本論では、トィニャーノフの論文「論客レーニンの語彙」、そして同時期の著書『詩の言語の問題』を中心に据え、一九二四年前後のフォルマリズムが置かれていた理論的／社会的状況をあらためて考えてみたい。そのさい、手がかりとなるのは「意味論」である。この時期のトィニャーノフがいちばんやりたかったこと、それはこの若い学問だった。彼の意味論的プロジェクトを見ていくことで、フォルマリズムの理論的射程と思想史的背景について、これまでとは異なる見通しを得ることができるだろう。

トィニャーノフの前提

トィニャーノフのレーニン論は『レーニンの言語』中、もっとも長いだけでなく、もっとも難解な論文である。前半は「予備的注釈」と題し、言葉の意味の「主要特徴」や「二次的特徴」、そして「言葉と事物の関係」について理論的な説明が延々と続く。それが終わるとようやく、「レーニンの語彙」と題し、彼の論文と演説における言葉の意味の問題、そして言葉と事物の関係の問題が分析される。その分析は細かく、議論のポイントをつかみづらい。

だが、この論文の本当の分かりにくさは分析の細かさでなく、前提の大胆さから来ている。たとえば、彼はほとんど何の説明もなく、次のように議論を始める。

> おのおのの言語構成には、その使命によって定められたみずからの内的法則があり、語は、いかなる任務がその語に負わせられているかによって、何らかの方向に押しだされるのがふつうである。
>
> 説得することを目的とした演説は、語のなかの、影響を及ぼし情緒に訴えるような側面を強調する。この場合にその役割を果たすのは、発声の契機すなわちイントネーションがもつ重みである。[2]〔強調は原文〕

時代や文化による限定なしに、このように言い切るのはひじょうに強い、普遍的な前提と感じられる。これはキケロや孟子に始まり、近代の政治家・革命家に至るまで古今東西当てはまる前提なのだろうか。トィニャーノフがそう考えていたことは確実である。引用文の最初の段落にあるように、散文や詩、演説などの言語構成はそれぞれの内的法則があり、時代や文化による変化を超え、いわば本質において同一であり続ける。これがトィニャーノフの強く打ち出した姿勢である。

フォルマリズムというと、時代によって文学システムの中心と周縁が入れ替わる、動的な文学史モデルを打ち立てたという見方がある。トィニャーノフのもっともよく知られた論文「文学的事実」や「文学の進化について」の一般的な読まれ方はそうしたものだった。[3]

だがそもそも、なぜ文学史においてシステムの交替が観測できるかと言えば、「文学とは何か？」、つまり文学性というものに関して不動の観測点が設けられているからにほかならない。よく知られたシクロフスキイの「異化」やヤコブソンの「自己言及性」などがそれである。ある中心的ジャンルが別の周縁的ジャンルに取って代わられる過程が観測できるのは、前者がもはや異化効果を生みださなくなり、後者が代わってそれを行うようになったことが観測できるからである。この意味で、フォルマリズムの文学史モデルの動的な性格は、文学性に関する静的な前提と対になっている。そして彼らの前提は多くの場合、驚くほど大胆なものであった。なぜ異化や自己言及性が文学性の原理なのか、シクロフスキイたちは論証できなかったし、また論証する必要があるとも考えていなかったようだ。なぜならそれはあくまで前提、言いかえれば作業仮説だったからである。

トィニャーノフの意味論も、こうした強い前提が特徴である。演説とは何かについて、彼は意味論の立場から不動の観測点を立てた。それが先の引用にある「発声の契機すなわちイントネーションがもつ重み」にほかならない。

二種類の具体性

話が抽象的になってしまったので、すこし具体的なところに戻そう。わたしたちはふつう、どんな演説に動かされるだろうか。はや旧聞に属するが、二〇〇八年のアメリカ大統領選でのバラク・オバマの“Change!”というスローガンの力はどこにあったのだろうか。トィニャーノフのいう「説得する」言葉として、「影響を及ぼし情緒に訴えかけるような側面」が際立たせられたのはなぜだろうか。一つの答えは「具体的で分かりやすかったから」ではないだろうか。「変えよう！」という呼びかけは、「とりあえずブッシュ時代のアメリカではまずいよな」や「私たち、いろいろなレベルで変われるよね？」といった情緒的な反応を導きやすかった。冷静に考えてみれば、何をどう「変えよう」と言っているのか、かならずしも明らかではなかった（そのことはオバマ政権の第一期の成果が間接的に証していよう）。その意味では、このスローガンはけっして具体的ではなかった。にもかかわらず、当時はひじょうに分かりやすい、具体的な呼びかけと受け止められたのである。

このように、「具体的な言葉」という概念が扱いにくいものであることに、トィニャーノフは注目した。具体性には二種類あると彼は考えた。言葉の系の具体性と事物の系の具体性である。重要なのは、この二種類の具体性は原則的に一致しないことである。この原則的な不一致を明るみに出し、聴き手に意識させるようにすること――ここにレーニンの演説の新しさがあると彼は言う。伝統的な演説が「説得する」言葉だったのに対し、レーニンの演説は「考え直させる」言葉である。[4] 言葉の系と事物の系のずれを目立たせることで、聴き手の信念を解体し、態度変更を迫る言葉である。

二種類の具体性とはどのようなものか、例を挙げて説明してみよう。議論の具体性を増すために、演説で数字を使うことはしばしばある。だが、正確な数字を示しさえすれば、かならず具体性は増すだろうか。たしかに正確な数字は、事物との関係では具体的である。しかし、概数の方が言葉の具体性に富むことがある。たとえば、六千万人の農民と一千万人の労働者を比べるかわりに、「六〇人の農民と一〇人の労働者」を較べたレーニンの演説を見てみよう。

あなたがたは、彼ら（労働者と農民）は平等であるはずだという。はかりにかけ、計算してみようではないか。六〇人の農民と一〇人の労働者を例に引いてもらいたい。六〇人の農民にはパンが十二分にある。彼らはぼろをまとっているとはいえ、パンはある。一〇人の労働者を例に引いてもらいたい。帝国主義戦争のあとで、彼らはぼろをまとい疲れ果てており、彼らにはパンも燃料も原料もない。工場は建設中である。いったいどうして、あなたがたには彼らが平等に思えるのか？[5]

これはよく知られた手法である。最近では「もし世界が百人の村だったら」という議論が有名だろう。六〇億人では具体的に感じられない世界の格差問題が、百人にするとはるかに具体的に感じられるのはなぜか。「ただ一人の死に関する新聞ニュースは、数千の死に関するニュースよりも具体的である」のはなぜか。[6]

事物を正しく指し示すというレベルでの「具体性」と、聴き手に分かりやすい意味を与えるというレベルでの「具体性」があるからだと、トィニャーノフは考えた。言いかえれば、事物の系の具体性と、言葉の系の具体性とでは別の基準、別の機能がある。このように、複数の系を立て、その間の差異と相関を考えるという手続きはきわめてフォルマリズム的である。

滑らかな言葉と闘うレーニン

二種類の具体性という話をもう少し続けよう。何かを指さして「あれを見て！」と言うのは、事物との関係ではまったく具体的である。そこで問題になっているのは指示の具体性である。だが、「あれ」という言葉自体は具体的な意味内容をもたない（だからどんなものでも指し示すことができる）。代名詞の場合、事物の系の具体性（指示）と言葉の系の具体性（意味内容）の別は明らかである。

普通名詞の場合はどうだろうか。たとえば「自由」という言葉がある。この言葉の意味（ないし使用法）を知っていると思う人にとって、それが実際に指し示す事態と言葉としてもつ意味内容は、それほどかけ離れていないだろう。代名詞の場合と違い、二種類の具体性のずれはそれほどあらわでない。というより、「言葉の意味を知っている」とは普通そういうことだと解されている。言葉の意味内容（字義的意味）を知っているのと同時に、それが指し示す事物も知っていることが求められる。実際、子どもに新しい言葉を教えるとき、わたしたちはそうしていないだろうか。それを他の、すでに子どもが知っている言葉で言い換えるとともに、それが実際に何を指し示すかを教えるのである。だが、同時に二つのことを行っているとわたしたちはかならずしも自覚していない。また自覚していても、実行困難なときがある。たとえば「自由って何？」と子どもに尋ねられ、「自分の思う通りにすることだよ」と教えたとしよう。「じゃあ、僕が自分の部屋を片付けないことは、僕の自由だね」と言い返されたとき、この困難が顔を覗かせている。なぜなら、事物の系の具体性（指示）と言葉の系の具体性（意味内容）が別物であることを正しく感じとっているのは、この場合、子どもの方だからだ。

　トィニャーノフがレーニンの演説について指摘するのも、これと同質の問題である。ふたたび彼の演説から引こう。

> 〈ソヴィエト政権は〉搾取者や彼らの共犯者たちの《自由》を抑えており、それは、搾取する《自由》、飢饉で巨利を博する《自由》、資本の支配の復興をめざす闘いの《自由》、祖国の労働者・農民に敵対する外国ブルジョワジーとの取決めの《自由》を、彼らから奪いとっている。[7]

政敵との論戦でレーニンはこの種の攻撃を得意とした。「祖国」、「革命」、「ナロード（民衆）」など、政治家が大文字で書き始めたがる言葉は、滑らかな「均された言葉」である。それらは言葉の系の具体性に富む分（したがって聴き手は影響されやすい）、事物の系の具体性を覆い隠す。レーニンは子どものように、しつこく問いただす。革命？ 「誰に抗しての」革命？ ナロード？ 「だが、ナロードは諸階級に分かれる」[8]！ その結果、彼の演説や論文では滑らかな言葉が意味論的な変容を遂げる。それらは疑わしい言葉、再検討を要する言葉に変わる。レーニンの言葉は「説得する言葉」でなく「考え直させる言葉」だという意味はそこにある。言葉への態度を変えさせる言葉、言葉の系と事物の系の不一致に気づかせる言葉、話し手と聴き手の関係を変えようとする言葉なのである。

じつは、レーニンの演説を素材にトィニャーノフが論じたこれらの問題は、一九二四年のソ連のみならず、同時代のヨーロッパやアメリカでも議論されつつあった。その意味で、「論客レーニンの語彙」は世界的な同時代性に富んだ論文であった。

だが、その問題を扱う前に、彼の意味論的プロジェクトのもう一つの主軸、詩の意味論を見なければならない。いまだ謎めいた書とも評される『詩の言語の問題』（一九二四）のなかにそれはある。

詩の意味論

トィニャーノフが自らの理論的主著と呼んだ『詩の言語の問題』は当初、『詩の意味論』と名づけられるはずだった。編集者がこの題名に「怖れをなして」、『詩の言語の問題』に変えてしまったとシクロフスキイへの手紙に書いている。[9] 原稿は一九二三年の一〇月ごろには完成していた。つまり、「論客レーニンの語彙」の直前に書かれたものであり、二つの論文は同じ方向性を示している。

ここでもトィニャーノフの前提は強い。詩とは何か、とりわけ、詩語は散文の言葉とどう異なるかという問いに彼はこう答える。散文の言葉では意味がドミナント（構成原理）であるのに対し、詩語ではリズムがドミナントになると。ここでも時代や文化による限定はいっさいない。リズムがドミナントとなって、意味をその従属要素とすること――それが古今東西、詩語の原理だと彼は考える。ヤコブソンは自己言及性こそがメッセージの詩的機能をなすという有名な定式を立てたが、それよりもはるかに強い、普遍的な前提だろう。

だが、詩はリズムが第一と言うだけでは、新しさがどこにあるのか量りかねる主張である。トィニャーノフの企図は、詩行のリズムが詩語の意味をどのように変形させるのかを明らかにすることだった。これは、政治演説ではイントネーション（発声）が語の意味をどう変形させるかという問いと同型である。詩でも演説でも、意味は従属要素、つまり変形される側にある。そしてトィニャーノフの理論的関心はじつはそちら側にある。リズムやイントネーションによって言葉の意味はどう変形されるか、情報としては同一であるはずのメッセージの意味が、詩や演説の系に移されることで、どこまで変形され、どこまで同一性を保つのか。さらに根本的な問いとして、そうした意味の変形とはたんなる歪曲、取り除くべきノイズにすぎないのか、それとも意味論的に見て積極的な要素があるのか。

「ある」というのがトィニャーノフの答えだった。でなければ、何のために詩や演説の意味論を打ち立てる必要があるだろうか。何のために散文、詩、演説と複数の系を立てるという、複雑な手続きを踏む必要があるだろうか。フォルマリストたる彼にとって、複数の系のパラレリズム（平行法）は、新しい何かが生み出されるための条件だった。[10]

語彙的ニュアンス

トィニャーノフが着目したのは「語彙的ニュアンス」、あるいは「語彙的特徴づけ」と彼が名づけた現象である。これは、ある語が使われる社会環境や時代、グループなどの内部で獲得され、ある程度固定したニュアンスのことである。たとえば、近年の若者や子どもが自分を指して「ウチ」と呼ぶことが、自己言及におけるカジュアルさを表しているように。だが問題は、この語彙的ニュアンスがどのように発するかである。トィニャーノフは次のように説明する。

> 厳密に言えば、一つ一つの語が（時代、民族性、環境によってつくり出される）その語彙的特徴づけをもっている。だが、その時代と民族性の外部でのみ、語の語彙的特性は感じとられるのである。[11]（強調は原文）

つまり、その語が使われる当の環境（系）でなく、別の環境（系）に移されて初めて、語彙的ニュアンスはあらわになるというのである。若者の使う言葉に「若者らしさ」を感じるのはもっぱら大人である。地方の言葉が「方言」として響くのは都会である。昔の言葉を「古語」として尊ぶのは現代人である。

これは小さな指摘のようでいて、トィニャーノフの意味論、さらにはフォルマリズムの思考枠組を考えるうえで見逃せない一節である。というのも、彼はここで系と系のあいだの移動のみによって説明されうる意味成分を発見しているからだ。それは個々の話し手／聴き手の意図や心理に還元されない、純粋に社会言語的な意味成分と言えるだろう。ある語を別の系に移動させること自体が重要であって、語の本来の意味はそれほど重要でないとさえ、トィニャーノフは言う。その例としてチェーホフの短編「百姓たち」から次の一節を引いている。

> 福音書は古びた、ずしりと重い、かどのすりきれた革装の本で、まるで小屋のなかへ坊さんたちがはいってきたような匂いがした。サーシャは眉をあげて、大きな声で、歌うような調子で読みはじめる。
> 「その去り往きしのち、主の使い……夢にてヨセフに現れて、言う『起きて、幼児とその母とを携え……』」

「幼児とその母を携え」とオリガはくりかえし、感動のあまりまっ赤になった。

「エジプトに逃れ……わが告ぐるまで、彼処にとどまれ……」

「彼処に」という言葉に、オリガはこらえきれずに泣きだした。[12]

　信心深いオリガの涙を誘い出したのは「彼処に」という言葉の意味ではない。もっと言えば、聖家族のエジプト行の物語そのものですらない。彼女に強く働きかけたのは、それを物語る教会スラブ語の重々しい響きである。語の本来の意味は明らかでなくても、というより明らかでないために、いっそう強く語彙的ニュアンスは感じられる。

　トィニャーノフのいう意味の変形とは、意味成分の比率が変わることである。語の本来の意味（それを彼は「主要語義」と呼んだ）に対して、上述の語彙的ニュアンスや情緒的ニュアンスなど（それらをまとめて「二次的語義」と呼んだ）が優位を占めること。それが詩や演説の言葉で起きる意味の変形である。この現象を彼は、詩人のフレーブニコフから借りた、太陽と星の光のメタファーを使って説明している。昼間の空には太陽しか見えない。陽光（主要語義）が星々の光（二次的語義）をかき消しているからだ。だが、太陽が沈み夜になれば、星々は輝き始める。それと同じように、詩人は語の主要語義を弱め、二次的語義を甦らせる。いわば、日常会話や実用散文が言語の昼だとすれば、詩や雄弁術は言語の夜なのである。

「見せかけのmake-believe」意味論

　以上がトィニャーノフの詩的意味論の基本部分だが、[14]正しく理解されてきたとは言いがたい。おそらく、従来のフォルマリズム研究のなかでもっとも光を浴びてこなかった部分だろう。ロシア・フォルマリズムと英米のニュークリティシズムを対比したユーア・トムソンは、二〇世紀の文学研究において前者が後者よりも長期にわたる影響力を誇った理由として、フォルマリストたちの「科学性」志向を挙げている。彼らはいちはやく言語学や記号論を文学研究に応用し、科学的・実証的な文学研究の方向性を作ったとトムソンは評価する。だがその彼女にしても、『詩の言語の問題』の評価はきわめて低い。詩の意味論は認識をもたらさないという「一部のフォルマリスト」の主張に反論し、彼らのプロジェクトはまさにその詩的意味論において躓いたと批判している。[15]

　たしかに、「詩のなかで、なにかしら『意味をもっているようにみえる』、広い意味での『内容のない語』[16]」をめぐってトィニャーノフが築こうとしたのは「見せかけの kazhushchaiasia, make-believe」意味論に他ならない。ゲーテが若い詩人たちを批判して述べたという次の意見を、トィニャーノフはむしろ詩の真実を言い当てたものと見る。

散文で書くためには、なにかを語らなくてはならない。一方、語るべきものがなにもない者でも詩を書き、韻を選ぶことはできるし、そのとき、ひとつの語は他の語に囁きかけ、結局なにかが生まれる。たとえそれがなにも意味しないとしても、なにかを意味しているように見えるのである。[17]〔強調は原文〕

ここで指摘すべきことは、トィニャーノフのこうした着想はけっして彼ひとりのものでも、またロシア・フォルマリズムだけのものでもなく、当時のヨーロッパの言語学で問題になっていたということだ。事実、彼は「初期意味論学者」のアルフレッド・ローゼンシュテインやヴントの詩的言語の情緒的成分についての議論を検討している。[18]ただし、彼は詩的意味論を「情緒」によって説明することに批判的であり、「語から呼び起される情緒にすぎないものによって、詩の意味論を素朴に心理学的に研究しようとする者にたいしては、『主観的感情』などたいした問題ではない、といっておけば十分であろう」[19]と、いかにもフォルマリスト的に切り捨てている。前節で述べた「語彙的ニュアンス」の議論を思い出してみよう。話者や聴き手の心理に基づかず、複数の系のあいだの移動によってのみ生まれる意味成分という定式にトィニャーノフが注目したのは、詩の意味論をあくまで「芸術作品の構成」のレベルで論じるためである。

いずれにしても、トィニャーノフが当時のヨーロッパの意味論の流れをよく知っていたことは確かである。もしかすると本人が自覚する以上に、彼の問題意識は同時代の意味論者たちと呼応していたかもしれない。それを最後に見ていこう。

そのさい念頭に置いておくべきことは、意味論という学問分野が当時、若い学問分野であったこと（「意味論 semantics」という用語が作られたのはようやく一八九七年のことだった）、そして若い学問分野の常として、きわめて多くの成果を約束していたことである。

意味論は警告する

二〇世紀後半、意味論は言語学の重要な一分野として、確固たる地歩を占めた。生成意味論や形式意味論、認知意味論など多くの学派が生まれ、さまざまな言語学的成果を積み上げてきた。

だが、一九二〇年代の意味論というとき、これとはかなり様相を異にした学問状況を思い浮かべる必要がある。当時の意味論はまだきわめて若い学問であり、言語学の外側からも熱い視線が注がれていた。とりわけ、政治や商業の分野での言語のプロパガンダ的使用の拡がりに警戒感を募らせた知識人たちが、言語と現実、意味と聴き手の関係を解き明かすための新しい知的ツールとして、意味論に注目していた。意味論の古典とされるC・K・オグデンとI・A・リチャーズの『意味の意味』が出たのは一九二三年だが、[20]二人とも言語学者ではなかった。オグデンは心理学者であり、リチャーズは（後で詳しく触れるが）ニュークリティシズムの祖と言われる、高名な文芸批評家だった。そして何より、一読すれば分かるように、この本は現代の言語学で了解されている意味論とは別物である。かといって哲学かと言えばそうでもなく、今から考えれば、（二〇世紀半ばから後半にかけて隆盛した）記号論の先駆け的な問題設定と概念体系を備えている。[21]

また、一九二八年には世界で初めて『プロパガンダ』と題された書物がアメリカで出版された。筆者はエドワード・バーネイズという人物であり、彼がフロイトの甥であるというのも興味深い符合である。[22]さらに、ポーランドの数学者アルフレッド・コージプスキーがアメリカに渡り、一般意味論（General Semantics）を打ち立てたのは一九三〇年代前半のことだった。一般意味論は今ではほとんど忘れ去られた学派だが、言語学の枠に収まらない、社会改革運動的な思想であった。日本でも一時期よく読まれた『思考と行動における言語』のS・I・ハヤカワはコージプスキーの弟子である。ハヤカワによれば、一般意味論の課題とは、言語の社会的機能を分析すること、すなわち「説得し行動を制御する言語の働き、情報を伝達する言語の働き、社会の結びつきを作りそれを表現する言語の働き、そして詩と想像の言語の働きなどである」。[23]彼の本の初版は一九四一年に出たが、ナチスのプロパガンダに対する危機感が執筆の動機だったという。

一九世紀末から二〇世紀前半にかけて、政治が大衆化し、新聞やラジオの普及によって、プロパガンダ的な言語使用が問題となった。それと並行して重要なのは、高等教育の普及とともに、文学教育の場での意味論、すなわち詩の意味論が問題となっていたことだ。こうした時代状況から考えれば、トィニャーノフがその意味論の分析対象にレーニンと詩を選んだのはきわめて同時代性に富んでいた。その点をさらに強調するため、次節ではI・A・リチャーズとの対比を試みたい。

だが、その前にもう一つだけ、重要なことを述べておきたい。それは、意味論の創始者の一人とされるフレーゲも、すでに一八九二年、意味論にとってもっとも難しい対象はプロパガンダと詩だと認識していたことである。彼の有名な論文「意義と意味について」から引用しよう。

論理学書においては、表現の多義性が論理的誤謬の源泉であるとして警告されている。私は、意味〔指示対象〕をもたない見せかけだけの固有名に対する警戒が、少なくともそれと同程度に適切なものであると考えたい。〔……〕また、煽動のための誤用は、多義語の場合と同様、あるいはそれ以上に明白である。「人民の意志（Der Wille des Volkes）」はその例として参考になるであろう。なぜならば、少なくともこの表現の一般に受け入れられている意味〔指示対象〕が存在しないことは容易に立証できるからである。[24]

また彼は、「残念ながら」や「運よく」といった文全体の真偽には直接関わらない表現にも注目し、そうした要素が「聞き手の感情、気分に影響し、あるいはその想像力を喚起することも稀ではない」と述べている。

思考では把握不能なものに仄めかしという仕方で接近することが肝要である場合には、これらの要素は十分な正当性をもつ。叙述が厳密科学的であればあるほど、その著者の国民性は目立たなくなり、益々翻訳が容易となる。それに反して、私がここで注目したい言語の要素は詩の翻訳を非常に困難にするのであり、詩的な価値の大部分がそれに基づいているまさにこれらの要素において、各言語は互いに最も異なっているからである。[25]

ここでフレーゲは、一方ではプロパガンダ的言語とその指示対象、他方では詩とその翻訳という、意味論にとって中心的となる問題をはやくも押さえている。一九二〇―三〇年代になって、トィニャーノフやリチャーズ、コージプスキーらが各地で、ほとんどお互いを知らずに取り組んだ問題は、意味論が生まれつつあった一九世紀末にはすでに気づかれていた。

I・A・リチャーズとの接点

トィニャーノフの意味論の同時代的文脈を明らかにするうえでとくに有効なのは、英国出身の文芸批評家I・A・リチャーズ（一八九三―一九七九）との対比だろう。

リチャーズの名前はよく知られている。二〇世紀前半の英米の批評潮流、ニュークリティシズムの生みの親として。C・K・オグデンとの共著『意味の意味』によって。詩人の名前を隠して学生に詩を読ませ論評させるという実験的授業の創始者として（『実践批評』一九二九）。まだある。北京の精華大学で二年間教鞭を取り、かの地の知識人との知的交流をもとに『孟子の心性論』（一九三二）を著した比較文化論者。[26]国際補助言語ベーシック・イングリッシュの考案と普及に携わった教育者、社会活動家。その活動は多岐にわたった。

ニュークリティシズムとロシア・フォルマリズムの対比は、前述のトムソンのモノグラフなど、しばしば試みられてきた。また、興味深いエピソードとして、リチャーズとヤコブソンが第二次大戦後、ハーヴァード大学で同僚だったことが挙げられる。二人は良好な関係にあり、おたがいの業績を尊敬し合っていた。リチャーズは、ヤコブソンのシェークスピア論について好意的な書評を書いてもいる。[27]だが、両者の出会いから新しい知的発見は生まれなかったと、当時の二人を知る研究者は述べている。[28]このことは両者が文学研究に求めたものの違いを示唆しており、また後で戻りたい。

いずれにせよ、リチャーズとフォルマリストをつなぐ線はいくつもあった。だが、もっとも本線となるべき詩の意味論の問題はこれまでほとんど論じられてこなかったように思われる。その理由は、トィニャーノフの意味論が注目を浴びてこなかったことにある。

それに対して、リチャーズの意味論はよく知られてきた。[29]実際、彼の多彩な活動を貫くのは、言葉の意味の正しい把握とは何かという問いである。その答えの鍵となるのは、言葉の意味は単一でなく、複数の意味成分から成るという着想である。トィニャーノフの場合もそうだが（主要語義と二次的語義の区別）、複数の意味成分を設定するのは、この時代の意味論全体に共通する手続きである。

リチャーズは四種類の意味成分を設定した。「意義 sense」、「感情 feeling」、「調子 tone」、「意図 intention」である。[30]重要なのは、発話の機能によって、四つの意味成分のどれが優勢になるかが変わるという考えである。たとえば、学術論文や説明的文章では、「意義」がもっとも前景化される意味成分となろう。「意義」はトィニャーノフの用語法では「主要語義」に当たる要素である。説明的文章では、この要素が支配的にならなければならないというのはリチャーズとトィニャーノフに共通する考えである。

それでは、政治演説や詩ではどうなるのか。「意義」の役割は二次的になる。代わりに優勢になるのが、政治演説の場合は「意図」である。というのも、政治家は自分の考える方向に聴き手を導くことを目的とするからだ（トィニャーノフの言う「説得すること」）。主題や論敵に対する態度を表す「感情」、聴衆との良好な関係を結ぶための「調子」も重要な役割を果たす。[31]詩の場合、「感情」と「調子」が支配的役割を果たす。この二つの成分が「意義」を「引きうけ、それを使って作業をする」。[32]ここで「作業をする operate」というのは、トィニャーノフがしばしば用いた「変形する deform, transform」に近い。語の意味を一つのシステムと捉え、システム内の諸要素（複数の意味成分）の闘争と協調の関係を考えるという点で、両者の意味論は軌を一にしている。そして、この共通性はリチャーズとトィニャーノフにのみ認められる現象でなく、二〇世紀前半、ロシアからアメリカまで盛り上がりを見せていた社会運動的な意味論全体に認められるのである。[33]

何のための意味論か

なぜ、これまでトィニャーノフの意味論が十分な注目を浴びてこなかったか、ということを最後に考えてみたい。これはフォルマリズムを読み直す作業のためにも必要な作業だろう。

一つには、「フォルマリズムの意味論」というものがほとんど語義矛盾のように感じられ、真剣に考えられてこなかったことが挙げられるだろう。むしろフォルマリズムと言えば、「反意味」といったイメージが強かった。一例をあげれば、未来派詩人（フレーブニコフ、クルチョーヌィフなど）の超意味語《ザーウミ》に対するシクロフスキイたちの熱狂的支持である。だが、トィニャーノフは超意味語《ザーウミ》についても独特な見解をもっていた。「詩における固有な響きへの際立った志向（超意味語《ザーウミ》、Zungenrede［神がかり的語り］）は、意味の探究をいちじるしく張り詰めさせることによって、語の意味論的要素を強調する」。[34]つまり、意味が分からないことがかえって意味のモメントを強めるというのである。こうした独特な意味論は、彼の他の論文、とくに文学史モデルを論じた「文学的事実」や「文学の進化について」ほど影響力をもたなかった。

もう一つ、トィニャーノフの意味論がしかるべき注目を浴びなかった要因として、本論で扱ったような同時代的文脈が探り当てられてこなかったことがある。そもそも、リチャーズやハヤカワは名前こそ知られているが、今日よく読まれているとは言えない。前述したように、二〇世紀後半の言語学（生成文法や認知言語学を主力とする）の枠組での意味論の発達の陰に、二〇世紀前半の社会改革的な意味論の流れは忘れられてきた。トィニャーノフの意味論を読み直す作業は、この流れの発掘ともつながるだろう。

しかし半面、彼のレーニン論や『詩の言語の問題』が完全にリチャーズや一般意味論の企図と軌を一にしていたかと言えば、そうとも言い切れない面がある。それはトィニャーノフ個人にも、フォルマリズム全体にも当てはまる特徴なのだが、社会批判的な傾向の薄さである。その例として、ヤコブソンから引いてみよう。アメリカ大統領選でアイゼンハワー陣営が用いたスローガン“I like Ike”についての有名な分析である：

簡潔な構造をもつ、“I like Ike”〔ay layk ayk〕（わたしはアイク〔アイゼンハワーのニックネーム〕が好きだ）という政治的スローガンは、三つの一音節語からできていて二重母音〔ay〕が三度あらわれ、釣合いよくそれぞれに一個の子音音素がつづく。〔..l ..k ..k〕。三語の組立てはそれぞれ異なり、最初の語には子音がまったくなく、二番目には二重母音を挟んで二つ、三番目には語末にひとつある。三音節からなる定句表現の双方の半行“I like／Ike”は互いに脚韻を踏み、しかも二番目の押韻語は最初のものに完全に含まれて（同音韻：〔layk–ayk〕）、対象をすっぽり包みこむ自分の気持の掛けことばふうのイメージをなしている。[35]

ヤコブソンのしていることは、トィニャーノフの「意味の変形」理論の応用にほかならない。単純だが巧妙な音と韻の配置が、「親しみやすい候補者」という二次的な意味成分を浮かび上がらせるしくみを解き明かしている。この分析例については、詩的機能を説明すると言いつつ政治的スローガンを例にしている点が批判されてきたが、「詩とプロパガンダの意味論」の観点に立てば、むしろ当然の混用と言えよう。

しかし、いま注目したいのはこうした点ではない。そうではなく、この分析、かつてはその鮮やかさと軽妙さで読者をあっと言わせた分析を、今日読み返したときに感じる、社会批判的なモメントの薄さである。もしかしたら、ヤコブソンは個人的には“I like Ike”のスローガンに批判的だったかもしれない。だがこの分析にはそれは現れていない。自説を飾る好例を得て、いささか悦に入ったようすは伝わってくるけれども。

前述したように、ヤコブソンのシェークスピアのソネット論についてリチャーズは書評を書いたことがある。内容は好意的だが、そこには誤解もあったのではと思わせる一節がある。リチャーズは、ヤコブソンの精細な分析を称え、こうした文学批評が「自己を破壊するというますます強まっている人類の能力から世界を救うこと」につながるだろう、さらには「より健全な政治への実際的な助けとなるかもしれない」[36]と述べている。そのような社会改良の意図をヤコブソンが持っていたとは考えにくい。詩の分析に思想や社会問題を持ちこむことについて彼ほど辛辣だった人も少ない。逆に、リチャーズは人々が正しい意味分析を身につければ、それだけ世界はよくなると信じていた人である（彼のベーシック・イングリッシュへの情熱もその点から理解される）。

　それではトィニャーノフが、リチャーズとヤコブソンのどちらに近かったかと言えば、やはり後者だろう。彼の論文「論客レーニンの語彙」は、政治言説の意味論の緻密な分析だが、社会批判的なモメントは乏しい。これは論集『レーニンの言語』全体についても言えることだ。例外があるとすれば、シクロフスキイの巻頭論文「規範の否定者としてのレーニン」だろう。初めにも述べたように、これは序論的な性格をもち、論集全体の基本コンセプトを示した文章である。だが、それに続くトィニャーノフたちの論文では、理論化の作業が前景化し、社会批判・変革的なモメントは後景に退いている。

　全体として、ロシア・フォルマリズムとはそういう運動だったのかもしれない。若くして革命を経験した彼らに社会変革の情熱が無縁だったはずはない。また、未来派の詩人たちと親しく交わった彼らに言語改造の夢が魅力的でなかったはずもない。にもかかわらず、彼ら自身の著述では分析と理論、モデル化と構造化の作業が優勢であった。だからこそ、彼らの著述は長い影響力を持ったとも言えるだろう。自分の意味論を社会変革のツールになしえなかったこと（あるいは、あえてしなかったこと）。そこに、トィニャーノフの詩的意味論が同時代のなかでもつ個性が認められるかもしれない。

注

1 Iazyk Lenina // Lef. 1924. No. 1. S. 53-148. 以下、引用は邦訳から行う：ヴィクトル・シクロフスキイ他『レーニンの言語』桑野隆訳、水声社、二〇〇五年。

2 トゥイニャーノフ「論客レーニンの言葉」『レーニンの言語』、九九頁。

3 トゥイニャーノフ「文学的事象」水野忠夫訳、「文学の進化」小平武訳、『ロシア・フォルマリズム文学論集2』せりか書房、一九八二年、七一—一三〇頁。

4 ロシア語では razubedit' であり、「論拠によって信念、意図を変えさせること」と一九三〇年代に出たウシャコフ辞典にある。

5 トゥイニャーノフ「論客レーニンの語彙」『レーニンの言語』一二六頁。

6 同上、一三八頁。
7 同上、一一一頁。
8 同上、一一二頁。
9 *Tynianov Iu.* Problema stikhotvornogo iazyka. L., 1924. 以下、引用は邦訳から行う：トゥイニャーノフ『詩的言語とはなにか　ロシア・フォルマリズムの詩的理論』水野忠夫・大西祥子訳、せりか書房、一九八五年。トィニャーノフのシクロフスキイへの手紙は *Tynianov Iu.* Poetika. Istoriia literatury. Kino. M., 1987. S. 502.
10 フォルマリズムにおける系の複数性とパラレリズムについては、以下の拙論も参照のこと。野中進「フォルマリストとバフチン――トルストイアン vs ドストエフスキアンの構図で」『埼玉大学教養学部紀要』四七（二）、二〇一二年。
11 『詩的言語とはなにか』八九頁。訳文に若干の訂正を加えた。
12 引用は、アントン・チェーホフ「百姓たち」、『チェーホフ全集九』松下裕訳、筑摩書房、一九八七年、一五頁から。
13 *Tynianov.* Poetika. Istoriia literatury. Kino. S. 181.
14 紙数の関係もあり、本論ではかいつまんだ説明にならざるを得なかった。より詳しい分析としては以下の拙論がある。野中進「トゥイニャーノフの『意味の意味』」『ロシア・フォルマリズム再考――新しいソ連文化研究の枠組における総合の試み』（科学研究費補助金成果報告書）、二〇〇八年、七―三五頁。
15 Ewa Thompson, *Russian Formalism and Anglo-American New Criticism: A Comparative Study*, The Hague: Mouton, 1971, p. 109.
16 『詩的言語とはなにか』一二七頁。強調は原文
17 同上、一二六―一二七頁。邦訳の該当箇所は、エッカーマン『ゲーテとの対話（上）』山下肇訳、岩波文庫、一九六八年、二八九頁。
18 同上、一二八―一三〇頁。また、別の箇所では「意味論」という用語を初めて用いたミシェル・ブレアルにも言及している。同上、一一一頁。
19 同上、一二九―一三〇頁。
20 C. K. Ogden and I. A. Richards, *The Meaning of Meaning*, London and New York, 1923. オグデン、リチャーズ『［新装］意味の意味』石橋幸太郎訳、新泉社、二〇〇八年。
21 実際、一九六七年に出た邦訳では外山滋比古が、一九八九年に出た原書再版ではウンベルト・エーコが解説文を書いている。
22 エドワード・バーネイズ『プロパガンダ教本』中田安彦訳、成甲書房、二〇〇七年。
23 S・I・ハヤカワ『思考と行動における言語　原書第四版』大久保利忠訳、岩波書店、一九八五年、ix。
24 ゴットローブ・フレーゲ「意義と意味について」『フレーゲ著作集四　哲学論集』黒田亘・野本和幸編、勁草書房、一九九九年、八八―八九頁。
25 ゴットローブ・フレーゲ「思想――論理探究〔I〕」『フレーゲ著作集四　哲学論集』二一〇頁。
26 『曖昧の七つの型』でよく知られる文芸批評家・詩人のウィリアム・エンプソンが日本で教鞭をとったのも、師のリチャーズの勧めがあったと言われる。
27 I. A. Richards, "Jakobson's Shakespeare: The Subliminal Struc-

tures of a Sonnet," *Times Literary Supplement*, 1970, 28 May, pp. 585-590.

28 H. McLean, "Jakobson's Metaphor/Metonymy Polarity: A Retrospective Glance," *Roman Jakobson: Texts, Documents, Studies*, Moscow, 1999, pp. 726-727. また両者の遭遇については以下も参照：Jonathan Culler, *Structuralist Poetics : Structuralism, Linguistics, and the Study of Literature*, Ithaca, New York.: Cornel UP, 1976, p. 69.

29 一例としては："Semantics and Poetry," Alex Prminger and T. V. F. Brogan (eds.), *The New Princeton Encyclopedia of Poetry and Poetics*, New York: MJF Books, 1993, pp. 1135-1138.

30 I. A. Richards, *Practical Criticism: A Study of Literary Judgment*, 1929, pp. 173-176. 以下、引用は邦訳から行う：I・A・リチャーズ『実践批評――英語教育と文学的判断力の研究』坂本公延編訳、みすず書房、二〇〇八年、九〇―九三頁

31 同上、九三―九四頁。

32 同上、九五頁。

33 その一方で、リチャーズとトィニャーノフの違いを考えなければならないのも確かである。しばしば言われるのは、リチャーズの意味論は全般に心理学的な基礎づけが目立つのに対し、トィニャーノフは反心理学的な方向性を貫いたという説である。だが、トムソンも指摘するように、『詩の言語の問題』では「情緒的ニュアンス」にもそれなりに重要な役割が認められている。従来言われてきたほど、反心理学的な方向性がフォルマリズムの本質的特徴だったかどうかも合わせて、再考の余地があるところだ。本書の序論と貝澤論文も参照のこと。

34 *Tynianov*. Poetika. Istoriia literatury. Kino. *S*. 53. 強調は原文。

35 ロマン・ヤコブソン「言語学の問題としてのメタ言語」『言語とメタ言語』池上嘉彦・山中桂一訳、勁草書房、一九八四年、一〇七頁。ほぼ同一の分析例は、次の有名な論文にも出てくる：ロマーン・ヤーコブソン「言語学と詩学」、川本茂雄監修『一般言語学』みすず書房、一九七三年、一九三頁。ヤコブソンについては本書の大平論文も参照。

36 I. A. Richards, "Jakobson's Shakespeare: The Subliminal Structures of a Sonnet," pp. 589-590; H. McLean, "Jakobson's Metaphor/Metonymy Polarity: A Retrospective Glance," p. 727.

ロシア・フォルマリズム
関連用語・人名集

アクメイズム
アレクサンドロフ、グリゴリイ・ワシリエヴィチ
異化—自動化
ヴィゴツキイ、レフ・セミョーノヴィチ
ウフトムスキイ、アレクセイ・アレクセーヴィチ
エイゼンシテイン、セルゲイ・ミハイロヴィチ
エイヘンバウム、ボリス・ミハイロヴィチ
オポヤズ（詩的言語研究会）
グリボエードフ、アレクサンドル・セルゲーヴィチ
形式
ゴーゴリ、ニコライ・ワシーリエヴィチ
コミュニケーション・モデル（ヤコブソンの）
ザーウミ（超意味言語）
シクロフスキイ、ヴィクトル・ボリソヴィチ
志向
システム—機能
手法
ジルムンスキイ、ヴィクトル・マクシモヴィチ
スカース
転位、ずらし（ズドヴィーク）
トィニャーノフ、ユーリイ・ニコラエヴィチ
動機づけ
同時性—連続性
トマシェフスキイ、ボリス・ヴィクトロヴィチ
トルストイ、レフ・ニコラエヴィチ
トロツキイ、レフ・ダヴィドヴィチ
バフチン、ミハイル・ミハイロヴィチ
ファーブラとシュジェート（筋と題材、ストーリーとプロット）
ブィト
フォルマリズムと政治
プーシキン、アレクサンドル・セルゲーヴィチ
フレーブニコフ、ヴェリミール
プロップ、ヴラジーミル・ヤコヴレヴィチ
フロレンスキイ、パーヴェル・アレクサンドロヴィチ
文学史（進化）
ポテブニャ、アレクサンドル・アファナーシエヴィチ
マヤコフスキイ、ヴラジーミル・ヴラジーミロヴィチ
未来派
メイエルホリド、フセヴォロド・エミリエヴィチ
モスクワ言語学サークル
モンタージュ
ヤコブソン、ロマン・オシポヴィチ
レールモントフ、ミハイル・ユーリエヴィチ
レフ（芸術左翼戦線）

アクメイズム　акмеизм/acmeism

一九一〇年代前半にニコライ・グミリョフ（一八八六―一九二一）、アンナ・アフマートワ（一八八九―一九六六）、オシプ・マンデリシターム（一八九一―一九三八）らを主要メンバーとして台頭した詩派。名称はギリシャ語のakmeに由来するが、グミリョフはこの語を「何かの最高の段階、開花、開花の時期」と定義している。象徴主義の克服を提唱し、形而上学を廃して「言葉の復権」を主張した点では同時代の未来派と軌を一にしていたが、マヤコフスキイらが言語規範の破壊をめざしたのに対して、アクメイズムは「世界文化への郷愁」（マンデリシターム）をうたい、既存の文学テクストの想起や伝統的な話型への同一化をその詩学の基本とした。アクメイズムは革命と国内戦の混乱期にグループとしての活動を終えたが、この詩派出身の詩人たちとフォルマリストとの関係は概して緊密だった。フォルマリズム関係者のうちアクメイズムに対する共鳴を示したのは一八八〇年代生まれのジルムンスキイやエイヘンバウムであり、このことは一八九〇年代生まれのシクロフスキイやヤコブソンの未来派への深い関与と対照的である。エイヘンバウムは一九二三年に体系的な詩人論『アンナ・アフマートワ――分析の試み』を刊行している。一方、マンデリシタームはボリス・パステルナーク（一八九〇―一九六〇）と並んで詩的言語研究会《オポヤズ》の研究会に積極的に参加した詩人の一人だったが、彼に対するフォルマリストの評価は必ずしも肯定的ではない。エイヘンバウムは一九三三年の講演で、言語を用いて事物に接近しようとするパステルナークと事物を言語化することで把握しようとするマンデリシタームとを対照的に論じたが、現在残っている梗概を見るかぎり、明らかに前者に共感を寄せている。同じ時期にシクロフスキイも「マンデリシタームは今では引用から世界を組み立てている」と批判している。文学性を追及する過程で文学系列の外部を考慮するようになったフォルマリズムと、一貫して文化と言語の自同律を前提としたマンデリシタームの詩学との距離は、かならずしも小さいものではなかった。（中村）

アレクサンドロフ、グリゴリイ・ワシリエヴィチ　Александров, Григорий Васильевич/ Aleksandrov, Grigorii Vasil'evich（一九〇三―八三）

映画監督。本姓モルモネンコ。エカテリンブルグに生まれ、少年期、地元のオペラ劇場で働く。革命後の一九二一年、モスクワのプロレトクリト第一労働者劇場に入り、エイゼンシテインの演出作品で俳優デビュー。その後、エイゼンシテインが映画に転じると、『ストライキ』（一九二四）、『戦艦ポチョムキン』（一九二五）、『十月』（一九二七）、『全線』（一九二九）で助監督・共同監督を務める。一九二九年から三二年まではエイゼンシテインに同行し、欧州・米国・メキシコを回り、三〇年に最初の短編『センチメンタル・ロマンス』を撮り、つづいて共同監督としてエイゼンシテインの『メキシコ万歳』（一九三一―三二撮影）の製作にあたる。しかし、帰国後、両者の関係は一変する。政府の批判を受けつづけたエイゼンシテインに対し、アレクサンドロフは初のミュージカル・コメディー『陽気な連中』（一九三四）で注目を集め、その後『サーカス』（一九三六）、『ヴォルガ・ヴォルガ』（一九三八）、『明るい道』（一九四〇）でこの分野の第一人者とされるようになる。以上の作品ではドゥナエフスキイ作曲の劇中歌や主演女優オルロワ（監督の妻でもある）の演技も幅広い人気を集めた。彼のミュージカル映画は、ハリウッドの影響を受けながらも、プロット構成・人物造形等にスターリン主義的世界観が色濃く反映している。一方で、スクリーン・プロセスや二重写しの手法を好んで多用し、映画の虚構性や約束性を強く意識させる点は、フォルマリズムとの関連で注目すべき部分がある（→長谷川論文）。なお、晩年の一九七九年には撮影のみで中断していた『メキシコ万歳』を編集し、完成させている。（長谷川）

異化―自動化　остранение–автоматизация/defamilialization–automatization

ロシア・フォルマリズムのマニフェストとされる、シクロフスキイの論文「手法としての芸術」（一九一七）に示された芸術創造上の概念。彼によれば、日常において見慣れてしまったもの、その存在が感じ取られなくなってしまった事物や事象を、初めて見るもののように、その存在そのものを感じとることができるように描出するのが異化であり、あらゆる芸術の手法の目的である。よって、芸術の目的は、事物を異化し、その知覚を困難にして引き延ばすことである。日常において慣れ親しみ、知覚に訴えなくなるメカニズムが自動化であるのに対し、自動化した状態から知覚を引き出し、刷新するのが異化であるため、異化と自動化とは二項対立の関係にある。「日常の言語―詩的言語」という対立を基底においた「自動化―異化」の二項対立は、「素材―手法」「ストーリー―プロット」といった文学テクストの概念にも敷衍され、散文テクストのフォルマリズム的分析、さらに文学の進化（文学史）という通時的レベルの問題へと展開された。また、ブレヒトの演劇上の概念《異化効果》にも影響を与えたといわれる。もっともブレヒトは、観客の批判的視点をもった鑑賞態度を異化効果の目的とし、社会認識の方法として異化を捉えた点が、シクロフスキイと異なる。異化という用語は、strannyi（異様な）というロシア語から派生させたシクロフスキイの造語だと本人も主張してきたが、実際にこの用語を作ったのはオシプ・ブリークだとする資料や見解もある。とはいえ、論文「手法としての芸術」の先駆性に変わりはない。（佐藤）

ヴィゴツキイ、レフ・セミョーノヴィチ　Выготский, Лев Семенович /Vygotskii, Lev Semenovich（一八九六―一九三四）

ロシア・ソ連の心理学者。地方都市オルシャ（現在ベラルーシ共和国）生まれ。モスクワ大学卒業後、一九二四年からモスクワ国立実験心理学研究所ほかの機関で働いた。ヴィゴツキイの研究は当初は文芸学に関わり、芸術心理学の諸問題を考究していた。著書『芸術心理学』（一九二五）では、文学作品の受容における心理学的法則の問題が取り扱われている。ヴィゴツキイはこの著書のなかでフォルマリストたちの「素材の心理的意義に対する無理解」を批判しているが、研究対象への彼のアプローチは概して構造的・記号論的であり、フォルマリズムに近いものだった。ヴィゴツキイは「心理の発達に関する文化史的理論」として知られる概念を確立し、最高次の心理的諸機能である意識の社会性・歴史性を明らかにした。また、行動主義心理学による「刺激－反応」の図式をしりぞけ、外的刺激と応答反応との媒体の役割をはたす記号の作用に関心を向けた。心理の第一次的な諸経過から、より高次の心理的諸機能のシステムが生じてくる際に、人間のなかで機動するのが記号であるというのが、ヴィゴツキイの見解だった。著書『思考と言語』（一九三四）では、意識構造における思惟と言葉の関係が考察されている。ヴィゴツキイは「内言」という術語を導入し、この語によって思惟から十全に言語化された発話への移行途上の一段階を示した。「内言」の概念は詩的創造のメカニズムを理解するうえで重要な役割をはたし、ヴィゴツキイの研究はソヴィエト言語心理学派の基礎を築いた。（グレチュコ）

ウフトムスキイ、アレクセイ・アレクセーヴィチ　Ухтомский, Алексей Алексеевич/Ukhtomskii, Aleksei Alekseevich（一八七五—一九四二）

ロシアの生理学者・思想家。古くからの名家ウフトムスキイ公爵家の一族である。モスクワ宗教アカデミーで神学準博士号を取得したが、進路の変更を決意してペテルブルク大学に入学しなおし、生理学の研究を始めた。一九二二年にペテルブルク大学人間・動物生理学科の主任教授に就任し、やがてソ連最大の生理学者となる。ウフトムスキイの名が広く知られるようになったのは、彼が一九二〇年代初めに提唱したドミナントに関する学説（論文「神経中枢の活動原則としてのドミナント」）によってである。彼によれば、ドミナントとは中枢神経においてそのときどきに優越する刺激源であり、身体がある活動を準備することを保証する。その一方でドミナントの発生とともに、このとき神経系に入っているその他の刺激はすべて抑圧される。ドミナントの法則は生理機能において大きな役割をはたし、神経機構の基本原則のひとつと考えられる。このようなウフトムスキイのドミナントの法則は、視野をより広げて見れば、生理学の枠を越えてロシア・フォルマリズムのドミナントの概念とも少なからぬ一致を示している（↓グレチュコ論文）。彼のドミナントが、フォルマリストたちが論考で注目した美的ドミナントの生理学的基盤を準備したと見ることもできるだろう。生理学の領域における一連の仕事とともに、ウフトムスキイは哲学・芸術学・美学の諸問題にも精力的に取り組み、その発想はミハイル・バフチンにも示唆を与えた。バフチンによる「時空間」概念の展開の根底には、ウフトムスキイの講義の影響が見られる。その一方でウフトムスキイの論考では「対話」のイデーが展開されているが、それは多くの点でバフチンの概念に近似していた。人文科学の諸問題に関するウフトムスキイの広範な手稿はソ連時代には印刷されず、文書館に所蔵されているだけだったが、ごく最近になって刊行されるようになった。（グレチュコ）

エイゼンシテイン、セルゲイ・ミハイロヴィチ　Эйзенштейн, Сергей Михайлович/Eizenshtein, Sergei Mikhailovich（一八九八—一九四八）

映画監督・映画理論家。ラトヴィアのリガ生まれ。父はユダヤ系の建築家。革命期、赤軍煽動部隊に所属した後、一九二〇年、モスクワのプロレトクリト中央演劇スタジオに入り、翌年、メイエルホリドの国立高等演劇工房にも参加し、演出活動を続ける。二三年、オストロフスキイ原作の『どんな賢人にもぬかりがある』を上演した際に挿入映画を製作。その後本格的に映画に転じ、『ストライキ』（一九二四）、『戦艦ポチョムキン』（一九二五）、『十月』（一九二七）を監督。革命運動を描いたこの三作では、主人公は個人ではなく集団全体であり、大胆な画面構成や思弁的なモンタージュによってロシア・アヴァンギャルド映画の代表作となった。彼の映画や映画理論はトィニャーノフにもかなりの影響を与えたと見られる（一方、エイゼンシテインも二〇年代初めからトィニャーノフの著作に強い関心を寄せていた）。その後、彼は農業集団化をテーマにした『全線』（一九二九）を監督するが、公式筋の厳しい批判にさらされる。これは長い不遇時代の始まりともなった。彼はトーキー技術視察の名目で国外をめぐる。しかし、『メキシコ万歳』（一九三一—三二年撮影）の製作中断等で、結局、作品を完成できないまま帰国。さらに本国でも、フォルマリズム批判が高まる中、長期にわたって映画が作れない状態が続く。様々な模索の結果、ようやく三八年に『アレクサンドル・ネフスキイ』を完成させるが、これは二〇年代とは違って、歴史的人物を主人公に据えていた。この方針は『イヴァン雷帝』第一部（一九四四）にも受け継がれるが、いずれも政府からの評価が高く、彼の復帰を強く印象づける作品となった。しかし、四五年の『イヴァン雷帝』第二部はスターリンの激しい批判を受けて公開中止、未完の第三部のフィルムは廃棄処分となってしまう。残された第二部は監督の死後に公開されるが、スターリン期でありながら暗鬱な表現主義的空間の中で宮廷陰謀劇が展開する、きわめて特異な作品であり、二〇年代の映画と並んで世界に大きな衝撃を与えた。なお、エイゼンシテインは生涯にわたって膨大な量の映画理論、芸術理論を書き続けた。その全貌は近年ようやく明らかになったが、今後の研究の本格化が期待されている。（長谷川）

エイヘンバウム、ボリス・ミハイロヴィチ　Эйхенбаум, Борис Михайлович/Eikhenbaum, Boris Mikhailovich（一八八六—一九五九）

ロシア・ソ連の文芸学者。改宗ユダヤ人の父とロシア人の母の次男としてスモレンスクに生まれ、ボロネシで育つ。一九〇五年以降はペテルブルク（後にペトログラード、レニングラード）に住み、二〇世紀初頭の多様な芸術運動に触れた。象徴派、さらにアクメイズムに親近感を示すが、未来派の運動とは距離を置いていたようである。年長だったエイヘンバウムの嗜好はフォルマリストのなかではやや保守的であり、同時代の文学に対する関心は生涯を通してあまり強いものではなかった。一九一二年にペテルブルク大学を卒業後、執筆活動に入る。詩的言語研究会《オポヤズ》の最初期からのメンバーである。当初は「ゴーゴリの『外套』はいかに作られているか」（一九一九）、『ロシア抒情詩の旋律学《メロディカ》』（一九二二）など手法や文体の問題を中心に考察を展開したが、彼自身の関心は早くから文学史の領域にあり、『若きトルストイ』（一九二二）、『レールモントフ——文学史的評価の試み』（一九二四）などの著作は高く評価された。一九二三年からのいわゆる「フォルマリズム論争」ではフォルマリズムの立場を擁護する戦闘的な論陣を張った（「『形式的方法』の理論」一九二五など）が、しだいに「伝記への郷愁」「人格を書く必要性」を感じるようになり、「文学と作家」（一九二六）、「文学的ブィト」（一九二七）などの論考では実証的・考証的な文学史への傾斜を示してトィニャーノフらの批判を受けた（→中村論文）。ライフワークはレフ・トルストイの評伝である。膨大な文献を渉猟し、資料それ自体に語らせることに徹しようとしたこの著作は、第二次世界大戦中に原稿が大量に紛失したなどの事情もあって、結局は未完で終わった。一九一九年以降、約三〇年にわたって母校で教鞭をとったが、コスモポリタニズム批判で職を逐われる。一九五六年のスターリン批判後復権。なおエイヘンバウムは、シクロフスキイやトィニャーノフのように華々しい創作活動を展開することはなかったが、論考のほかに自伝的散文集『私の年代記』（一九二九）、評伝『不死への旅路』（一九三三）などの著作もある。（中村）

オポヤズ（詩的言語研究会） Опояз/Opoiaz

フォルマリストたちが活動初期に結集していた組織「詩的言語研究会（Obshchestvo izucheniia poeticheskogo iazyka）」の略称。シクロフスキイの回想によれば、一九一五年ごろ、言語学者ボードアン・ド・クルトネ（一八四五—一九二九）の紹介で知り合った彼とレフ・ヤクビンスキイ（一八九二—一九四五）との友好関係から出発し、一九一六—一七年に『詩的言語論集』二巻を企画・出版する過程で、ペテルブルク大学のセミョーン・ヴェンゲロフ教授（一八五五—一九二〇）が指導する「プーシキン・ゼミナール」出身のエイヘンバウムやトィニャーノフらが合流した。活動の舞台は主にペトログラードだったが、当初資金面で詩的言語研究会《オポヤズ》を支えていたのがモスクワ言語学サークルの一員であり、未来派の理解者でもあったオシプ・ブリーク（一八八八—一九四五）だった関係で、ヤコブソン、ピョートル・ボガトィリョフ（一八九三—一九七一）などモスクワの学者や、マヤコフスキイ、パステルナーク、マンデリシタームといった詩人たちも会合にしばしば出席した。詩的言語研究会《オポヤズ》は一九一九年に学術団体として公式に認定され、議長にシクロフスキイ、副議長にエイヘンバウム、書記にトィニャーノフを選出しているが、実際には共通の関心を有する文学者や詩人がゆるやかに結びついたサークルであり続けた。たとえばトマシェフスキイは一時期近い関係にあったが、一説には正式のメンバーだったことはなかったとも言われている。ジルムンスキイの尽力もあって一九二〇年以降は国立芸術史研究所を制度・教育面で拠点とするようになり、多くの関係者がこの研究所で講座を担当した。詩的言語研究会《オポヤズ》は一九二三年に解散し、そのメンバーのほとんどは新たに結成された「レフ（芸術左翼戦線）」に移籍した。なお「レフ」の後進である「新レフ」の内部対立が激化した一九二八年末、シクロフスキイはトィニャーノフ、ヤコブソンとオポヤズの再結成を企図したが、諸般の事情から結局は実現せずに終わった（→中村論文）。（中村）

グリボエードフ、アレクサンドル・セルゲーヴィチ　Грибоедов, Александр Сергеевич/Griboedov, Aleksandr Sergeevich（一七九五？―一八二九）

劇作家、詩人、外交官。戯曲『智慧の悲しみ』の一作をもってして、ロシア文学史にその不朽の名を刻む。古くからの貴族の家系に生まれる。幼い頃から高度な教育を受け、年若くしてモスクワ大学を卒業。当時から主要な近代ヨーロッパ諸語にたけ、のちにはアラビア語やペルシア語も習得した。また、優秀なピアニストでもあり、自身が作曲した楽曲も残っている。祖国戦争時には義勇兵として入隊。シャホフスキイの影響で劇作に興味をもち、一八一五年にはフランス喜劇の翻案『新婚夫婦』を発表、ペテルブルクで上演された。一八一五年末に退役し、ペテルブルクに移り、一八一七年には外務省で働きはじめる。そのかたわら文筆活動を行い、この時期にカテーニンやプーシキンと知り合い交遊している。一八一八年、当時は禁止されていた決闘事件にかかわってしまったかどで、ロシア使節団の秘書官としてペルシアへの赴任を命じられる。一八二二年にはエルモロフ将軍の外務秘書官としてトビリシへ転任し、この地を訪れたキュヘリベーケルと親交を深める。一八二三年には長期休暇をとり、完成していた『智慧の悲しみ』の最初の二幕をたずさえて、三月末にモスクワへ戻る。この年の夏には後半の二幕も書き上げられ、一八二四年夏には、この戯曲の出版のためペテルブルクで奔走するが、検閲が加えられたかたちで、ごく一部が文集『ロシアのタレイア』（一八二五）に掲載されるのみであった（完全な形で出版されるのは一八六二年）。特に一八二〇年代にはデカブリストの活動に接近し、ペテルブルク滞在中にルィレーエフやA・ベストゥージェフと交流している。グリボエードフはデカブリストたちの理念には共感していたが、彼らのクーデターには懐疑的であった。一八二五年の春には、勤務に戻るためコーカサスへと発つ。デカブリスト運動に加わった嫌疑で一八二六年にはペテルブルクに戻されるが、無罪となり、一八二六年九月には再度コーカサスへ帰任する。これ以降、トルコおよびペルシアとの外交に尽力し、一八二八年のトルコマンチャーイ条約締結では重要な役割を果たした。条約文をたずさえてペテルブルクに派遣されたグリボエードフは、報奨とペルシア全権大使の任を授かることになる。全権大使としてテヘランに赴く途中、トビリシ滞在中に結婚。大使館のあるタブリーズに妻を残し、グリボエードフらロシア使節団は、交渉のためにペルシアの首都テヘランへ向かう。そして、一八二九年一月三〇日（新暦二月一一日）、狂信的なイスラム教徒によってロシア使節団の逗留する建物が襲われ、書記官一名を除いて、グリボエードフを含めた一行は惨殺された。トビリシへと運ばれ、そこで埋葬された。トィニャーノフ『ワジル＝ムフタルの死』（一九二九）では、トルコマンチャーイ条約締結直後から死までのグリボエードフが描かれる。「伝記小説」ということで史実との関係がしばしば取り沙汰されるが、トィニャーノフ自身は自らの立場を、歴史家ではなく、歴史のテーマを扱う散文作家だと述べており、実際、いわゆる「伝記」ではない（→武田論文）。（八木）

形式　форма/form

「フォルマリズム」という名称は、この語に由来している。哲学的、社会的、あるいは思想的なアプローチを排して、文学作品をもっぱら手法や機能、リズムや話型といった「形式」面から考察するように見えた詩的言語研究会《オポヤズ》やモスクワ言語学サークル関係者の論考を、反対者たちが揶揄をこめて「形式主義」と呼んだのが、本書の対象となっている人々の総称の起源だった。ただし、一九一〇—二〇年代のロシア知識人のあいだで、「形式」という語がやや特別なニュアンスを帯びる場合があった事実は、フォルマリズムを再考するうえで、もっと注目されて良いことだ。エイヘンバウムは一九一〇年代末に、トルストイやシラーに託して歴史の中での人間を語るなかで、「内容」すなわち歴史的現実を本来の文脈から切り離し、それを芸術作品という新たな連関に結合・再編する行為を「形式」と呼び、このような意味での「形式」によって「内容」—断片化された現実を揚棄することこそ創造であると主張した（「結合の迷宮」「悲劇と悲劇性について」）。歴史的現実を観照の対象に転化することで超克する営為を「形式」と呼んだのである。この語に同様の意味を込める態度は、フォルマリズムに批判的だった一部の人々にも、ある程度共有されていた。たとえばバフチンは、芸術作品の作者が「内容を包み込み、それに形式を与え、それを完結させる」契機を重視した。その場合、作者は「形式の中で能動性を獲得し、形式によって、認識的・倫理的な指向性としての内容の外に、評価者の位置を占める」ことができる（「言語芸術作品における内容、素材、形式の問題」一九二四）。エイヘンバウムの場合と同様、バフチンによっても、「形式」という語が、歴史的な生の現実に由来する「内容」の超克の意味で用いられることがあった。（中村）

ゴーゴリ、ニコライ・ワシーリエヴィチ　Гоголь, Николай Васильевич/Gogol', Nikolai Vasil'evich（一八〇九—五二）

一九世紀前半の作家・劇作家。ウクライナの村を舞台にした怪奇譚『ディカーニカ近郷夜話』（一八三一―三二）、不条理な笑いに満ちた小説『鼻』（一八三六）、『外套』（一八四二）、官僚社会を諷刺した戯曲『査察官』（一八三六）、そして「現代の『神曲』」をめざした長篇『死せる魂』（一八四二）など数々の傑作を書いたゴーゴリは、近代ロシア文学に最も大きな影響を与えた作家である。誇張や迂言法を駆使して現実を滑稽化しながら、社会の不正を暴き、「小さな人間」の運命を描いた彼の作品は、批評家のベリンスキイやチェルヌィシェフスキイによって、人道的で社会批判的なロシア写実主義文学の草分けとされ、「ゴーゴリ風」と呼ばれる傾向を産み出した。しかし、このような解釈が一面的にすぎなかったことが、一九世紀末のローザノフやメレシコフスキイの批評によって明らかにされる。ローザノフはゴーゴリの表現の写実性を否定して、ナンセンスなグロテスクの意味を発見し、メレシコフスキイはゴーゴリの笑いの破壊性を論じた。さらにベールイはゴーゴリの文体を研究して、『ペテルブルク』（一九一三―一四）で新しい非写実的な小説言語を作り出し、ザミャーチンやブルガーコフなどに決定的な影響を与えた。フォルマリストのゴーゴリ研究は、従来のゴーゴリ像を覆すこうした視点や解釈を受け継いで展開され、エイヘンバウムの「ゴーゴリの『外套』はいかに作られているか」（一九一九）は、ゴーゴリの小説が、写実の精神からかけ離れた、落語的な「語り」の原理によって作られていることを見事に解き明かした。シクロフスキイはゴーゴリをスターンと比較し、トィニャーノフは、グリボエードフやプーシキンを主人公とした歴史小説において、ゴーゴリ的な比喩と文体をさかんに取り入れている（→武田論文）。（武田）

コミュニケーション・モデル（ヤコブソンの）　**модель коммуникации/model of communication**

ロマン・ヤコブソンが一九五八年の報告「言語学と詩学」（活字化はシービオク編集『文学における文体』（一九六〇）所収が初）で提唱した言語コミュニケーションのモデル。ヤコブソンは言語コミュニケーションの六つの機能を挙げ、そのひとつひとつがコミュニケーション行為の構成要因のいずれかに対応すると考えた。（一）発信者＝情報を発する者。主情的（あるいは表現的）機能に対応する。（二）受信者＝情報を受け取る者。動態的（あるいは働きかけ）機能に対応。（三）コンテクスト＝会話の主題。関説的（あるいは伝達）機能に対応。（四）コード＝コミュニケーションが実現される際に用いられる記号体系。コードと対応関係にあるのはメタ言語機能である。（五）接触＝発信者と受信者とのあいだの身体的回路あるいは心理的紐帯。接触に対応するのは交話的機能である。（六）メッセージ＝情報をコード化する記号の連続性。メッセージには詩的機能が対応する（→大平論文）。ヤコブソンのコミュニケーション・モデルの起源としては、複数の異なる学説を指摘することができる。構成要因（一）―（三）の源泉はドイツの言語学者カール・ビューラーのいわゆる「オルガノン・モデル」である。一方、コード、メッセージ、接触（伝達回路）は、情報理論（シャノンとウィーバーのモデル、一九四八）の影響下にモデルに導入された。ヤコブソンのコミュニケーションの図式で重要な意義を割り当てられている詩的機能は、初期フォルマリズムの議論が基となっている。ヤコブソンは言語コミュニケーション機能のリストに詩的機能を加えることで、詩的言語が言語学において完全に正当な研究対象でなければならないことを強調した。（グレチュコ）

ザーウミ（超意味言語）　заумь/zaum, transreason

ロシア未来派の詩人が作ったナンセンスな音ことば。「超意味言語」、「超理性語」、「意味のない言語」などと訳される。詩の言葉を日常の言葉と鋭く対立させて、詩においては言葉の音が意味より重要であるとし、意味を超えた音声言語の自律的な価値を唱える。最も有名なのはクルチョーヌィフの『ドゥイル、ブール、シチル』（一九一三）で、作者はこの無意味な音からなる「詩」がプーシキンのいかなる詩よりも、ずっとロシア語らしく響くと主張した。超意味語《ザーウミ》の発見は、意味に回収されない言葉の音や身振り、声の発見へとつながり、未来派の詩に身体言語、さらには言語身体的なパフォーマンス性を与えた。フォルマリズムの「詩的言語」の概念は、こうした未来派の表現意識に大きな影響を受けている。（武田）

シクロフスキイ、ヴィクトル・ボリソヴィチ　Шкловский, Виктор Борисович / Shklovskii, Victor Borisovich（一八九三―一九八四）

ロシア・ソ連の芸術理論家、批評家、作家。フォルマリズム学派の創始者。改宗ユダヤ人で教師の父とドイツ系ロシア人の母の末子としてペテルブルクに生まれる。一五歳で、文芸誌『春』に処女論文を寄稿。五年後には、芸術家たちのカフェ《野良犬》にて未来派詩人の詩的言語の意義を訴える講演で聴衆を驚かせた。一九一四年、この講演原稿を基に論考「言葉の復活」を発表し、未来派詩人を称揚しつつ、異化の概念の着想を示す。この論考が発端となって、ヤクビンスキイ、ポリワノフ、エイヘンバウムらと出会い、詩的言語研究会《オポヤズ》を結成。なお、異化という用語が最初に使われたのは、「手法としての芸術」（一九一七）である。ペテルブルク大学では言語学や文学理論に傾倒。並行してシェルヴド美術学校で塑像を学ぶ青年期を過ごす傍ら、第一次世界大戦では志願兵となり、その後も、軍用自動車学校の教官を務めた。二月革命では臨時政府側に付いて、クーデターやテロをもくろむ活動と逃亡を重ねる。この緊迫した状況下で、フォルマリストたちの同人誌『詩的言語論集』の編集や投稿論文の執筆を行い、「プロット構成の方法と文体の一般的方法との結び付き」（一九一九）や回想録『革命と戦線』（一九二二）などを書いた。一九二二年、ベルリンに亡命。そこで『文学と映画』や書簡体小説『ZOO（ツォー）、あるいは愛についてではない書簡』、回想録『センチメンタル・ジャーニー』（すべて一九二三）を出版。だが、人質として投獄されていた妻（最初の妻ワシリーサ）の釈放を求めて、翌年帰国。以後、ソ連体制下で生きるために、映画シナリオや児童文学、歴史文学の仕事を中心に活動。一九三〇年一月二七日、《降伏宣言》と呼ばれる「学問的誤謬の記念碑」が『文学新聞』に掲載される。三〇年代からスターリンの死まで不遇な時代を送るが、一九五七年、雪解けの時代を象徴するようなドストエフスキイ論『肯定と否定』を上梓。その前年には、作家オレーシャの元妻にして義妹となったセラフィーマ・スオクと結婚。晩年の自伝的小説『革命のペテルブルク』（一九六二）、『エイゼンシテイン』（一九七三）では、作家・批評家シクロフスキイの力量が遺憾なく発揮されている。（佐藤）

志向　**установка/intention, orientation**
「詩とは、表現への志向を伴った言説である」――ヤコブソンは、フレーブニコフを論じた『最も新しいロシアの詩』（一九二一）の中で、このように詩を簡潔に定義している。詩の言語は、日常の言語のように情報の伝達を目的とするのではなく、表現そのものを目指す（＝志向する）ということだ。のちの彼のコミュニケーション図式の観点からいえば、「志向」こそが、言語が有する複数の機能から、その一つを前景化することになる（従って、この場合、「ドミナント」の概念とも類似することになる）。つまり、フォルマリストたちがいう「志向」とは、基本的には、芸術作品やそれを構成する諸要素がもつ「目的」や「意図」について語る際に用いられる用語である。ただし、具体的に、芸術作品が「何を」志向するかという点に関しては、フォルマリストたちの間で、その個々の論考の中で、また、時期によっても異なってくる。例えば、シクロフスキイは、一九二一年の『ドン・キホーテ』論では「約束事への志向」、『トリストラム・シャンディ』論では「手法という事実そのものへの志向」や「形式、しかもその規範的な部分への志向」について述べ、エイヘンバウムは、その表現のもつ発声器官の運動への志向（『アンナ・アフマートワ』（一九二三）や、「言葉への、イントネーションへの、声への志向」、「口頭での発話への志向」（「レスコフと現代の散文」（一九二七））を語る。作品やジャンルのシステム、約束事といった文学内系列へと「志向」が向けられている前者に対し、後者では、（死んだ書き言葉に対して）「生きたことば＝発話」というある種の文学外系列に向けられているといえよう。トィニャーノフもまた、基本的には「目的」や「意図」といった意味で、論じる対象に応じてさまざまに「志向」という言葉を使用している。フォルマリストたちの中でとりわけ彼が概念として「志向」に説明を与えており、用語として最も展開したといえるが、トィニャーノフが独特なのは、作品内の諸要素を「志向」を介して隣接する文学外系列（＝ことばの系列）と相関させ、しかも、「志向」から「作者の意図」のような目的論的なニュアンスを除去する点である（「雄弁的ジャンルとしての頌歌」、一九二二）。文学外系列と相関させるとは、彼にとって、その作品を構成する言葉が文学外系列の言葉に対していかなる関係を取り結ぶか、いかなる「機能」を担うかという問題になる。このとき、トィニャーノフが強調するのは、文学外系列の言葉への文学系列に属する言葉の与える影響である。また、実際的には、作者は何らかの「志向」（＝意図や目的）をもってそうした言説を紡ぐはずだが、トィニャーノフは「志向」の帰属先である「作者」を排除することにより、作品システム・文学系列システム・文学外系列システムの相関として「機能」を捉えることを提唱する。「志向」が「作者」という縛りから解放されることで、時代を跨いだ作品読解の正当性が理論的に保証されることになる。（八木）

システム―機能《ファンクション》 система–функция/system–function

文学作品を論じる際、作品を、静的な「手法の総和」ではなく、諸要素が動的に連関する体系＝システムとして捉えるための理論的構え。作品＝システムとの関係において初めて、作品を構成する諸要素の機能が決定される。このモデルを提唱し、自家薬籠中としていたトィニャーノフは、「作品とは、互いに相関する諸要素のシステムである。諸要素それぞれの相関的性格は、システム全体に対するその要素の機能である」と述べている。このアイデアは、シクロフスキイの機械モデル（作品＝手法の総和）を発展させる役割を担ったといえるが、一九二〇年代半ば以降、オポヤズの面々が文学史研究に取り組むにあたって、作品のレベルを超えて適用されていくことになる。このとき、特に重視された「機能」の概念は、文学作品内の要素の相関性を越えて、ある時代・社会におけるその作品の位置付けの問題へと拡張される。システム／機能は、作品というレベルに止まらず、様々なレベルで複数的に遍在しているのだ。トィニャーノフならば、これらのシステムを個々の「系列」として仮構し、特に「文学系列」と「文学外系列」の相関を、文学と社会の関係として論じていくだろう。そして、この複数性の捉え方によって、フォルマリストの間でも、「機能」「システム」に関する見解に、看過できない相違が発生することになる。例えばトィニャーノフにおいては、機能＝働きというよりは、機能＝関数のニュアンスが色濃くなる。このシステム／機能という着想は、フォルマリズムの到達点といわれるトィニャーノフ／ヤコブソンのテーゼ「文学研究および言語研究の諸問題」（一九二九）に結実し、のちのヤコブソンのコミュニケーション図式やプラハ言語学派のヤン・ムカジョフスキーらの「美的機能」へと展開していく。（八木）

手法 приём/device

芸術作品は手法の総体である――良かれ悪しかれ、フォルマリズムの芸術観を示すのに用いられている警句だ。ヤコブソンは『最も新しいロシアの詩』（一九二一）の中で「文学に関する学が科学にならんと欲するならば、「手法」をその唯一の「主人公」として認める必要がある」と述べている。このテーゼこそが、近代文芸理論史の端緒にロシア・フォルマリズムをすえることになったといえよう。では「手法」とは何か。「手法としての芸術」（一九一七）の「異化」についての有名な一節で、シクロフスキイは次のように謳っている。「芸術の手法は、事物を『異化する』手法や形式を晦渋化する手法だが、それが知覚の困難とその遅延とを増大する」。要するに、ここで「手法」とは、「素材」を加工して「異化」を成立させる際に介在する、ある種の技術のことである。ここで「何を」ではなく、「いかに」の問いが前景化するわけだ。ただし、「手法」が科学としての「文学」の主人公となったとき、「生の感覚を取り戻すこと」を目指して「素材」を加工する「手法」という側面のみならず、「手法」によって加工されてあらわれてくる「形式」に注意が向けられるようになっていく（例えば、引き延ばしの「手法」によって実現されるのが引き延ばしの「形式」であるように、多くの場合、「手法＝形式」と理解することができる）。そのとき問題になるのが、その「手法＝形式」が担っている、作品内部での働きやその時代における意義である。これが、フォルマリズムの展開における「機能」への眼差しの転換だ。トィニャーノフは「文学的事実」（一九二四）で、「手法を研究することはできるのだが、われわれは、その機能を考慮することなく、それら手法を研究しかねない」と注意を促している。研究対象である芸術作品は、彼らにとって「手法の総体」以上のものとなる。（八木）

ジルムンスキイ、ヴィクトル・マクシモヴィチ　Жирмунский, Виктор Максимович/Zhirmunskii, Victor Maksimovich（一八八一―一九七一）

ロシア・ソ連の文芸学者。一九一二年にペテルブルク大学を卒業後、一九一九年から晩年まで母校で教鞭をとった。専門はドイツを中心とするロマン主義で、『ドイツ・ロマン主義と当時の神秘思想』（一九一九）のほか、一九世紀前半のロシア文学に対するロマン主義の影響を論じた『バイロンとプーシキン』（一九二四）などの著作がある。同窓で年令も近かったエイヘンバウムとは早くから親しく、一時期は詩的言語研究会《オポヤズ》にも関係して、とくにロシア象徴主義の研究に成果をあげた。また『叙情詩の構成』（一九二一）、『韻律の歴史と理論』（一九二三）など詩学理論の論考もある。一九二〇年代には自分が統括していた国立芸術史研究所の文芸部門に、エイヘンバウムやトィニャーノフを講師として招請した。そのためもあってか、ジルムンスキイはトロツキイの『革命と文学』ではシクロフスキイ、ヤコブソンと並ぶ代表的なフォルマリストとして名を挙げられているが、実際にはフォルマリズムの主潮流とは一線を画し、すでに一九二三年の「〈形式的方法〉の問題に寄せて」において、エイヘンバウムやシクロフスキイがその考察から「内容」を捨象し、文学の自律性を過度に志向しているとの批判を行っていた。一方、フォルマリストの側からみれば「手法」の問題を「時代の世界感覚」と直結させるジルムンスキイの方法こそ原則なき「折衷主義」にほかならず、両者の関係は一九二〇年代半ば以降は疎遠になっていった。ジルムンスキイはその後も『ロシア文学におけるゲーテ』(一九三七)、『ドイツ語の歴史』(一九三八—五六)など精力的に執筆活動を続け、一九四六年の「コスモポリタニズム批判」で作家のゾーシチェンコ、詩人のアフマートワ、エイヘンバウムらとともに失脚した時期もあったが、その後復権し、現在でもソ連におけるドイツ文献学の確立者として高く評価されている。(中村)

スカース　сказ/skaz, narrative

「話す」を意味するロシア語の動詞「スカザーチ」(skazat')から派生した文芸用語。日本語では「語り」と訳される場合が多いが、この語の含意は研究者により微妙に異なる。「作品の枠内に作者とは異なる語り手が設定されている小説、およびその文体」というのが最大公約数的な定義だろう。ただし語り手が明示的に設定されていなくても、その小説の文体が標準的・中立的と感じられず、口語的印象を醸し出すものであれば、読者によって「語り」として認識されうる。このように「語り」はただ文体・構成上の手法というにとどまらず、規範と異化の関係、想定される語り手のリアリティなどと連動しており、したがって様式(文体)変遷の過程としての文学史や、現代でいう身体論にも接続する問題をはらんでいる。レーミゾフ、ベールイ、ゾーシチェンコなど、いわゆる「装飾的散文」の系譜に属する作家が一九一〇年代以降この手法を駆使した作品を書いたためもあり、「語り」は初期フォルマリズムの重要な関心事の一つだった。とくにエイヘンバウムは「語りのイリュージョン」(一九一八)で問題を提起し、ゴーゴリからレスコフへとつづく一九世紀ロシア文学の「語り」の伝統を指摘するなど、強い関心を示した。著名な「ゴーゴリの『外套』はいかに作られているか」(一九一九)も、彼の「語り」研究の線上に位置する論考である。(中村)

転位、ずらし(ズドヴィーク)　сдвиг/displacement, shift

立体未来派の芸術家の理論・実践における主要な概念の一つ。詩の分野では、とりわけアレクセイ・クルチョーヌィフによって積極的に展開された。「転位」の明確な定義を与えるのは難しいが、ある表現=形式をずらすことによって、その表現=形式が結果として孕むことになる配列や要素の複数性が顕在化し、それを担保とすることで異なる秩序を産出する手法である、ととりあえずはいえるだろう。例えば、日本語表現「ニワニハニワニワトリガイル」では、区切り方、発話の仕方、書字・漢字のあて方など、すでに成立している一定の秩序をずらす=破壊することによって、異なる秩序を創出することが可能である(「庭には、二羽、にわとりがいる」や「庭に、埴輪、にわとりがいる」、「二、鰐、鰐、鰐……わっ!鳥がいる」等々)。つまり、「転位」が作動するには、何らかの移動とその移動に伴って機能の転換が起こるような、二つ以上のシステムが想定されなければならない。しかも、移動の仕方、機能の転換の様態、想定されるシステムの性質等々によって、「転位」はあらゆるレベルで繚乱するだろう。フォルマリズムに関連していえば、まさに「異化」がこうした二つ以上のシステムのコントラストによって成立する手法である。後年、シクロフスキイは詩的言語研究会《オポヤズ》を回想しながら、「芸術における転位は、詩的言語における音の現象のみならず、ポエジーの本質であり、芸術の本質なのだ。そして私はそのとき、『異化』という用語を作り出した」と語っているが、ここで「転位」と「異化」を緩やかに繋ぐのは、「過去を否認する必要はなく、過去を否定して改変する必要があったのだ」という省察である。つまり、転位にせよ異化にせよ、既に存在しているもの（＝「過去」）を背景とし、それをずらすこと（＝「否定して改変すること」）で成り立つという認識をシクロフスキイは述懐している（→中村論文）。その意味で、転位＝異化は、フォルマリストたちが芸術作品の中に見出すべく一要素であることを超えて、彼らが思考するための手法＝形式であったともいえるだろう。（八木）

トィニャーノフ、ユーリイ・ニコラエヴィチ Тынянов, Юрий Николаевич/Tynianov, Iurii Nikolaevich（一八九四―一九四三）

ロシア・ソ連の文芸学者、批評家、作家。一八九四年、現在のラトヴィアのレーゼクネの裕福なユダヤ人家庭に生まれる。ペテルブルク大学の歴史・文学部に学ぶ。ヴェンゲロフのゼミに属し、一九一八年に卒業。詩的言語研究会《オポヤズ》に参加しはじめたのは、一九一八年の秋頃から。芸術会館や文学者会館で講義や報告を重ね、一九二一年から一九二九年にかけて芸術史研究所にて一八―二〇世紀のロシア詩史などの講義を受け持つ。プーシキン、チュッチェフ、ネクラーソフ、ブリューソフ、ブローク、フレーブニコフなど広い範囲の詩人を論じているが、一九世紀前半の詩人と二〇世紀初頭の詩人とを（明示的にせよ暗示的にせよ）パラレルに考察する点が特徴として挙げられよう。理論的著書『詩の言語の問題』（一九二四）では、詩のことばの特性をリズムに求め、そのリズムによって語が「変形」し、日常の言葉とは異なる意味がもたらされるという「詩の意味論」が展開されている（→貝澤、野中論文）。また、文学の進化（文学史）に関する一連の理論的論考、ヤコブソンとの共著「文学研究および文学研究の諸問題」（一九二九）は、ロシア・フォルマリズムの到達点であると同時に、今なお傾聴するに値する内容を含んでいる。なお、文学研究の営みの中で彼は、一貫してパロディに大きな関心を持っており、パロディを文学の進化の重要な要因として捉えていたことを付言しておこう。こういった彼の主要な論考の多くは、『擬古主義者と革新者』（一九二九）に収められている。一九三〇年代以降は理論的著作を発表することはなくなるものの、文学研究者としては、《詩人文庫》シリーズの編纂や《プーシキン委員会》関連の仕事を手がけている（→「プーシキン」の項目）。次第に作家としての活動に重心が移っていくのもこの時期である。そのため、一般に、ロシアにおいて彼は、文芸学者というよりは、未完の『プーシキン』（一九三六）や『ワジル＝ムフタルの死』（一九二七）、『デカブリスト物語』（一九二五）といった作品を残した伝記小説家として知られている（→武田論文）。また、『キジェー少尉』（一九二七）や『蝋人形』（一九三一）、『若きヴィトゥシシニコフ』（一九三三）といった中短編の歴史小説も執筆。更に、日本ではほとんど知られていないが、ハイネの翻訳も二冊出版しており、ソ連のハイネ受容史にも一定の足跡を残している。一方、こうした文学の領域の仕事にとどまらず、映画に関する理論的論考を含め、ゴーゴリの作品を基にした『外套』（一九二六）、デカブリストの乱をモチーフにした『S. V. D.』（一九二七）、『キジェー少尉』を原作とする『キジェー中尉』（一九三四）といった映画シナリオも手がけている（ちなみに、映画『キジェー中尉』にあてられたプロコフィエフの音楽は、のちに交響組曲へとアレンジされている）。（八木）

動機づけ мотивировка/motivation

シクロフスキイは、後年、動機づけについて次のように述べている。「動機づけと私が呼ぶのはプロット構成に対する日常的な説明である。より広い意味でいえば、この『動機づけ』という言葉で我々の〈形態論的〉学派が言っているのは、芸術作品のあらゆる意味的な規定のことなのだ」（『四十年で』一九六五）。ドン・キホーテが旅をすることは、そこで出会う個々のエピソードを繋げるための一つの手法である。手法という観点から見れば、ドン・キホーテが旅をするから様々なエピソードが紡がれるのではなく、個々のエピソードを繋げるために彼は旅をさせられる。シクロフスキイによれば、このエピソードを繋げる手法に対して、「旅をする」というもっともらしい説明や意味が与えられることが「動機づけ」といわれる。「ストーリーは、文体や素材を展開する手段を動機づけるに過ぎないこともありうる」（「文学の進化について」一九二七）とはトィニャーノフの言葉だ。要するに、ストーリーは、文体や技巧、素材を展開するための「ネタ」に過ぎないということである。つまり、手法や形式を、意味やストーリー（端的にいってしまえば「内容」）によって正当化することが、「動機づけ」といわれるわけだ。しかし、「動機づけ」は、決して意味やストーリーといったことのみによってなされるのではない。例えば、詩における押韻は、単語の意味に動機づけられるのではなく、単語の音構成によって動機づけられるともいえる（無論、押韻という手法が単語の意味によって動機づけられているということも可能ではあるが）。この場合、「内容」以上に、その作品における他の要素との関係が、その要素の在り方を「動機づけ」ることになる。こうした状況を、トィニャーノフは抽象化したかたちで次のように述べている。「芸術における動機づけとは、ある何らかの要素をそれ以外のあらゆる要素の側から正当化すること、その要素とそれ以外のあらゆる要素との調和である。要素それぞれは、それ以外の要素との結びつきによって動機づけられている」（『詩の言語の問題』一九二四）。（八木）

同時性―連続性 симультанность–сук-

цессивность/simultaneity–successiveness
同時性／連続性の対比は、トィニャーノフがその著書『詩の言語の問題』のなかで、散文と詩とを分かつ特徴のひとつとして挙げているものである。詩の言説において統辞的構造に当たるのがことばの詩行への分割であることを指摘したとき、トィニャーノフは、その結果として詩テクストの受容が困難になり、時間的に引き延ばされる――すなわち連続的になることに気づいていた。語のグループが統辞的展開のなかで結びつき、事実上は自動的・同時的に受容される散文に対して、詩の語はそのひとつひとつが、みずからが内包している意味的・音声的な可能性を十全に発揮しつつ、個別的に受容される。

　詩と散文の対立の問題に関連して、同時性と連続性の対置に注意を向けたもう一人のフォルマリストはヤコブソンである。「詩人パステルナークの散文についての覚書」（一九三五）、「言語の二つのアスペクトと失語症の二つのタイプ」（一九五六）などの論考において、ヤコブソンは発話行動の基本的な二つの様態――類似関係に基づくメタファー的様態と、近接関係に基づくメトニミー的様態とを区別した。前者は同時性を特徴とし、いっぽう後者は連続性を特徴とする。ヤコブソンによれば、詩はメタファー性を志向し、散文はメトニミー性を志向する。

　このように、トィニャーノフとヤコブソンは詩に対して、それぞれ異なる評価を下している。トィニャーノフが詩を連続性と結びつけているのに対して、ヤコブソンはこれを同時性と結びつけているのである。一見矛盾したように見える二人の立場は、トィニャーノフとヤコブソンがそれぞれ詩的発話の異なる側面に注意を向けていたことによって説明がつくだろう。トィニャーノフにとって重要なのは過程であった。詩的言説は受容過程が困難なものとなり、時間的に長引くという意味で連続的である。これに対してヤコブソンの関心は、時間軸上で延長することなき分割不可能な全一体、意味的なゲシュタルトを理想として志向する詩的言説の意味論的な構造にこそあったのである。（グレチュコ）

トマシェフスキイ、ボリス・ヴィクトロヴィチ Томашевский, Борис Викторович/Tomashevskii, Boris Viktorovich（一八九〇―一九五七）
ロシア・ソ連の文芸学者。ペテルブルク生まれ。一九〇五年、ギムナジウムの生徒だったときに第一次革命の騒乱に参加したかどでロシアの大学への入学を許可されず、学業を継続するためフランスに渡り、ベルギーのリエージュ大学で電気工学を専攻。しだいに文学に関心を抱くようになり、ソルボンヌ大学で文芸学の講義も聴講した。本格的に文学研究に従事するようになったのは、一九一三年にロシアに帰国してからである。十月革命直後の一時期フォルマリストに接近し、モスクワ言語学サークルと詩的言語研究会《オポヤズ》のメンバーとなったが、まもなく論考「形式的方法――追悼文に代えて」（一九二五）などでフォルマリズムを批判するようになった。一九二〇年代初めからペテルブルクのロシア文学研究所とペテルブルク大学に勤務し、一時退職を余儀なくされた時期を除いて、死ぬまで両機関で働き続けた。文学理論とテクスト考証の諸問題に取り組み、ソ連の指導的なプーシキン研究者の一人となる。反形式主義キャンペーンが展開されるなかで一九三一年に学術機関を免職となってからは、数学教師として働いた。プーシキン没後百年記念事業との関係で、一九三七年にようやく研究活動に戻る可能性を得、科学アカデミー版プーシキン全集、プーシキン語彙事典ほかの編纂に参加した。トマシェフスキイは現代的なテクスト考証学を確立し、ロシアの古典的な作家の作品集の校訂を数多く担当した。また、文学理論と作詩法の諸問題に関する彼の仕事は、今日にいたるまでその意義を失っていない。彼が書いた詩学の教科書は、今でも詩の分析と作詩法の最良の入門書の一つと見なされている。（グレチュコ）

トルストイ、レフ・ニコラエヴィチ
Толстой, Лев Николаевич/Tolstoi, Lev Nikolaevich（一八二八―一九一〇）

『戦争と平和』（一八六八―六九）、『アンナ・カレーニナ』（一八七五―七八）、『復活』（一八九九）他の小説によって一九世紀ロシア文学を代表する作家。晩年にかけて宗教家・文明批評家としても多面的に活動し、その思想は「トルストイ主義」と呼ばれ、全世界的な影響力を持った。フォルマリストたちにとってトルストイは、バフチンが「ポリフォニー」など自分の思想の主要概念をドストエフスキイの分析を通じて語ったのと同様の意味で、特権的な作家だった。シクロフスキイが「手法としての芸術」（一九一七）で、初期フォルマリズムの基本概念「異化」を、主にトルストイの日記や小説に基づいて語ったことは、その典型的な事例である。彼は文学史への展開を模索するなかでもこの作家への言及を続け、『レフ・トルストイの長編小説「戦争と平和」における素材と文体』（一九二八）などを刊行した。一方、エイヘンバウムはこれより早く一九二二年に『若きトルストイ』を発表し、トルストイの文学活動初期の軌跡に対して、当時の文学的・思想的諸潮流を視野に入れつつ、「異化」概念に基づく分析を加えて、フォルマリズム的な文学史の先鞭をつけた。ただし彼はその後「文学的ブィト」（一九二七）にあらわれているような軌道修正を経て、創作をも含むトルストイの生涯の全貌を同時代の社会的文脈のなかで描き出す評伝の執筆に専念するようになる（→中村論文）。膨大な文献資料の調査と検討とを伴うこの評伝の執筆は遅々として進まず、生前および死後に単行本としてまとめられたのは、トルストイの一八七〇年代までの事跡に留まった。なおシクロフスキイはエイヘンバウムの死後、友が収集していた資料も一部用いて、一九六三年に物語風の伝記『レフ・トルストイ』を執筆している。このように紆余曲折はあれ、シクロフスキイやエイヘンバウムのトルストイに対する関心はいわゆる「トルストイ主義」とは無縁であり、あくまでも破壊的・脱神話化的なその文体や手法に向けられていた。（中村）

トロツキイ、レフ・ダヴィドヴィチ Троцкий, Лев Давидович/Trotskii, Lev Davidovich（一八七八―一九四〇）

本姓ブロンシテイン。ユダヤ人の移住農民の子としてウクライナに生まれ、早くから革命運動に参加し、ロシア革命の重要な指導者となった。軍事人民委員として赤軍創設に尽力し、国内戦を指揮したトロツキイは、文学や文化にも造詣が深く、マルクス主義者としての立場を堅持しつつも、メイエルホリドの演劇、マヤコフスキイら未来派の詩などアヴァンギャルド芸術にも一定の理解を示していた。フォルマリズムに対するトロツキイの見解は、『文学と革命』所収の論考「詩の形式派とマルクス主義」（一九二三）に見ることができる。フォルマリストたちを「鼻持ちならない早生児」と呼び、彼らが「文学性」の客観的解明をめざすあまり文学の形式的側面に関心を集中していると批判する一方、トロツキイはフォルマリズムの成果が限定的にはきわめて有効であることを認めていた。「フォルマリズムはマルクス主義に理論的に対立している」と述べているけれども、事実上彼は文学の法則性を解明しようとするフォルマリズムと、文学と社会・歴史との関係を主要な関心とするマルクス主義文芸学との接合を夢見ていたといえる。もっともトロツキイの批判は初期フォルマリズムのみを念頭に置いており、すでに文学的進化の問題へと関心を移しつつあった当時のフォルマリストたちにとってはやや心外なものだった。エイヘンバウムは「〈フォルマリスト〉問題をめぐって」（一九二四）で、個別科学であるフォルマリズムと歴史哲学であるマルクス主義とでは、学問としての立場が異なるため、そもそも対立しようがなく、むしろ文学と政治・歴史という対象の違いはあれ、それを発生論的にではなく進化論的に考察することにおいて接点があると反論している。革命の領袖と一文芸批評家との対等なこの応酬はソ連初期の比較的自由な雰囲気を示す好例だが、トロツキイが一九二五年に失脚したのち両者の論争が発展することはなかった。（中村）

バフチン、ミハイル・ミハイロヴィチ Бахтин, Михаил Михайлович/Bakhtin, Mikhail Mikhailovich（一八九五―一九七五）

ロシア・ソ連の美学者、文芸学者。オリョール生まれ。ペトログラード大学などで哲学や古典学を学んだあと、ネヴェリ、ヴィテプスクなどの地方都市に移り住みながら、ヴォロシノフ、カガン、プンピャンスキイ、メドヴェージェフ、ユージナらとともに「バフチン・サークル」と言われるグループを形成し、哲学、文化、宗教等の問題を研究するとともに、講義やコンサートなどの活動をおこなう。一九二四年にはレニングラードに移って活動を続け、一九二八年、フォルマリズムの文芸理論を痛烈に批判する『文芸学の形式的方法』をパーヴェル・メドヴェージェフの名義で出版した。この著作は後にソ連の記号学者イワーノフによって、バフチン自身の著作とされたが、現在では、バフチン・サークルでのフォルマリズムに関する議論をまとめて記述したものと見られ、バフチン自身の見解にも沿った内容だと考えられている。バフチンは晩年に至るまで、文学や言語・文化のテクストを、素材の形式や、記号論・構造主義的な観点から把握しようとする方法論にたいして懐疑的だった。一九二九年には『ドストエフスキイの創作の諸問題』を出版するが、直後に逮捕されカザフスタンに流刑となり、一九三六年にはモルドヴァ共和国のサランスクにある教育大学で教鞭をとることを許可された。一九三〇—四〇年代にかけて、バフチンは、『小説の言葉』、『小説の時間と時空間の諸形式』、『リアリズムの歴史におけるフランソワ・ラブレー』の草稿を書き続けていたが、彼の存在は言論界では忘れ去られていた。一九六〇年代になってバフチンはソ連国内で再発見され、一九六三年にドストエフスキイ論の改訂増補版『ドストエフスキイの詩学の諸問題』、一九六五年に『フランソワ・ラブレーの作品と中世・ルネサンスと民衆文化』が刊行されると世界的な名声を獲得した。一九六九年にモスクワに移住したが、一九七五年に病死した。（貝澤）

ファーブラとシュジェート（筋と題材、ストーリーとプロット）　фабула–сюжет/story–plot

フォルマリズムの小説理論において、物語られる出来事と物語行為とを区別して立てられた対概念。トマシェフスキイは、筋（ストーリー）は「実際に何があったか」であり、題材（プロット）は「それについて読者がいかに知らされるか」であると定義している。シクロフスキイは「プーシキンの『オネーギン』の題材（プロット）は主人公とタチヤーナとのロマンスではなくて、その筋（ストーリー）の題材的加工であり、それは話を中断する逸脱を導入することによって作られている」と、両者の違いを説明する。フォルマリストは文学作品のテーマを、このように筋と題材（ストーリーとプロット）に分けて、前者（「何を」）を素材として単純化し、後者（「いかに」）を文学性の由縁として特権化することで、作品論と文学史研究における独自のアプローチを可能としたが、一方でその動機付け偏重の美学をメドヴェージェフ／バフチンに厳しく批判されることになった。トィニャーノフは素材の概念を意味論的に捉え直してこの二分法を克服しようとしたが、果たせなかった。（武田）

ブィト　быт/byt

本来は「日常生活」や「慣習」を意味するロシア語だが、アヴァンギャルドやトロツキイなどの論考では、しだいに「克服すべき現実」というような否定的ニュアンスを帯び、「到達すべき現実」としてのブィチエ（bytie）の対義語として用いられるようになった。フォルマリストにとってブィトが重要な問題として浮上したのは、一九二〇年代半ばに文学的進化の問題や、文学とその外部にある歴史や社会との関係が重視されるようになってからである。彼らの論考ではこの語は文学系列外の社会的諸状況を意味するものとして用いられた。ただし文学史への展開を主導したエイヘンバウムとトィニャーノフとでは、それぞれの構想におけるブィトの位置づけが異なっていた。エイヘンバウムはブィトを、記述主体を囲繞し、そのあり方を厳しく規定している諸系列の社会的配置と捉えたが（「文学的ブィト」一九二七）、トィニャーノフにとってブィトは、記述主体が文学系列内部の立ち位置から、相関するかぎりにおいて系列内に取り入れ、体系化していく素材であった（「文学の進化について」一九二七）。主にこのことに起因する文学史構想の相違のために、エイヘンバウムとトィニャーノフは一九二〇年代末期、対立した。（中村）

フォルマリズムと政治

フォルマリストたちが活動した時期は、ロシア史のなかでも複雑な時代だった。一九一七年の革命後のロシアで確立された政治的独裁は、社会生活の事実上すべての領域を厳しく統制した。革命直後には早くも全面的な検閲が導入され、検閲をつかさどる文学出版中央管理局の許可なしには、学術的なものも含めて、いかなる本も論文も刊行できなかった。独裁はとりわけスターリンが政権を掌握した後、強化された。フォルマリストたちに対する国家の政策はしだいに敵対的となり、それにつれて彼らが自分の意見を率直に述べる機会も減少した。グループとしてのフォルマリズムの活動は一九二〇年代末までには事実上終息し、シクロフスキイは権力の圧力下で自分の過去の見解を公に自己批判することを余儀なくされた（「学問的誤謬の記念碑」一九三〇）。ヤコブソンはソ連に帰国しない道を選択した。一九三〇年代にはフォルマリズムに近い関係にあった人びとが職を失い、追放され、あるいは逮捕されたり処刑されたりした。公式筋の批評では「フォルマリズム」という語が悪罵として用いられるようになり、フォルマリストとして告発された者はきわめて深刻な結果を覚悟しなければならなかった。一九四〇年代後半に始まった「反コスモポリタニズム」キャンペーンもまたフォルマリストたちを直撃した。このキャンペーンの過程で、多くの学者・文化人が西側のイデオロギーを流布したとして、愛国心の欠如を批判された。「反コスモポリタニズム」は反ユダヤ主義的性質を強く帯びていたので、多くがユダヤ系であったフォルマリストたちは職場から追放され、「祖国を持たぬコスモポリタン」として公式に非難され（エイヘンバウム、ジルムンスキイ）、一部の者は逮捕された（グコフスキイは尋問後に獄中で死んだ）。反ユダヤ的なこのキャンペーンは、一九五三年にスターリンが死去するまで続けられた。（グレチュコ）

プーシキン、アレクサンドル・セルゲーヴィチ　Пушкин, Александр Сергеевич / Pushkin, Aleksandr Sergeevich（一七九九―一八三七）

一九世紀前半の詩人・作家。その短い生涯において『コーカサスの虜』（一九二一）、『ポルタワ』（一八二九）、『青銅の騎士』（一八三三）などの叙事詩、韻文小説『エフゲーニイ・オネーギン』（一八三一完成）、また『スペードの女王』（一八三四）、『大尉の娘』（一八三六）などの散文小説のほか、今も愛唱される数多くの叙情詩を書き、現在なお「近代ロシア文学の父」という文学史上の特権的な地位を与えられている。プーシキンの評価は一九世紀末の「国民文学史」形成とともに高まったが、一九一〇年代のロシア未来派は「プーシキンは象形文字よりもわかりにくい」「プーシキン〔……〕を現代の汽船から放り出せ」(『社会の趣味への平手打ち』一九一二)などと述べ、この詩人を否定しようとした。十月革命後の文学的諸流派の多くも、プーシキンを打破すべき旧文学の筆頭格と見なした。一九一〇―二〇年代のこのような状況下で、ペテルブルク大学の「プーシキン・ゼミナール」を母体の一つとするフォルマリズム(→「オポヤズ」の項目)のプーシキン研究は、むしろ学術的(文学史的)なアプローチによって際立っていた。シクロフスキイが『ローザノフ』(一九二一)その他で、トィニャーノフが後に『擬古主義者と革新者』(一九二九)にまとめられる諸論考で、それぞれプーシキンの軌跡と彼をめぐる文学的事象との関係を「異化―自動化」の概念に立脚して理論的に説明しようと模索したことが、後期フォルマリズムの文学史への展開の突破口となったのである。なお、一九三〇年代のスターリン体制下ではロシア文学の規範化が促進され、一九三七年に全ソ連規模で行われた「プーシキン没後百年祭」はその頂点に位置づけられる行事だったが、かつてフォルマリズム周辺にあったトマシェフスキイやジルムンスキイは「百年祭」を主導したソ連科学アカデミー・プーシキン委員会の主要メンバーであった。トィニャーノフやエイヘンバウムも、論文執筆や資料文献の考証や解題によって、これに協力している。トィニャーノフによる歴史小説『プーシキン』(一九三六)の執筆、トマシェフスキイによるプーシキン全集の校訂作業や伝記資料の収集等の事績もあり、概して一九三〇年代以降のフォルマリストたちは、現代につながるプーシキンの正典化に一定の役割を果したといえる。
(中村)

フレーブニコフ、ヴェリミール
Хлебников, Велимир/Khlebnikov, Velimir
(一八八五―一九二二)

本名ヴィクトル・ヴラジーミロヴィチ。ロシア未来派の詩人。アストラハン県に生まれる。非ユークリッド幾何学で知られるロバチェフスキイのカザン大学で数学を学び、上京後はペテルブルク大学でサンスクリット語などを学んでいる(いずれも退学)。深い自然科学の素養をもち、詩に対するアプローチも同時代の詩人たちとはちがっていた。一九一一年、未来派グループ「ギレヤ」を結成し、詩における言語革命をほとんど独力で牽引した。造語やザーウミを駆使した初期の代表作に「笑いの呪文」「きりぎりす」「ボベオビ」(一九〇八―〇九)などがある。これら短詩形の実験詩以外に、フレーブニコフの名を高めたのは新たな長詩形の創造で、都会の事物の叛乱を幻想的に描いた『鶴』(一九〇九)は、マヤコフスキイら後続の詩人に道をひらいたものとして特筆される。革命後、フレーブニコフはめざましい創作力の高まりをみせ、『詩人』(一九一九)、『ラドミール』(一九二〇)ほか数々の長詩を書き上げる。国内戦に取材した『ソヴィエト前夜』『現在』『夜間捜索』（一九二一）には様々な社会的方言がたくみに取りこまれ、トィニャーノフをして「二〇世紀唯一のわが国の叙事詩人」と呼ばしめた。稀代の変人としても知られたフレーブニコフは、ロシア各地を放浪し、イランにまで足をのばし、詩的実験の集大成『ザンゲジ』（一九二二）と特異な時間論『運命の板』（未完）の執筆に没頭しながら野垂れ死に同然の死を遂げた。フォルマリストでは、ヤコブソンが最初の綱領的論文『最も新しいロシアの詩』（一九二一）を書いたほか、トィニャーノフが『フレーブニコフ作品集・全五巻』（一九二八―三三）の編集に携わっている。（武田）

プロップ、ヴラジーミル・ヤコヴレヴィチ　Пропп, Владимир Яковлевич/Propp, Vladimir Iakovlevich（一八九五―一九七〇）

ロシア・ソ連の民俗学者、文芸学者。現代テクスト理論の確立者の一人。ペテルブルクに生まれ、ペトログラード大学歴史・文学部を卒業後、母校で教鞭をとりながら研究に従事した。プロップはフォルマリズム理論の守備範囲を、ロシアの民話におけるナラティヴの構造分析に適用することで著しく拡張した。『昔話の形態学』（一九二八）であらゆる昔話においてさまざまなかたちで反復されているプロットの最小限の構成要素（機能）を抽出してみせたが、このアプローチはナラティヴの構造類型学的研究の土台となった。プロップの仕事は、神話的・民俗的・文学的テクストの構造主義的研究の発展に顕著な影響をおよぼした。その論考のうち著名なものとしては、ほかに『魔法昔話の起源』（一九四六）が挙げられよう。このなかで彼は、昔話が通過儀礼を基底とする口頭伝承から発達したものであるとの仮説を立てている。プロップの業績は、理論的にきわめて大きな意義を持つものであるにもかかわらず、四半世紀以上ものあいだ翻訳されることがなかったが、一九五八年に『昔話の形態学』が英訳されると、世界の多くの国々の文化人類学、文芸学、記号論の発展に甚大な影響をおよぼした。彼の思想はレヴィ＝ストロース、バルト、グレマスといった多様な分野の研究者の知的構想の形成に重要な役割をはたした。（グレチュコ）

フロレンスキイ、パーヴェル・アレクサンドロヴィチ　Флоренский, Павел Александрович/Florenskii, Pavel Aleksandrovich（一八八二―一九三七）

ロシアの宗教思想家。現アゼルバイジャンのエヴラフで、鉄道技術者の家庭に生まれる。幼少時から数学の才能を発揮し、モスクワ大学物理数学部に入学。哲学、宗教、芸術にも深い関心を持ち、ロシア象徴派の文学運動にも接近した。一九〇四年モスクワ大学を卒業するとモスクワ神学大学に入学、一九〇八年に修了したあとは、同校で教鞭をとった。一九一四年には主著と目される『真理の柱と基礎』を上梓し、独自の宗教思想を展開して有名になった。革命後の二〇年代には、高等芸術工房（ヴフテマス）で芸術理論の講義をおこなったり、ソヴィエト国内の電化のための絶縁体の研究に従事したりする一方、著書『幾何学における虚』（一九二二）を刊行。またこの時代に、イコン論や言語論についての草稿が数多く残されている。フロレンスキイの言語観は、基本的にはフンボルトやポテブニャの言語思想の系譜につながるものであり、言葉（名）が身体であるとともにイデアを直接表すという考え方に立脚していて、フォルマリストたちの形式的な言語観とは真っ向から対立するものである。こうした言語観は、二〇世紀初頭のロシアの宗教思想家アレクセイ・ローセフやセルゲイ・ブルガーコフらに受け継がれた。一九二〇年代末から三〇年代初期にかけて数回逮捕され、三三年にはソロフキの収容所に送られ、三七年に銃殺刑に処せられた。（貝澤）

文学史（進化） история литературы (эволюция) ／ history of literature (evolution)

フォルマリズムのいう「文学史」研究とは、過去の個々の文学作品・作家を分析することであると共に、文学の進化のメカニズム・モデルを構築することである。シクロフスキイは、文学史のモデルとして異化の原理を適用し、「文学史は不連続で折れ曲がった線にそって進む。〔……〕文学流派の交替に際し、その遺産は、父から子ではなく叔父から甥へと受け継がれる」と語る。トィニャーノフも同様に、「文学におけるあらゆる継承関係は、何よりも闘争なのであって、古い全体を破壊し、その古い要素を新しく構築することである」と述べる。彼らはここで、伝統的な文学史観が念頭においている連続的な継承関係を否定し、文学史は「断絶」「飛躍」「闘争」を孕んで不連続に進展することを主張する（こうした歴史観は、メドヴェージェフ／バフチンによって批判される）。文学史研究は、フォルマリズムの形式的＝内在的方法のさらなる拡張であった一方で、トロツキイやマルクス主義文学者陣営からの批判への応答でもあった。その点で、彼らにとって文学史の記述は、自らの方法論をいかに「歴史＝社会」にリンクさせていくかという問いと同義となる。言い換えれば、文学史＝文学の進化の自律性を確保しつつ、マルクス主義陣営の前提とする反映論的文学史観とは異なる方法で、個々の作品と作品成立時の社会との連関、また通時的観点からの文学の進化の推進力を究明することである。その探求の重要な局面は、文学系列外の事象であるブィトの扱いをめぐる問いに収斂されるものの、フォルマリズムの間で統一見解がとれたわけではなかった。その目立たないまでも決定的な相違は、トィニャーノフ「文学的事実」（一九二四）や「文学の進化について」（一九二七）と、エイヘンバウム「文学的ブィト」（一九二七）とを比較してみればよい（→「ブィト」の項目）。更に加えれば、この文学史＝文学の進化の問題を究明することが、一九二〇年代末に企図されたオポヤズ再興の試金石となる重要なテーマの一つであった。トィニャーノフ／ヤコブソンのテーゼ「文学研究および言語研究の諸問題」（一九二九）は、来るべき文学史プログラムへの前哨でもあった。（八木）

ポテブニャ、アレクサンドル・アファナーシエヴィチ Потебня, Александр Афанасьевич/Potebnia, Aleksandr Afanasevich（一八三五―九一）

ロシア（ウクライナ）の言語学者。ポーランドの中等学校から、ハリコフ大学法学部に進むが、歴史・文学部に転部、民族学に関心を持つ。卒業後ハリコフの中等学校教師を勤めたが、一八六一年、民衆詩に関する学位論文を提出し、ハリコフ大学に職を得た。一八六二年には、主著『思考と言語』を刊行。一八七四年には『ロシア文法ノートから』で博士の学位を授与され、翌年ハリコフ大学教授に就任。一八七七年には帝国科学アカデミー準会員となった。『思考と言語』で展開されたポテブニャの言語理論は、ドイツの言語学者フンボルトやシュタインタールの言語思想の影響をうけたものだが、その核心にあるのは、言葉は、その音声形式（外的フォルム）がもたらす聴覚イメージ（内的フォルム）によって、意味内容と創造的に結び付いているという考え方であった。こうした言語思想はポテブニャの生前にはさほど評価されていなかったが、死後、ハリコフ学派と呼ばれる弟子たちにより、彼の講義ノートがつぎつぎと刊行され、また『思考と言語』が再刊されたことで注目され、一八九〇年代以降、ロシア象徴派や一部の宗教思想家などが、言葉の詩的創造性を理論的に説明するものとしてポテブニャを高く評価した。詩的言語はその素材（言語）の形式や手法の集積のみによって成立しうると考えていたフォルマリストたちはポテブニャを批判したが、実際にはその影響は大きかったと言われている。（貝澤）

マヤコフスキイ、ヴラジーミル・ヴラジーミロヴィチ　Маяковский, Владимир Владимирович/Maiakovsky, Vladimir Vladimilovich（一八九三―一九三〇）

ロシア・ソ連の詩人。少年時代から革命運動に参加し、たび重なる逮捕と投獄を経たあと、政治を捨て芸術を選び、初めは美術学校に通う。一九一二年、前衛的な詩人と画家が結集した未来派グループ「ギレヤ」に参加し、詩を書きはじめる。初期の代表作に、『ズボンをはいた雲』『背骨のフルート』（一九一五）などがある。「詩の作者ではなくて詩の対象である詩人が一人称（「ぼく」）で世界に呼びかける」（パステルナーク）という独自の方法により、フレーブニコフとともに二〇世紀ロシア詩にドラマチックな長詩形の表現を切りひらいた。一九一七年の革命を熱烈に受け入れ、戯曲『ミステリヤ・ブッフ』（一九一八）を書くなど、政治の革命と芸術の革命を同調させてゆくことに努力し、いわゆるロシア・アヴァンギャルドを代表する詩人となる。だが、政治と芸術の共同革命の夢は実現しなかった。マヤコフスキイは雑誌『レフ（芸術左翼戦線）』（一九二三）を創刊し、詩的言語研究会《オポヤズ》のメンバーらもひきこんで、革命から後退する政治に対する芸術の戦いを仕掛けるが、彼の雑誌はまもなく廃刊に追いこまれる。この苦難の時期に、最後の傑作『これについて』（一九二三）が書かれた。以後のマヤコフスキイの創作は、政治に押し潰されて、おおむね精彩を欠いたと言わなければならない。マヤコフスキイと親交のあった詩的言語研究会《オポヤズ》のメンバーであるが、意外にも詩人マヤコフスキイを論じた文章は少ない。同時代に書かれたマヤコフスキイ論の白眉は、モスクワ言語学サークル出身のヤコブソンの「おのれの詩人たちを浪費した世代について」（一九三〇）にとどめを刺す。（武田）

未来派　футуризм/futurism

一九一〇年代初めに起こった芸術運動。自我未来派、立体未来派、「詩の中二階」、「遠心分離機」などのグループを形成したが、最も急進的で影響力のあったのは、フレーブニコフ、クルチョーヌィフ、マヤコフスキイ、ブルリュークらが集った立体未来派で、フォルマリストが未来派と言うときはこのグループを指している。立体未来派は文集『社会の趣味への平手打ち』（一九一二）で「プーシキン、トルストイ、ドストエフスキイを現代の汽船から放り出せ」と宣言して、過去の文学伝統を否定し、新しい自律的な詩的言語によって知覚世界を革新しようとしたが、それはちょうど具象画から抽象画へと展開する絵画の運動に対応するものであった。日常言語とそれに乗った世界に揺さぶりをかけるために、立体未来派の詩人たちは非合理性を武器とし、言い間違いや、文法の無視、造語やザーウミの使用、動作・場面のでたらめな展開など、様々な実験を駆使して、幻想的でグロテスクに変形された反‐世界を描き、ラリオーノフ、ゴンチャローワ、マレーヴィチら前衛画家と共同して多数の文集を刊行した。彼らの詩は当初新奇をてらったものとして無理解に晒されたが、これに抗して書かれたのがシクロフスキイの『言葉の復活』（一九一四）である。立体未来派は一九一五年頃には解体し、同じ頃にマヤコフスキイやフレーブニコフとフォルマリストの交流がはじまる。フォルマリスト（特にシクロフスキイ）にとって彼らの詩は「手法の露出」の見本であり、「詩的言語」、「異化」、「転位」等の鍵概念の発想源であった（「詩と超意味語《ザーウミ》について」一九一六など）。マヤコフスキイは詩的言語研究会《オポヤズ》に参加し、革命後は自ら編集する芸術機関誌『レフ』（一九二三―二五）にフォルマリストの仕事を積極的に掲載した。（武田）

メイエルホリド、フセヴォロド・エミリエヴィチ　Мейерхольд, Всеволод Эмильевич/Meierkhol'd, Vsevolod Emil'evich（一八七四―一九四〇）

演出家、俳優。ペンザの裕福なドイツ系実業家の家に生まれる。モスクワ大学在学中に演劇に熱中し、ネミロヴィチ＝ダンチェンコが指導するモスクワ・フィルハーモニー協会演劇学校で学ぶ。一八九八年から一九〇二年まではモスクワ芸術座で俳優として活躍し、チェーホフの『かもめ』のトレープレフ役などを好演した。やがて様式性を追究した演劇を目指し芸術座を離れ、一九〇六年には『修道女ベアトリーチェ』や『見世物小屋』等を演出、一九〇八年から一七年まではアレクサンドリンスキイ劇場でレールモントフ作『仮面舞踏会』等を上演した。革命時にはいち早く社会主義政権を支持し、一八年からは教育人民委員部演劇部門の指導者となり、二一年からは国立高等演劇工房を指導、二三年にはメイエルホリド劇場を結成し、『堂々たるコキュ』（一九二二）、ゴーゴリ作『査察官』（一九二五）、マヤコフスキイの『南京虫』（一九二九）等を上演。二〇年代の演出作品は、自ら開発した俳優養成システム〈ビオメハニカ〉に基づき、ダイナミックな運動性を伴った、約束事を強く意識させる演技を特徴としていた。また、それまでの伝統からまったくかけ離れた構成主義的舞台装置も観客を驚かせた。しかし、三〇年代に入るとスターリニズムの台頭により、孤立に追い込まれる。メイエルホリド劇場は三八年に閉鎖され、三九年には演出家自身も逮捕、翌年銃殺された。メイエルホリドと映画との関わりについても触れておこう。彼自身、革命前に二本の映画（『ドリアン・グレイの肖像』一九一五、『強い男』一九一七）で監督・出演した他、革命後にもプロタザーノフの『白い鷲』（一九二八）に出演する等、映画という新興メディアに強い関心を持っていた。そればかりか、二〇年代にはモンタージュやクローズ・アップの手法を積極的に自己の演劇に取り入れようともしていた。また、メイエルホリドにかつて教えを受けた人々がその後、数多く映画界で活躍した点も強調すべきだろう。例えば、監督ではエイゼンシテイン、プィリエフ、ユトケーヴィチ、エック、俳優ではガーリン、イリインスキイ、シトラウフ等がいるが、もし彼らがいなければ、その後のソ連映画はずっと貧相なものになっていたはずである。こうした映画史・演劇史をつなぐ人脈的な研究も今後は求められていくだろう。（長谷川）

モスクワ言語学サークル　Московский лингвистический кружок/Moscow linguistic circle

一九一五年から一九二四年まで活動したモスクワの人文科学研究者のグループの名称。モスクワ大学歴史・文学部の学生たちの組織として結成され、創立メンバーには、当時この学部の学生だったヤコブソンとボガトィリョフが含まれていた。初代の議長にはヤコブソンが選ばれ、サークルの会合はしばしば彼の自宅で開かれた。サークルの活動が最も活発だったのは一九一九年から二三年にかけての時期である。メンバーには、ブリーク、ジルムンスキイ、ポリワノフ、トマシェフスキイ、トィニャーノフ、シクロフスキイ、ヤルホなどフォルマリストや彼らに近い研究者が多数含まれていた。サークルの活動にはまたマヤコフスキイ、クルチョーヌイフ、パステルナーク、アセーエフ、マンデリシタームといった詩人も参加していた。サークルの会合では文学と言語学のきわめて多様な問題が議論され、新しいアプローチや方法が模索された。文学研究と言語学の西欧における新しい潮流に大きな注意が払われ、たとえばソシュールの『一般言語学講義』に関するロシアで最初の討議は、このサークルの会合で行われたのである。モスクワ言語学サークルの業績は、ロシアの構造主義と記号論の最も優れた伝統の発展の土台となったといえるだろう。とりわけ音韻論の理論的な着想を初めて得たのがこのサークルの会合の席上だったことは、ヤコブソン自身が認めるところである。モスクワ言語学サークルの活動はまた後に創設されたプラハ言語学サークルの原型ともなった。(グレチュコ)

モンタージュ　монтаж/montage
本来は「編集」を意味するが、一九二〇年代のソ連でのモンタージュ論にもとづく編集法を指すことも多い。当時のソ連では様々なモンタージュ論が登場した。例えば、クレショフは既存のフィルムから男優のショットを取り出し、その後に他のショット(スープ皿、死んだ子どもの棺等)をつなげると、男優の表情のもつ意味が後続のショットによって変わることを発見した。ショットとショットをつなげることで意味が生まれるという彼の理論を、エイゼンシテインはさらに大胆に発展させた。『ストライキ』(一九二四)では、弾圧される労働者の映像にストーリー上無関係な屠畜場のショットが突然挿入される。ここでは、労働者と屠畜場というまったく異なるショットを衝突させることで、「資本主義では労働者は家畜に過ぎない」という新たなメッセージを打ち出すことになる(後に彼はこの手法が漢字の偏と旁の関係に似ていると述べた)。一方、トィニャーノフは、エイゼンシテインに近い立場からモンタージュの問題を考察し、モンタージュの織りなすリズム感を、詩において詩行から詩行へ飛躍する際に生まれるリズム感と重ねて説明している(「映画の基礎について」一九二七)。トーキーの到来で映画の文法が大きく変わると、モンタージュを映画の本質とするこうした理論の多くは効力を失ってしまう(→長谷川論文)。しかし、エイゼンシテインは一九三〇年代以降もモンタージュ論の発展上で音声や色彩の問題を考え、「総合芸術」の観点から映画を捉え直そうとした。(長谷川)

ヤコブソン、ロマン・オシポヴィチ　Якобсон, Роман Осипович/Jakobson, Roman Osipovich (一八九六―一九八二)
言語学者、文芸学者、記号学者。ヤコブソンはロシア・フォルマリズムと二〇世紀人文科学・思想の主要な諸潮流とをつなぐ結び目のような役割をはたした。モスクワ言語学サークルの創設者のひとりとなり、また詩的言語研究会《オポヤズ》の一員として活発に活動していた当時、彼はまだモスクワ大学の学生に過ぎなかったが、フレーブニコフ、マヤコフスキイなど未来派の重要な詩人たち、シクロフスキイほかフォルマリズムの代表的なメンバーと緊密に連携していた。一九一九年に書いた『最も新しいロシアの詩――フレーブニコフへの接近』において、「詩とは、表現への志向を伴った言説である」というテーゼを立て、これが初期フォルマリズムの美学的な土台となった。一九二〇年代初めにチェコスロヴァキアに移り、後に構造主義発展の重要な段階と位置づけられることになるプラハ言語学サークルの創設に参加した。ニコライ・トルベツコイとともに音韻論の基礎を確立したが、これは相対立する二項式の設定に基づく構造分析の諸原則がもっとも鮮明に発揮される分野である。第二次世界大戦勃発後米国に移住したが、その思想はニューヨークで彼の講義を聴いたレヴィ＝ストロースに大きな影響を与え、彼が神話分析にヤコブソンの思想を応用したことがフランス構造主義の端緒となった。ヤコブソンは一九四九年からハーバード大学で、その後マサチューセッツ工科大学で教鞭をとった。また一九五〇年代末から再びソ連への訪問を許されるようになり、ソヴィエト構造主義言語学とソ連記号論の発展に寄与、一九六〇―七〇年代にはモスクワ＝タルトゥー学派の活動を積極的に支援した。ヤコブソンの思考はその死にいたるまで高い水準を保ち、晩年には当時形成されつつあった神経言語学に大きな関心を寄せた。（グレチュコ）

レールモントフ、ミハイル・ユーリエヴィチ　Лермонтов, Михаил Юрьевич/Lermontov, Mikhail Iur'evich（一八一四―四一）

一九世紀前半の詩人。一八三七年にプーシキンが決闘で斃れた際に書いた詩『詩人の死』で一躍広く知られるようになったが、専制政府を糾弾するその内容ゆえにコーカサスへと流刑にされた。この地を舞台とする散文小説の傑作『現代の英雄』と詩集二巻を一八四〇年に刊行し、文学的地位を確固たるものにしたが、翌年にコーカサスのピャチゴルスクで決闘のために若くして死んだ。フォルマリストの中でこの詩人に深い愛着を示したのはエイヘンバウムである。彼が一九二四年に刊行した『レールモントフ――文学史的評価の試み』は、文学史の問題へと関心を移しつつあった当時のフォルマリストたちから高く評価された。エイヘンバウムはこの本のなかで、レールモントフが既存作品から詩句や比喩を抜き出し、それを換骨奪胎して自作品のなかでくり返し使用していたことを広範な文学的知識を駆使して実証し、レールモントフ文学のハイブリッド性を浮き彫りにした。そのほかにもレールモントフの文学的模索を「抒情的主体」の形式の探求の問題として捉えるなど、現代にまで至るレールモントフ研究の基本的な枠組は、この著作によって確立されたといえる。エイヘンバウムはその後も「レールモントフの文学的立場」（一九四一）、「『現代の英雄』」（一九六一発表）などの論考を著し、晩年までこの詩人に強い関心を持ち続けた。（中村）

レフ（芸術左翼戦線）　ЛЕФ/LEF

《芸術左翼戦線 Levyj front iskusstv》の頭文字を名称にした芸術団体。一九二二年終わりにモスクワで発足。中心メンバーは、マヤコフスキイ、アセーエフ、トレチヤコフ、ブリーク、クシュネル、アルヴァトフ、チュジャークで、他に、パステルナーク、クルチョーヌィフ、バーベリ、シクロフスキイ、エイヘンバウム、トィニャーノフ、トマシェフスキイ、ヴィノクール、ポリワノフ、ロトチェンコ、ステパノワ、タトリン、エイゼンシテイン、クレショフ、ヴェルトフ、シューブら、未来派詩人、同伴者作家、フォルマリズムの理論家、構成主義の画家や写真家、映画監督など多様なグループの、ジャンルを超えた芸術家たちが参加。複数の集団を束ねたレフは、芸術を生活建設に適合させ、生産主義的な課題に芸術を従属させること、すなわち、芸術の実用化（生産芸術）を目指した。一九二三年三月､同人誌『レフ』を創刊。各号は､綱領、実践、理論、書評、事実の五部構成からなり、表紙をロトチェンコが担当。創刊号の綱領論文（「何のためにレフは闘うか?」「レフは誰に咬みつくか?」「レフは誰に警告するか?」）はマヤコフスキイが書いた。一九二三年に四号、二四年に二号、二五年に一号、計七号が刊行された。一九二四年には「レーニンの言語」特集号もある（→野中論文）。一九二五年一月をもって終刊。だが、翌年には再び、マヤコフスキイによって同人誌の構想が練られ、一九二七年一月初旬、『新レフ』誌が創刊。月刊となり、一九二八年一二号まで、通算二二号が刊行される。『新レフ』誌は、ファクト（事実）の芸術を創造する理論と実践を展開した。文学であれば、虚構性やプロットは忌避され、新聞、記録文などのジャーナリズムが追求される。映画であれば、ニュース映画、ドキュメンタリー映画が求められた。ジャーナリズムと複製技術を基底においた、生産主義芸術の実験場であった。一九二九年には論文集『ファクトの文学』も刊行。編集責任者のマヤコフスキイは二八年七号をもって『新レフ』誌を退き、残りの五号はトレチヤコフが編集。一九二九年五月にマヤコフスキイはレフを脱退すると、新たなレフ（REF《芸術革命戦線》）を設立。同年九月に公式団体として認可され、国立出版所と文集刊行の契約を交わすが、出版には至らなかった。翌年四月、マヤコフスキイは自死。（佐藤）

あとがき

本書は共同研究チームから生まれた。二〇〇六年ごろからロシア・フォルマリズムの読み直しをはかるメンバーが集まり、研究会を重ねた。議論の方向性が見えてきたところで、成果を論集として出版する計画がスタートした。思いのほか時間がかかり、五年越しでようやく「あとがき」を書くところまでこぎつけた。編者として執筆者諸氏に多くの無理を言ってきた手前、正直ホッとしている。

本書の内容については、もう取り立てて語るべきことはない。全体のコンセプトは序論で尽くした。各論ではフォルマリズムの個別問題、新しい局面について分かりやすく、しかしレベルは落とさずに論じることを第一義とした。用語・人名集もそれ相当の労力と時間をかけて作ったもので、正確さと具体性を心がけた。本書を手に取れば、この二十年間のフォルマリズム研究の地平が見渡せるものと自負している。フォルマリズムの名前を久しく聞かないという上の世代にも、その名を初めて聞くという若い世代にも手に取っていただくことを願うばかりだ。文学作品の〈かたち〉と〈意味〉のつながりを考えるというフォルマリズム的課題は、現代の人文的教養にとっても生き生きした問題であり続けている。それはもう文学理論の盛衰とは関わりない話だ。

出版に至るまでには多くの方にお世話になったが、なかでも、桑野隆先生にはせりか書房への紹介の労を取ってくださったこと、また企画・内容面でのご助言をいただいたことに心よりお礼申し上げたい。周知のように、桑野氏は日本におけるフォルマリズムとバフチン研究の第一人者である。ついでに言うと、私たちにとってはいまだに怖くも優しい師である。

せりか書房社主の船橋純一郎氏は、最後はほとんど義侠心で出版を引き受けてくださったようで（思いすごしであればよいが）、感謝の念に堪えない。これもよく知られていることだが、せりか書房は日本でのフォルマリズム紹介の主軸となった出版社である。そのせりか書房から本書が出ることを私たち執筆陣は誇りにも喜びにも思う。

本書の元となった共同研究は日本学術振興会の科学研究費基盤研究（C）「ロシア・フォルマリズム再考―新しいソ連文化研究の枠組における総合の試み」（課題番号18520172）、基盤研究（B）「ロシア文化論の研究―制度化の諸相と脱中心化の可能性」（課題番号23320065）の支援を受けた。

二〇一二年七月

編者一同

Fredric Jameson　*The Prison-House of Language: A Critical Account of Structuralism and Russian Formalism*. Princeton: Princeton UP, 1972.
Andrzej Karcz　*The Polish Formalist School and Russian Formalism*. University of Rochester Press and Jagiellonian UP, 2002.
Dragan Kujundžić　*The Returns of History: Russian Nietzscheans After Modernity*. Albany: State University of New York Press, 1997.
Krystyna Pomorska　*Russian Formalist Theory and Its Poetic Ambiance*. The Hague: Mouton, 1968.
Alastair Renfrew and Galin Tihanov (eds.)　*Critical Theory in Russia and the West*. London and New York: Routledge, 2010.
Douglas Robinson　*Estrangement of the Somatics of Literature: Tolstoy, Shklovsky, Brecht*. Baltimore: The John Hopkins UP, 2008.
Thomas Seifrid　*The Word Made Self: Russian Writings on Language, 1860-1930*. Ithaca and London: Cornell UP, 2005.
Peter Seyffert　*Soviet Literary Structuralism: Background, Debate, Issues*. Columbus: Slavica Publishers, 1983.
Jurij Striedter　*Literary Structure, Evolution, and Value: Russian Formalism and Czech Structuralism Reconsidered*. Cambridge and London: Harvard UP, 1989.
Ewa Thompson　*Russian Formalism and Anglo-American New Criticism : A Comparative Study*. The Hague: Mouton, 1971.
Kristin Thompson　*Eisenstein's Ivan the Terrible: A Neoformalist Analysis*. Princeton: Princeton UP, 1981.
Kristin Thompson　*Breaking the Glass Armor: Neoformalist Film Analysis*. Princeton: Princeton UP, 1988.
Jindřich Toman　*The Magic of a Common Language: Jakobson, Mathesius, Trubetzkoy, and the Prague Linguistic Circle*. Cambridge and London: The MIT Press, 1995.

個々の人物について

・日本語著作（翻訳を含む）

佐藤千登勢『シクロフスキイ　規範の破壊者』南雲堂フェニックス、2006.
エルマー・ホーレンシュタイン　『ヤーコブソン：現象学的構造主義』川本茂雄・千葉文夫訳、白水社、1983.
山中桂一　『ヤコブソンの言語科学１　詩とことば』勁草書房、1989.
山中桂一　『ヤコブソンの言語科学２　かたちと意味』勁草書房、1995.

・英語著作

Any Carol　*Boris Eikhenbaum: Voices of a Russian Formalist*. California: Stanford UP, 1994.
Richard Bradford　*Roman Jakobson: Life, Language, Art*. London and New York: Routledge, 1994.
Richard Sheldon　*Victor Shklovsky: An International Bibliography of Works by and about him*. Ann Arbor: Ardis, 1977.

貝澤哉　『引き裂かれた祝祭：バフチン・ナボコフ・ロシア文化』論創社、2008.
カルロ・ギンズブルグ　「異化」『ピノッキオの眼：距離についての九つの省察』竹山博英訳、せりか書房、2001.
ジュリア・クリステヴァ　『詩的言語の革命：第一部　理論的前提』原田邦夫訳、勁草書房、1991.
桑野隆　『ソ連言語理論小史：ボードアン・ド・クルトネからロシア・フォルマリズムへ』三一書房、1979.
桑野隆　『民衆文化の記号学：先覚者ボガトゥイリョフの仕事』東海大学出版会、1981.
桑野隆　「危機の言語学」、「ロシア・フォルマリズム」『言語論的転回』（岩波講座『現代思想４』）、岩波書店、1993.
桑野隆　「フォルマリズム論争再読」『バフチンと全体主義：20 世紀ロシアの文化と権力』東京大学出版会、2003.
フレドリック・ジェイムソン　『言語の牢獄：構造主義とロシア・フォルマリズム』川口喬一訳、法政大学出版局、1988.
ピーター・スタイナー　『ロシア・フォルマリズム：ひとつのメタ詩学』山中桂一訳、勁草書房、1986.
ツヴェタン・トドロフ　『批評の批評：研鑽のロマン』及川馥・小林文生訳、法政大学出版局、1991.
トロツキイ　『革命と文学』（上・下）、桑野隆訳、岩波文庫、1993.
野中進編　『ロシア・フォルマリズム再考：新しいソ連文化研究の枠組における総合の試み』科学研究費補助金研究成果報告書、埼玉大学、2008.
ミハイル・バフチン　『文芸学の形式的方法』桑野隆・佐々木寛訳、新時代社、1986.
エルマー・ホーレンシュタイン『言語学・記号学・解釈学』平井正・菊池雅子・菊池武弘訳、勁草書房、1987.
パーヴェル・メドヴェージェフ　「文芸学の形式的方法」『ミハイル・バフチン全著作第二巻：一九二〇年代後半のバフチン・サークルの著作１』磯谷隆・佐々木寛訳、水声社、2005.
トニー・ベネット　『マルクシズムとフォルマリズム』鈴木史朗訳、未来社、1986.
水野忠夫　『[新版] マヤコフスキイ・ノート』平凡社、2006.
山口巖　『パロールの復権：ロシア・フォルマリズムからプラーグ言語美学へ』ゆまに書房、1999.

・英語著作

Steven Cassedy　*Flight from Eden: The Origins of Modern Literary Criticism and Theory*. Berkely, LA, Oxford: University of California Press, 1990.
Todd F. Davis and Kenneth Womack　*Formalist Criticism and Reader-Response Theory*. New York: Palgrave, 2002.
Herbert Eagle　*Russian Formalist Film Theory.* Ann Arbor: Michigan Slavic Publications, 1981.
Victor Erlich　*Russian Formalism: History – Doctrine*. The Hague: Mouton, 1955.
Hilary L. Fink　*Bergson and Russian Modernism 1900-1930*. Evanston: Northwestern UP, 1999.

プログレス出版所、1977.
ユーリー・トゥイニャーノフ　『詩的言語とはなにか：ロシア・フォルマリズムの詩的理論』水野忠夫・大西祥子訳、せりか書房、1985.
ウラジーミル・プロップ　『魔法昔話の起源』斎藤君子訳、せりか書房、1983.
ウラジーミル・プロップ　『ロシア昔話』斎藤君子訳、せりか書房、1986.
ウラジーミル・プロップ　『昔話の形態学』北岡誠司・福田美智代訳、書肆風の薔薇、1987.
ウラジーミル・プロップ　『魔法昔話の研究　口承文芸学とは何か』斎藤君子訳、講談社学術文庫、2009.
P．ボガトゥイリョフ　『民衆演劇の機能と構造』桑野隆訳、未来社、1982.
ロマーン・ヤーコブソン　『一般言語学』川本茂雄監修、みすず書房、1973.
ロマーン・ヤーコブソン　『失語症と言語学』服部四郎監訳、岩波書店、1976.
ロマン・ヤコブソン　「詩人パステルナークの散文についての覚書」磯谷孝訳、『世界の文学38　現代評論集』篠田一士編、集英社、1978年
ロマーン・ヤーコブソン　『音と意味についての六章』花輪光訳、みすず書房、1977 [新装版2008].
ロマーン・ヤーコブソン、クリスチナ・ポモルスカ『詩学から言語学へ：妻ポモルスカとの対話』伊藤晃訳、国文社、1983.
R．ヤコブソン　『言語とメタ言語』池上嘉彦・山中桂一訳、勁草書房、1984.
ロマーン・ヤーコブソン　『言語芸術・言語記号・言語の時間』湯浅順子訳、法政大学出版局、1995.
ロマーン・ヤーコブソン　『ヤーコブソン選集』（全３巻）、服部四郎編訳、大修館書店、1978-1986.

Ⅱ ロシア・フォルマリズムについての著作

フォルマリズム全般について

・雑誌特集号

「フォルマリズム：言語と文学理論」『言語』第3巻、通算第24号、1974年3月号.
「ロシア・フォルマリズムの現在」『早稲田文学』第8次、33号、1979年2月号
"Estrangement Revisited"　*Poetics Today*, v. 26(2005), n. 6 ; v.27(2006), n. 1.

・日本語著作（翻訳を含む）

テリー・イーグルトン　『新版　文学とは何か』大橋洋一訳、岩波書店、1997.
テリー・イーグルトン　『詩をどう読むか』川本皓嗣訳、岩波書店、2011.
岩本憲児　『ロシア・アヴァンギャルドの映画と演劇』水声社、1998.
大石雅彦　『ロシア・アヴァンギャルド遊泳：剰余のポエチカのために』水声社、1992.
大橋洋一編　『現代批評理論のすべて』新書館、2006.
ミシェル・オクチュリエ　『ロシア・フォルマリズム』桑野隆・赤塚若樹訳、白水社（クセジュ文庫）、1996.

ロシア・フォルマリズム関連　読書ガイド

ロシア・フォルマリズムに関心をもたれた方のために、Ⅰ日本語で読めるフォルマリストの著作、Ⅱ日本語と英語で読めるフォルマリズムと関連領域についての主な著作をまとめた。原則として単行本のみとし、論集·雑誌に掲載された論文は外してある。ただし、論集·雑誌でしか読めないものについてはこの限りではない。

Ⅰ ロシア・フォルマリストたちの著作

(a) アンソロジー類

新谷敬三郎・磯谷隆編訳『ロシア・フォルマリズム論集：詩的言語の分析』現代思潮社、1971.

ツヴェタン・トドロフ編『文学の理論：ロシア・フォルマリスト論集』野村英夫訳、理想社、1971.

水野忠夫編訳『ロシア・フォルマリズム文学論集』（１・２)、せりか書房、1971 - 1982.

大石雅彦・田中陽編『ロシア・アヴァンギャルド３：キノ　映像言語の創造』国書刊行会、1994.

大石雅彦・亀山郁夫編『ロシア・アヴァンギャルド５：ポエジア　言葉の復活』国書刊行会、1995.

桑野隆・大石雅彦編『ロシア・アヴァンギャルド６：フォルマリズム　詩的言語論』国書刊行会、1988.

松原明・大石雅彦編『ロシア・アヴァンギャルド７：レフ　芸術左翼戦線』国書刊行会、1990.

桑野隆・大石雅彦編『ロシア・アヴァンギャルド８：ファクト　事実の文学』国書刊行会、1993.

(b) 個別の著作

ボリス・エイヘンバウム　『若きトルストイ』山田吉二郎訳、みすず書房、1976.

ボリス・エイヘンバウム　「レスコフと現代の散文」小平武訳、『世界批評体系７：現代の小説論』筑摩書房、1975.

シクロフスキー　『ドストエフスキー論：肯定と否定』水野忠夫訳、勁草書房、1966.

ヴィクトル・シクロフスキイ　『散文の理論』水野忠夫訳、せりか書房、1971.

V．シクロフスキイ　『革命のペテルブルグ』水野忠夫訳、晶文社、1972.

シクロフスキイ　『トルストイ伝』（上・下）川崎浹訳、河出書房新社、1978.

ヴィクトル·シクロフスキイほか　『レーニンの言語』桑野隆訳、水声社、2005　[三一書房、1975].

ユーリイ・トゥイニャーノフ　「キージェ少尉」中村融・木村浩・清水邦生訳、『ソヴェト短篇全集：第一巻　革命・国内線　新経済政策期』新潮社、1955.

ユーリイ・トゥイニャーノフ　『デカブリスト物語』島田陽訳、白水社、1973.

ユーリー・トゥイニャーノフ　「秘められた恋」宮沢俊一訳、『評伝　ロシアの作家たち』

執筆者紹介

八木君人（やぎ　なおと）
1977年生まれ。日本学術振興会特別研究員。専門はロシア・アヴァンギャルド。博士論文は「《現在時》の詩学：ロシア・フォルマリズムと「近代」」。「専門はさておき、最近は、性・共同体・情緒のコミュニケーションについて考えてみたいと思っています」

大平陽一（おおひら　よういち）
1955年生まれ。天理大学教授。著書に『映画的思考の冒険』（共著、世界思想社、2006）、『ロシア・サッカー物語』（東洋書店、2002）など。「チェコ・アヴァンギャルドの理論家タイゲをやっているため、ロシア文学者諸氏からは「チェコの人」と、チェコ関係の人には「サッカーライターがタイゲをやっている」と言われています。早くロシア映画に戻りたい！」

ヴァレリー・グレチュコ（Valerij Grecko）
1964年、スモレンスク（ロシア）生まれ。文学博士。東京大学などで非常勤講師。20世紀ロシア文学、文化記号論。共著に『ロシア人が日本人によく聞く100の質問』（三修社、2012）、共訳書にダニイル・ハルムス『ハルムスの世界』（ヴィレッジブックス、2010）など。「文学が専門ですが、実際には「文学と言語」、「文学と心理」、「文学と政治」のように「と」の方に関心があります」

北見　諭（きたみ　さとし）
1967年生まれ。神戸市外国語大学准教授。20世紀ロシア思想史・文化史専攻。論文「ロースキーの直観主義とベルクソン哲学」『スラヴ研究』56号（2009）など。「世紀末から世界大戦あたりまでのロシアの知識人の思考の枠組みとその背後にあるものを明らかにすることを課題に、当時のロシアの哲学や文学の文献をできるだけ幅広く読もうと努めています」

長谷川　章（はせがわ　あきら）
1962年生まれ。秋田大学教育文化学部教授。20世紀ロシア文学・映画史専攻。共著に『ロシア文化の方舟』（東洋書店、2011年）。「今後はスターリン期、雪どけ期のように時代毎に輪切りにせず、ミュージカル、コメディ等のテーマで映画史を縦断するような研究に取り組んでいきたいです」

佐藤千登勢（さとう　ちとせ）
福島県生まれ。法政大学国際文化学部准教授。20世紀ロシア文学。著書に『シクロフスキイ　規範の破壊者』（南雲堂フェニックス、2006）、『映画に学ぶロシア語——台詞のある風景』（東洋書店、2009）など。「かつて、シクロフスキイやヤコブソンが夢に出てきて、一緒に食事をした。今は、エイゼンシテインに夢に出てきてほしいのだが、未だ叶わない」

武田昭文（たけだ　あきふみ）
1967年生まれ。富山大学人文学部准教授。ロシア近現代文学。共著に『文化の透視法——20世紀ロシア文学・芸術論集』（南雲堂、2008）。「今は1930年代〈大テロル〉の時代における長篇叙事詩の問題について翻訳とエッセーを準備しています」

編著者紹介

貝澤　哉（かいざわ　はじめ）
1963年生まれ。早稲田大学文学学術院教授。専門はロシア文学・文化理論。著訳書に『引き裂かれた祝祭』（論創社、2008）、ナボコフ『カメラ・オブスクーラ』（光文社、2011）など。「自著を準備しながら、『早稲田文学』と光文社古典新訳文庫で刊行予定の翻訳をおこないつつ、他のメディアでの仕事も準備中」

野中　進（のなか　すすむ）
1967年生まれ。埼玉大学教養学部准教授。20世紀ロシア文学・文化専攻。共編著に『ロシア文化の方舟』（東洋書店、2011）、『いま、ソ連文学を読み直すとは』（埼玉大学教養学部リベラルアーツ叢書、2012）など。「もう一度、バフチンをやりたい。今の日本の文化研究の問題と結びつけて」

中村唯史（なかむら　ただし）
1965年生まれ。山形大学人文学部教授。ロシア文学・ソ連文化論。著訳書にペレーヴィン『恐怖の兜』（角川書店、2006）、『講座スラブ・ユーラシア学3：ユーラシア――帝国の大陸』（共著、講談社、2008）など。「歴史のなかで理論や詩学がどのように形成されたのか、その過程に興味があります。"思想の伝記"のようなものを書いていきたい」

再考 ロシア・フォルマリズム――言語・メディア・知覚

2012年9月25日　第1刷発行

編著者　貝澤哉・野中進・中村唯史
発行者　船橋純一郎
発行所　株式会社 せりか書房
〒101-0064　東京都千代田区猿楽町1-3-11 大津ビル1F
電話 03-3291-4676　振替 00150-6-143601　http://www.serica.co.jp
印　刷　信毎書籍印刷株式会社
装　幀　木下弥

ISBN 978-4-7967-0315-4